Dark Romance

BAND 8

SKYE WARREN

ENDGAME

BUCH EINS: DER BAUER

Aus dem Amerikanischen von René Ulmer

FESTA

Die amerikanische Originalausgabe *The Pawn (Endgame #1)*
erschien 2016 im Verlag CreateSpace Independent Publishing.

1. Auflage September 2018

Veröffentlicht mit Erlaubnis von Amber Shah.
Vermittelt durch die Literarische Agentur
Thomas Schlück GmbH, 30161 Hannover
Titelbild: www.istockphoto.com – lambada

ISBN 978-3-86552-681-6
eBook 978-3-86552-682-3

Im Schach hat jeder Bauer
das Potenzial,
eine Dame zu werden.

– James Mason

PROLOG

Die Party ist geradezu überlaufen mit Gästen, sie drängen sich vom Ballsaal bis in den Vorgarten. Es ist Nacht, aber das Gebäude ist taghell erleuchtet. Überall um mich herum funkeln Diamanten. Wir haben den Punkt erreicht, an dem jeder betrunken genug ist, um andauernd zu lächeln, aber noch nicht so schlimm, um zu lallen. Es sind fast schon zu viele Leute, fast schon zu viel Alkohol. Fast schon zu viel Vermögen an einem Ort versammelt.

Ich muss an Ikarus denken mit seinen Schwingen aus Federn und Wachs. Sofern Ikarus eine Abschlussfeier mit einer 500 Personen umfassenden Gästeliste hatte. Ich habe das Gefühl, der Sonne viel zu nahe zu kommen.

Von einem der Kellner schnappe ich mir eine Champagnerflöte, er wiederum tut so, als hätte er nichts bemerkt. Während ich einen Umweg durch die Küche mache, spüre ich ein sanftes Kitzeln in meiner Nase. Rosita steht am Herd, rührt in ihrer hoch gerühmten Jambalaya, die gemächlich in einem großen Eisentopf vor sich hin blubbert. Der Duft der Gewürze zieht mich magisch an.

Ich greife nach einem Löffel. »Ist sie schon fertig?«

Sie klopft mir auf die Finger. »Sie werden noch auf Ihr hübsches Kleid kleckern. Sie ist fertig, wenn sie fertig ist.«

Für jede unserer Feiern engagieren wir einen Partyservice, aber da es meine Abschlussfeier ist, hat sich Rosita bereit erklärt, mein Lieblingsessen zu kochen. Sie wird es in kleine, lockere Schalen aus Gebäck geben und es als Kanapee bezeichnen.

Ich versuche zu schmollen, aber dafür ist alles einfach zu perfekt. Nur eines fehlt. Ich gebe ihr einen Kuss auf die Wange. »Danke, Rosita. Hast du Daddy gesehen?«

»Wahrscheinlich ist er dort, wo er immer ist.«

Das habe ich befürchtet. Dann bin ich auch schon durch die Pendeltür, die in den Privatbereich des Hauses führt. Ich komme an Gerty, unserer Eventplanerin, vorbei, die was von Gästen murmelt, die nicht auf der Gästeliste stehen.

Ich steige die vertraute Eichentreppe hinauf, sauge den Duft unseres Hauses in mich auf. Irgendwas daran ist sehr beruhigend. Das wird mir alles fehlen, wenn ich auf dem College bin.

Oben höre ich Stimmen von Männern.

Das ist nichts Ungewöhnliches. Um die nächste Ecke liegt Daddys Büro. Es kommen ständig Männer für Besprechungen vorbei. Die Hälfte der Leute, mit denen er geschäftlich zu tun hat, befindet sich gerade unten. Aber er hat mir versprochen, heute nicht zu arbeiten, und ich werde ihn daran erinnern, und wenn ich ihn persönlich runterzerren muss.

»Wie können Sie es wagen, mich zu beschuldigen …?«

Die Feindseligkeit im Tonfall lässt mich auf dem Treppenabsatz verharren. Das klingt nicht wie ein normales Geschäftsgespräch. Manchmal wird es wegen Einzelheiten in einem Vertrag schon angespannt, aber davor und danach klopft man sich für gewöhnlich auf die Schultern und redet über Football.

Noch mehr wütende Worte, die vom Partylärm von unten verschluckt werden, verdächtig und unverständlich. Ich verschränke meine Finger ineinander, will gerade umkehren. Ich störe ihn besser doch nicht.

Ein Mann kommt um die Ecke, stößt beinahe mit mir zusammen.

Ich keuche erschrocken, trete einen Schritt zurück. Hinter mir ist nichts. *Die Treppe!* Dann packen zwei Hände meine Arme, ziehen mich auf festen Boden zurück. Ich erhasche nur einen kurzen Blick auf wütende, goldfarbene Augen, fast schon wie die einer Katze, auf alle Fälle wild. Dann stürmt der Mann an mir vorbei die Treppe runter. Mit zitternden Knien klammere ich mich an das geschnitzte Treppengeländer.

Es dauert eine Minute, bevor ich die Finger vom Holz lösen kann. Mein Atem zittert noch immer, wegen des Beinahe-Sturzes, wegen der Hände des Mannes auf meinen nackten Armen.

Ich gehe in Daddys Büro, er geht auf und ab. Er sieht mich mit einem seltsamen Ausdruck in den Augen an – fast als wäre er panisch.

»Daddy?«

»Da bist du ja, Avery. Es tut mir leid. Ich weiß, ich habe dir versprochen, heute nicht zu arbeiten …«

»Wer war das?«

Seine Miene verfinstert sich. Jetzt erst, im unheimlichen Licht der Lampe, bemerke ich die Falten in seinem Gesicht. Sie sind tiefer als jemals zuvor. »Mach dir seinetwegen keine Gedanken. Diese Nacht gehört dir allein.«

Nachdem ich damit angefangen habe, sein Aussehen genauer zu begutachten, kann ich nicht damit aufhören. Sein Haar. Nur noch Weiß. Keine dunklen Strähnen mehr darin. »Du weißt, ich brauche das alles nicht. Diese Party. Alles. Du musst nicht so viel arbeiten.«

Ein wehmütiges Lächeln huscht über sein Gesicht. »Was soll ich sonst tun, außer zu arbeiten?«

Ich zucke mit den Schultern, weil es egal ist. Der Vater meiner Freundin Krista spielt jeden Tag Golf. Harpers Mutter ist zum vierten Mal verheiratet. Alles ist besser, als sich jeden Tag hinter dem Schreibtisch zu verkriechen und vor Erschöpfung die Augen kaum offen halten zu können. »Du könntest ausgehen oder so was.«

Er lacht, wirkt wieder mehr wie er selbst. »Du bist die einzige Frau in meinem Leben, Kleines. Komm, mischen wir uns unter die Leute, bevor noch jemand auf die Idee kommt, alles auf den Kopf zu stellen.«

Mit dem Arm um meine Schulter zieht er mich an sich und ich kuschel mich unter seine Jacke. Ich rieche seinen beruhigenden Geruch: den schwachen Geruch von Zigarren, auch wenn er schwört, dass er aufgehört hat. Als wir an dem Schachbrett vorbeikommen, an dem wir gelegentlich gegeneinander spielen, lege ich meine Hand auf seine Schulter.

»Unsere Partien werden mir fehlen.«

Er gibt mir einen Kuss auf die Schläfe. »Nicht so sehr, wie du mir fehlen wirst.«

»Du könntest dir eine App für dein Telefon herunterladen. Wir könnten online spielen.«

»Ich habe schon genug Schwierigkeiten damit, mit dem verdammten Ding zu telefonieren«, entgegnet er lachend. Seine Miene verfinstert sich, als er den Text auf dem weißen Hintergrund liest. »Kleines, ich muss jemanden anrufen.«

Enttäuschung brennt meine Kehle hinab. Natürlich ist er ein beschäftigter Mann. Die meisten meiner Freunde kennen ihre Väter kaum. Ich habe Glück, dass er sich immer Zeit für mich genommen hat. Egal wie anstrengend seine Geschäfte sind, er findet immer Zeit für unsere Schachspiele. Jede Woche.

Ich küsse ihn auf die Wange, bemerke zum ersten Mal die Altersflecken auf seiner ledernen Haut.

Unten folge ich einem Lachen und finde Justin. Er lacht laut, hallend und ich vermute, er hat es geübt. Was auch immer der Grund ist, es ist ansteckend. Als ich den Raum betrete, grinse ich bereits.

Er hält mir die Hände entgegen. »Die Frau des Abends.«

Ich drücke mich an ihn, der Champagner in meinem Blut kitzelt und ich bin erleichtert, wieder unten zu sein. Was auch immer im Büro geschehen ist, es war ernst. Düster. »Ich habe nur nach Daddy gesehen.«

»Er arbeitet?«, riet Justin.

»Leider.«

»Nun, sieht so aus, als müsstest du dich mit mir zufriedengeben.« Er zwinkert dem Pärchen zu, mit dem er sich unterhalten hat. Ich kenne sie, ein berühmter Neurochirurg und seine Frau und zugleich die Eltern eines Mannes, der für einen Sitz im Senat des Staates kandidiert.

Ich stelle mich vor. Natürlich findet diese Party nicht nur statt, weil ich meinen Abschluss gemacht habe. Wie bei allen anderen Partys in der feinen Gesellschaft von Tanglewood geht es darum, Verbindungen zu knüpfen. Für meinen Vater. Für Justin, der große Pläne hat, genau wie sein Vater in die Politik zu gehen.

»Sie war die Zweitbeste des Jahrgangs«, erklärt Justin. »Sie hätten ihre Rede darüber hören sollen, wie die Dinge, die wir jetzt tun, die Mythen der Zukunft sind.«

Der Mann lächelt irgendwie nachsichtig. »Sie wird ein großer Gewinn für Sie sein, mein Junge.«

Ich bringe es fertig, mir nichts anmerken zu lassen, obwohl ich hoffe, mehr als nur ein Gewinn zu sein. Ich möchte seine Partnerin sein. Das weiß er, oder etwa nicht?

Justin verfügt über ein publikumstaugliches Lächeln, zu strahlend, zu weiß. Eines, das nichts bedeutet.

Als wir uns endlich verabschieden, tun mir vom andauernden Lächeln die Wangen weh.

Justin zieht mich hinter eine Trennwand, küsst meinen Hals. »Vielleicht können wir uns ja in dein Zimmer verziehen.«

»Oh.« Mir stockt der Atem. »Ich glaube, Daddy kommt bald runter …«

»Er wird nichts erfahren«, murmelt er, seine Hände gleiten über mein Kleid, darunter. Man sieht uns nicht, aber man könnte uns ertappen. Mein Herz klopft. Seine Hände sind weich und fordernd – und aus irgendeinem Grund muss ich an den Mann auf der Treppe denken, wie er meine Arme festgehalten hat.

»Justin, ich …«

»Komm schon. Du bist vor zwei Wochen 18 geworden.«

Ja, gut, das habe ich bisher als Ausrede benutzt. Weil ich mich nicht bereit gefühlt habe. Und es hat nichts damit zu tun, wie alt ich bin oder wie sehr ich Justin liebe. Würde doch nur meine Mutter noch leben. Wenn sie mir bloß die Geheimnisse verraten hätte, was es bedeutet, eine Frau zu sein. Das Internet ist ein Furcht einflößender Lehrer.

Ich drehe mich in seiner Umarmung, schiebe ihn auf Armeslänge von mir. »Ich liebe dich.«

Er runzelt die Stirn. »Avery.«

»Aber es ging nicht nur darum, dass ich 17 war. Es ist alles. Ich will … ich will abwarten.«

Er verengt die Augen und ich bin sicher, er wird Nein sagen. Er wird davonstürmen. *Was, wenn ich alles versaut habe?*

Anscheinend entspannt er sich ein wenig. »Na schön.«

»Na schön?«

Er seufzt. »Ich bin nicht glücklich darüber, aber ich bin bereit zu warten. Du bist es wert zu warten.«

Es schnürt mir die Kehle zu. Ich weiß, es ist eine große Bitte, aber er ist der beste Freund, den ich mir nur vorstellen kann. Und Daddy mag ihn, was ein riesiger Bonus ist. Diesen Herbst fange ich am Smith College an, dieselbe Mädchenschule, auf die auch Harper geht. Alles ist perfekt.

So fühlt es sich in diesem Augenblick an, als würde ich fliegen.

Ich ahne nicht, dass es kein Jahr dauern wird, bis ich abstürze.

KAPITEL 1

Der Wind peitscht mir um die Knöchel, bauscht meinen schwarzen Mantel auf. An meinen Wimpern hängen schwere Tropfen. Auf dem kurzen Weg vom Taxi zum Hauseingang legt sich die Feuchtigkeit vom abgeflauten Regen auf meine Haut.

Geschnitzte Ranken und Efeublätter schmücken die Holztür.

Ich kenne mich ein wenig mit Antiquitäten aus, kann mir aber nicht einmal vorstellen, wie viel diese Tür kostet – besonders wenn man bedenkt, dass sie den Elementen und den Launen von Randalierern ausgesetzt ist. Vermutlich haben sogar Kriminelle einen gewissen Respekt und lassen die Höhle in Ruhe.

Offiziell ist die Höhle ein Herrenclub, die alte Sorte mit Zigarren und persönlichen Einladungen. Inoffiziell ist er ein Treffpunkt der mächtigsten Männer von Tanglewood. Gefährliche Männer. Kriminelle, auch wenn sie Anzüge tragen, während sie das Gesetz brechen.

Ein schwerer Messingtürklopfer in Form eines wütenden Löwen verscheucht jeden Besucher. Ich bin verzweifelt genug, diese Warnung zu ignorieren. Mein Herz klopft in meiner Brust, das Gefühl breitet sich aus, bis ich es in den Finger- und Zehenspitzen spüre. In meinen Ohren rauscht das Blut, ertränkt den Verkehrslärm hinter mir.

Ich packe den dicken Ring, schlage ihn gegen die Tür … einmal, zweimal.

Ein Teil von mir fürchtet sich vor dem, was jenseits dieser Tür mit mir geschehen wird. Ein lauterer Teil befürchtet, dass sie sich nicht öffnen wird. Ich kann keine Kameras entdecken, aber es muss welche geben. Wird man mich erkennen? Ich bin mir nicht sicher, ob das helfen würde. Wahrscheinlich ist es das Beste, wenn sie nur ein verzweifeltes Mädchen sehen, denn mehr bin ich im Moment nicht.

Ein sehr leises Kratzen ist zu hören. Dann öffnet sich die Tür.

Sofort ziehen seine Augen meine Aufmerksamkeit auf sich. Die Farbe von dunklem Bernstein – wie teurer Brandy und beinahe durchsichtig. Mir stockt der Atem, meine Lippen sind wie erstarrt, weigern sich, Worte wie *bitte* und *Hilfe* auszusprechen. Instinktiv weiß ich, sie sind nutzlos; das ist kein Mann, der so etwas wie Mitleid kennt. Der maßangefertigte Schnitt seines Hemds, dessen Ärmel er nachlässig aufgerollt hat, verrät mir, er wird einen Preis verlangen. Einen, den ich nicht aufbringen kann.

Es sollte eigentlich einen Bediensteten geben, denke ich. Einen Butler. Ist das in feinen Herrenclubs nicht so üblich? Oder vielleicht irgendeine Art von Sicherheitsmann. Sogar wir hatten eine Haushälterin, die an die Tür gegangen ist – zumindest vor unserem Absturz.

Bevor meine Welt auseinandergebrochen ist.

Der Mann sieht nicht so aus, als wollte er etwas sagen, mich hereinbitten oder wegschicken. Stattdessen sieht er mich vage neugierig an, mit einer Spur von Mitleid. So wie man ein Tier im Zoo ansieht. Wahrscheinlich betrachten diese Männer, die über Unmengen an Geld und mehr Macht als der Präsident verfügen, die ganze Welt auf diese Weise.

Wahrscheinlich habe ich die Welt früher auf dieselbe Weise betrachtet.

Meine Kehle ist wie zugeschnürt, als würde sich mein Körper zur Wehr setzen, obwohl mein Verstand weiß, es ist die einzige Option. »Ich muss mit Damon Scott sprechen.«

Scott ist der berüchtigtste Kredithai der Stadt. Er handelt mit großen Summen und genau die brauche ich jetzt. Wir sind uns schon einmal begegnet und er hat die feine Gesellschaft verlassen, bevor ich alt genug war, regelmäßig an solchen Veranstaltungen teilzunehmen. Schon damals gab es Gerüchte über den jungen, ambitionierten Mann. Damals hatte er Verbindungen zur Unterwelt – und jetzt ist er ihr König.

Auf der Stirn des Mannes bewegte sich eine dicke Augenbraue nach oben. »Was wollen Sie von ihm?«

Ein Gefühl der Vertrautheit ergreift mich, auch wenn ich weiß, wir sind uns noch nie begegnet. Dieser Mann ist ein Fremder, aber er sieht mich an, als ob er mich kennenlernen wollte. Er sieht mich an, als würde er mich bereits kennen. Als sein Blick über mich streicht, liegt eine Intensität in seinem Blick, so unbeugsam und direkt wie eine Berührung.

»Ich brauche …« Mein Herz rast, während ich an all die Dinge denke, die ich brauche – einen Rückspulknopf. Jemanden in der Stadt, der mich nicht schon alleine wegen meines Namens hasst. »Ich brauche ein Darlehen.«

Er mustert mich in aller Ruhe, vom nervösen Lecken meiner Zunge über meine Lippen zum hochgeschlossenen Kragen meiner Kleidung. Ich habe versucht, mich geschäftsmäßig zu kleiden – ein schwarzes Sweatshirt mit Wasserfallkragen und einen Bleistiftrock. Sein unheimlicher, bernsteinfarbener Blick knöpft meinen Mantel auf, reißt die teure Baumwolle herunter, meinen Büstenhalter und mein Höschen. Er blickt geradewegs durch mich hindurch und ich schaudere, als mich eine Welle der Erkenntnis überschwemmt.

Ich bin in meinem Leben schon einer Million Männer begegnet. Habe Hände geschüttelt. Gelächelt. Ich habe nie das Gefühl gehabt, so durchschaut zu werden wie in diesem Moment. Nie habe ich das Gefühl gehabt, als hätte jemand mein Innerstes nach außen gekehrt, jedes noch so dunkle Geheimnis ans Licht gezerrt. Er sieht meine Schwächen und seiner grausamen Miene nach zu urteilen findet er Gefallen an ihnen.

Seine Lider senken sich. »Und über welche Sicherheiten verfügen Sie?«

Nichts als mein Wort. Würde er meinen Namen kennen, wüsste er, dass das nichts wert ist. Ich schlucke den Kloß in meinem Hals herunter. »Ich weiß nicht.«

Nichts.

Er kommt einen Schritt auf mich zu und plötzlich spüre ich die gemauerte Wand neben der Tür in meinem Rücken, während sein riesiger Körper das angenehme Licht von drinnen blockiert. Er fühlt sich wie ein Hochofen an, die Hitze, die von ihm ausgeht, steht im Widerspruch zu den kalten Steinen in meinem Rücken. »Wie heißt du, Mädchen?«

Das Wort *Mädchen* ist wie ein Schlag ins Gesicht. Ich beherrsche mich, nicht zusammenzuzucken, aber es fällt mir schwer. Alles an ihm ist überwältigend – seine Größe, seine leise Stimme. »Ich werde Mr. Scott sagen, wie ich heiße.«

In den zwischen uns herrschenden Schatten wird sein Lächeln breiter, weiß und höhnisch. Das Vergnügen, das sich in seinen seltsam gelben Augen widerspiegelt, ist beinahe sinnlich, als würde ich ihn sanft berühren. »Du musst aber erst an mir vorbei.«

Mein Herz pocht. Es gefällt ihm, dass ich mich ihm widersetze, und das macht alles nur noch schlimmer. Was, wenn ich bereits versagt habe? Ich bin im freien Fall, taumle, überschlage mich immer wieder ohne Aussicht, jemals wieder festen Boden zu finden. Wenn er mich abweist, wo soll ich dann hingehen? Was wird aus meinem Vater?

»Lassen Sie mich gehen«, flüstere ich, aber diese Hoffnung verpufft schlagartig.

Etwas Warnendes blitzt in seinen Augen auf. »Die kleine Avery James ist groß geworden.«

Ein leises Keuchen ertönt. Er kennt meinen Namen bereits. Das bedeutet, er weiß, wer mein Vater ist. Er weiß, was er getan hat. In meiner Kehle steigen Dementis zusammen mit Bitten um Verständnis auf. Seine harten Augen und seine breiten, kräftigen Schultern verraten mir, hier werde ich kein Mitleid erfahren.

Ich straffe meine Schultern. Ich bin vielleicht verzweifelt, aber nicht gebrochen. »Wenn Sie schon wissen, wer ich bin, dann wissen Sie auch, dass ich wichtige Freunde habe. Verbindungen. Eine Vergangenheit in dieser Stadt. Das muss etwas wert sein. Das ist meine Sicherheit.«

Gut möglich, dass diese Verbindungen bei einem Anruf nicht einmal ans Telefon gehen würden, aber ich muss irgendwas tun. Ich weiß nicht, ob es für ein Darlehen reicht oder damit ich überhaupt durch die Tür komme. Trotz allem überkommt mich einen Augenblick lang so etwas wie Familienstolz. Und wenn er mich wegschickt, werde ich mit erhobenem Haupt gehen.

Goldauge betrachtet mich. Irgendwas daran, wie er *kleine Avery James* gesagt hat, kam mir vertraut vor, aber ich bin diesem Mann noch nie begegnet. Zumindest glaube ich das. Irgendwie flüstern mir diese glimmenden, wie aus einer anderen Welt stammenden Augen etwas zu, eine Melodie, die ich schon einmal gehört habe.

Auf seinem Führerschein steht wahrscheinlich so was Alltägliches wie braun. Aber dieses Wort könnte niemals die Wirkung seiner Augen umschreiben, diese leuchtenden Kugeln aus Bernstein, in denen sich das Geheimnis des Universums verbirgt. *Braun* könnte nie ihrem tiefgoldenen Glanz gerecht werden, dem nie versiegenden Ausmaß der Leidenschaft in seinem Blick.

»Komm mit«, sagt er.

Erleichterung überkommt mich, füllt taube Gliedmaßen, rüttelt mich gerade wach genug, damit ich mich fragen kann, was ich hier eigentlich mache. Das sind keine Männer, es sind Tiere. Sie sind Raubtiere und ich bin die Beute. Warum sollte ich bereitwillig hineingehen?

Was für eine andere Wahl habe ich noch?

Ich trete über die Marmorschwelle.

Der Mann schließt die Tür hinter mir, schließt den Regen und den Verkehr aus, die ganze Stadt verschwindet mit dem leisen Einrasten des Schlosses. Ohne ein weiteres Wort geht er den Flur entlang, tiefer in die Schatten. Ich beeile mich, den Anschluss nicht zu verlieren, halte das Kinn erhoben, die Schultern gerade, als wäre ich ein geladener Gast. Fühlen sich Gazellen genauso, wenn sie einer Studie in Grazie gleich über die Steppen laufen, als würden sie nur darauf warten, abgeschlachtet zu werden?

Jenseits der Treppe wird die ganze Welt schwarz, nur Atmen, nur Körper in der Dunkelheit. Dann öffnet er eine weitere dicke Holztür, präsentiert einen schwach erleuchteten Raum aus Kirschholz und geschliffenem Kristall, aus

Leder und Rauch. Ich kann die dunklen Augen, die dunklen Anzüge kaum erkennen. Dunkle Männer.

Auf einmal überkommt mich der Drang, mich hinter dem Mann mit den goldfarbenen Augen zu verstecken. Er ist breit gebaut und groß, mit Händen, die meine Taille umfassen könnten. Er ist ein Riese, ungehobelt und hart wie Stein.

Allerdings ist er nicht hier, um mich zu beschützen. Er könnte sogar der Gefährlichste von allen sein.

Ein Mann bläst Rauch aus, der sich von seinen Lippen zur Decke kräuselt. Er trägt eine schiefergraue Weste und eine lavendelfarbene Krawatte. An einem anderen Mann hätte die Krawatte verweichlicht gewirkt, aber die Stoppeln auf dem kräftigen Kinn und das teuflische Glimmen in den schwarzen Augen verdeutlichen seine reine maskuline Kraft.

Damon Scott.

»Wen haben wir hier?«, fragt er.

Da sind noch andere Männer im Raum, andere Anzugträger, aber die beachte ich nicht.

Der Mann mit den goldfarbenen Augen setzt sich in Damons Nähe, rechts von ihm etwas weiter in den Schatten. Die Dunkelheit verleiht seinen Augen eine bronzene Farbe. Als würde er uns alle beobachten, als würde er nicht dazugehören. Auch ich beachte ihn nicht.

»Ich bin Avery James«, erkläre ich mit erhobenem Kinn. »Und ich bin hier, weil ich ein Darlehen brauche.«

Damon lässt seine Zigarre auf einen Porzellanteller auf einem Beistelltisch fallen. Er beugt sich vor, legt die Fingerspitzen aneinander. »Avery James, wie sie leibt und lebt. Ich hätte nie damit gerechnet, dass Sie mir einen Besuch abstatten würden.«

»Verzweifelte Zeiten«, antworte ich, meine Notlage ist schließlich kein Geheimnis.

»Verzweifelte Maßnahmen«, ergänzt er gedehnt, als würde er den Geschmack der Worte auskosten, sie für immer irgendwo wegschließen. »Ich neige nicht dazu, Geld zu verschenken, nicht einmal an hübsche Frauen.«

Ich bemerke, wie ich in der Dunkelheit nach Goldauge suche. Suche ich Mut? Warum auch immer, neue Kraft durchflutet mich wie ein kräftiger Schluck Brandy. »Und wofür geben Sie jemandem Geld?«

Damons plötzliches Lachen erfüllt den Raum. Die anderen Männer stimmen kichernd mit ein. Sie amüsieren sich über mich. Meine Wangen glühen.

Der Mann mit den goldfarbenen Augen verzieht keine Miene.

Damon lehnt sich wieder zurück, seine obsidianfarbenen Augen glimmen. »Für mehr Geld im Gegenzug, schönes Kind. Und genau da liegt Ihr Problem. Ihr High-School-Diplom wird nicht viel wert sein, und wenn es von der besten Privatschule des Staates stammt.«

Das würde es nicht sein. Und wer würde schon eine James einstellen, wenn mein Vater gerade des Betrugs überführt wurde? Ein Teil von mir weigert sich noch immer, die Wahrheit zu akzeptieren. Immer wieder schrecke ich davor zurück. Es schmerzt jedes Mal. »Ich bin intelligent. Ich bin bereit zu arbeiten. Ich werde mir etwas überlegen. Ich brauche nur etwas Zeit.«

Zeit, die Gläubiger zu beschwichtigen, Zeit, Geld für die medizinische Versorgung meines Vaters aufzutreiben. Zeit zum Beten, weil mir sonst keine andere Wahl bleibt.

»Zeit.« Er lächelt mich schief an. »Und wie viel ist Ihnen das wert?«

Das Leben meines Vaters. Das ist es, was auf dem Spiel steht. »Alles.«

Goldauge betrachtet mich seelenruhig, schätzt mich ab. Stellt mich auf die Probe.

Mr. Scott schnaubt amüsiert. »Warum sollte ich Ihnen 20.000 geben, die ich nie wiedersehen werde? Ganz zu schweigen von den Zinsen?«

Mehr als 20.000. Ich brauche 50.000. *Ich brauche ein Wunder.* »Bitte, wenn Sie mir nicht helfen können …«

»Kann ich nicht«, erwidert er tonlos.

Goldauge lehnt sich zurück, sein Gesicht liegt halb im Schatten. »Das stimmt so nicht ganz.«

Der ganze Raum erstarrt. Sogar Damon Scott zögert, als würde er tatsächlich über die Worte nachdenken. Damon Scott ist der reichste und mächtigste Mann der Stadt. Und der gefährlichste. Wer kann ihm schon vorschreiben, was er zu tun hat?

»Wer sind Sie?«, frage ich mit kaum hörbarem Zittern in der Stimme.

»Ist das von Belang?«, entgegnet Goldauge spöttisch.

Gerechtfertigte Wut mischt sich mit Verzweiflung. Ich bin bereits im freien Fall – warum sollte ich nicht einfach die Arme ausbreiten? »Wer sind Sie? Wenn Sie schon über mein Schicksal entscheiden, dann sollte ich zumindest Ihren Namen kennen.«

Er beugt sich vor, das Licht fügt seinem funkelnden Blick die vertraute Farbe von Bernstein hinzu. »Gabriel.«

Mein Herz setzt aus.

Scott lächelt, um seine Augen herum zeichnen sich tiefe Freudenfältchen ab. Er genießt es, er hat damit gerechnet. Wie er mich ansieht, ist beinahe sexuell. »Gabriel Miller. Der Mann, den Ihr Vater bestohlen hat.«

Gabriel Miller lächelt fast unmerklich. »Der *letzte* Mann, den er bestohlen hat.«

Oh, und er hat dafür gesorgt, dass mein Vater nie wieder stehlen konnte.

Dass er nie wieder *etwas* tun konnte.

Ich spüre ein Stechen wie von tausend Nadeln in meinen Augen. Nein, ich darf vor ihnen nicht weinen. Ich darf keine Miene verziehen, weil mein Vater in einem Bett liegt, nicht aufstehen und sich kaum bewegen kann – wegen dem, was dieser Mann getan hat.

Das ist der Mann, der meinen Vater an die Behörden ausgeliefert hat.

Das ist der Mann, der dafür gesorgt hat, dass meine Familie in Ungnade gefallen ist.

Ich schlucke schwer. »Sie …« Ich hole tief Luft, da es mich viel Selbstbeherrschung kostet, ihn nicht anzufallen. »Sie sind ein Mörder.«

Wenn Scott der König der Unterwelt ist, ist Gabriel Miller ihr Gott. Sein Reich erstreckt sich über die ganzen Südstaaten und sogar bis nach Übersee. Er kauft und verkauft alles, was einen Wert hat – Drogen, Waffen. Menschen. Mein Vater hat mich gewarnt, ich solle mich von ihm fernhalten, aber warum hat er sich dann heimlich bestechen lassen? Warum hat er Gabriel betrogen, obwohl er gewusst hat, wie gefährlich er ist?

Mein Vater ist nicht tot, aber ohne eine tägliche, hohe Dosis Schmerzmittel würde er sich wünschen, er wäre es.

»Ich habe Männer getötet«, bestätigt Gabriel, während er aufsteht. Ich kann nicht anders, als einen winzigen Schritt vor ihm zurückzuweichen. Würde er mich schlagen? Schlimmeres? Seine Augen sind zu Schlitzen verengt. »Wenn sie mich anlogen. Wenn sie mich bestahlen.«

Wie mein Vater es getan hat.

Das Gefühl zu fallen dreht mir den Magen um. Ich weiß, ich sollte Angst haben, und die habe ich auch – aber ich habe mein ganzes Leben in einem goldenen Käfig verbracht. Ein Teil von mir genießt den Wind im Gesicht. »Ich habe Sie nicht bestohlen.«

Scott nickt knapp, bestätigt diese grausame Wahrheit. »Aber mit seinem Geld wurden Ihre hübschen Schuhe bezahlt, oder? Der Yoga-Unterricht, der diesen schönen Körper geformt hat?«

Und mein Vater hat für dieses Geld einen schrecklichen Preis bezahlt. Ich sehe ihn noch immer vor mir, blutüberströmt, gebrochen. Jemand hat Männer geschickt, um das zu tun. Waren es die Männer gewesen, für die mein Vater Gabriel Miller hintergangen hat?

Oder hat Gabriel Miller den Befehl erteilt, meinen Vater zusammenzuschlagen?

Ich zwinge mich, die Schultern zurückzuziehen. »Sie haben gesagt, Sie könnten mir helfen.«

Was auch immer als Nächstes geschieht, ich werde es mit Würde über mich ergehen lassen, mutig. Mit derselben Kraft, von der ich glaube, dass sie mein Vater gehabt hat. Wie konnte er mich Ehrlichkeit lehren, während er mich angelogen hat? Der Name James hat mal etwas bedeutet, und ich versuche, unser letztes bisschen Würde zu bewahren.

»Zieh deinen Mantel aus«, fordert Gabriel beinahe freundlich.

Mir wird eiskalt, meine Knochen sind wie gefroren, mein Atem wird in meiner Lunge zu Eis. »Warum?«

»Ich will sehen, womit ich es zu tun habe. Keine Sorge, Mädchen. Ich werde dich nicht anfassen.«

Mit zitternden Händen löse ich den Gürtel meines Mantels, lasse ihn von meinen Schultern rutschen. Die Männer um mich herum murmeln unverständlich – Bewunderung, Interesse. Plötzlich fühle ich mich, als würde ich mitten in einem Stierkampf stehen, in einem Stadion voller blutrünstiger Zuschauer.

Schließlich sehe ich Gabriel in die Augen und was ich darin erkenne, ist ein verlangendes Feuer, rot, orange und gelb. Ich fühle mich, als würde mich diese Hitze trotz der Distanz zwischen uns verbrennen. Meine geschäftsmäßige Kleidung zeigt nicht viel Haut, aber sie umspielt meinen Körper. Die Flammen seines Hungers lecken über meine Brüste, meine Hüften, meine Beine hinab.

»Entzückend«, murmelt Damon Scott. »Aber ein hübscher Körper reicht nicht. Sie müssen auch wissen, wie Sie ihn einsetzen müssen.«

Ich schaudere. Er besitzt überall in der Stadt Strip-Clubs. »Ich kann … es lernen.«

In Gabriels Augen blitzt etwas auf. »Du weißt nicht, wie man einen Mann befriedigt, Mädchen?«

Es gab verstohlene Küsse, verstohlene Berührungen in dunklen Fluren während gesellschaftlicher Anlässe. Justin hat mich dazu gedrängt, aber ich habe mich gewehrt. Irgendwas hat mich immer davon abgehalten, Sex mit ihm zu haben. Und dann wurde der Name meiner Familie entehrt.

Du musst das verstehen, Avery. Ich möchte irgendwann ein Senator werden. Wenn ich jetzt eine James heirate, kann ich das vergessen.

Das war am Tag nach dem Vorfall.

Nach diesem unpersönlichen Anruf habe ich gewusst, in unserer Beziehung war es nicht um Respekt gegangen. Auch nicht um Liebe. Ganz bestimmt nicht um Vergnügen. Nein, ich weiß nicht, wie man einen Mann befriedigt.

»Ich bin Jungfrau«, gestehe ich leise, traurig, denn selbst wenn das alles zunichtemacht, kann ich deswegen nicht lügen. Nicht nachdem Gabriel Miller zugegeben hat, dass er Männer getötet hat, die ihn angelogen haben.

Nicht wenn man es ganz einfach nachprüfen könnte.

Damon Scotts Augen weiten sich und in ihnen entdecke ich ein Funkeln, Interesse, wo zuvor nur Ablehnung gewesen ist. »Avery James eine Jungfrau? Ist das Ihr Ernst?«

Meine Wangen brennen.

Es mag seltsam sein, dass eine 19-Jährige noch nie Sex gehabt hat, aber ich habe auf der St. Mary's Preparatory Academy die High School besucht, eine katholische Mädchenschule. Mein Vater war sehr beschützend und hat mir nur dann erlaubt, die ganze Nacht auf gesellschaftlichen Veranstaltungen zu verbringen, wenn er dabei war. Als es so weit war, dass ich aufs College gehen sollte, war ich schon mit Justin verlobt.

Gabriel gibt ein leises Geräusch von sich, beinahe ein Grollen. »Sie meint es ernst.«

Damon Scott wirkt unentschlossen. »Sie ist zu jung.«

»Du lässt jüngere Mädchen in deinen beschissenen Clubs tanzen.«

Nur dass sie nicht über Tanzen sprechen. Der Gedanke lässt mein Herz beinahe stillstehen. Sie sprechen darüber, meinen Körper für Sex zu verkaufen. Meine Jungfräulichkeit. »Nein«, flüstere ich, »das werde ich nicht tun.«

»Siehst du«, sagt Damon Scott, »sie wird es nicht tun.«

Gabriels Blick streicht über meinen Körper. Er sieht mir ernst in die Augen. »Ihr bleibt gar keine Wahl. Es ist das Wertvollste, was sie besitzt.«

Es ist nicht einfach eine *Sache,* will ich schreien. Es ist mein Körper.

Allerdings hat er recht. Mein Körper ist mein wertvollster Besitz – das Einzige von Wert, was mir nach der Zahlung der Geldstrafen und Entschädigungen, nach den Anwälten und den Geldeintreibern noch bleibt.

Gabriels Augen brennen herausfordernd. Er weiß, wie verzweifelt ich bin. Er ist derjenige, der mich in diese Lage gebracht hat. Genießt er es, mich am Boden zu sehen? Ich habe ihn nicht betrogen, aber wie Scott gesagt hat, sein Geld hat meine Ausbildung und meine Kleidung bezahlt.

»Wie viel?«, frage ich. Der harte Knoten in meinem Magen ist ein Zeichen dafür, dass ich bereits verloren habe.

Damon Scott lächelt leicht. »Wir veranstalten eine Auktion.«

Ich war schon auf Auktionen – von Gemälden und antiken Möbeln. Das Publikum hat Weingläser und nummerierte Schilder, um seine Gebote anzuzeigen. Ich stelle mir vor, wie ich auf der Bühne stehe. »Wer würde daran teilnehmen?«

In Damon Scotts Augen strahlt ein hungriges Glimmen. »Ich kenne da so einige Männer, die Sie nur zu gerne in der Kunst der Lust unterweisen würden.«

Ich habe ernsthafte Zweifel daran, dass ich bei einem Fremden irgendwelche Lust empfinden werde. Bei einem, der eine Frau lieber kauft, anstatt sie auszuführen. »Wie lange würde ich …«

»Einen Monat«, fällt mir Gabriel mit lodernden Augen ins Wort.

Scott schweigt einen Moment lang. »Das würde mehr Geld einbringen.«

Einen Monat? Meine Güte, was könnte ein Mann in einem Monat alles mit mir tun? Schon beim Gedanken daran, eine Nacht mit einem Fremden zu verbringen, wird mir schlecht. Ich spüre die Galle in meiner Kehle. Würde er jeden Tag mit mir schlafen wollen? Häufiger?

»Was, wenn …?« Ich schlucke schwer. »Was, wenn er mir wehtut?«

Scott zuckt mit den Schultern. »Das erste Mal tut immer weh. Habe ich gehört.«

Ich habe mir immer vorgestellt, ich würde mit meinem Ehemann das erste Mal Sex haben, dass er dafür sorgt, es mir leichter zu machen. Ein Mann, der für dieses Privileg zahlt, würde keinen Grund haben, sich zurückzuhalten. »Ich meine schlimmer als das. Sie wissen schon … perverses Zeug.«

»Perverses Zeug«, sagt Gabriel mit einem schiefen Lächeln. »Was weißt du über perverses Zeug?«

Mein Gesicht fühlt sich an, als würde es in Flammen stehen. »Ich habe einen Film gesehen, okay? Ich kenne mich aus.«

Das ist gelogen. Ich habe mich durch den Film gequält, die ganze Zeit stand mir der Mund vor Entsetzen offen. Wie kommen Leute nur auf so was? Warum sollte das irgendeinem Mädchen gefallen? Und ich bin nicht irgendjemand in dieser Stadt. Mein Bild war in allen Gesellschaftszeitschriften. Die Leute kennen meinen Vater. Vielleicht hat er ein paar von ihnen betrogen, genau wie Gabriel. Würden sie mir aus Rache wehtun wollen?

»Sag mir, was du weißt«, fordert Gabriel.

Die Worte sind höhnisch, aber irgendwas in mir flammt auf. »Ich weiß, dass es manchen Männern gefällt, Frauen wehzutun. Ich weiß, dass sie sich dadurch groß und stark vorkommen, wenn sie einem Schwächeren wehtun.«

»Und bist du schwach, kleine Jungfrau?«

Nein, will ich sagen. Allerdings habe ich in den vergangenen zwei Monaten alles verloren. Mein Leben, mein Studium. Meine Freunde. Ich bin ein Schatten von dem, was ich mal war.

Aber die Bezeichnung als *kleine Jungfrau* weckt meinen Kampfgeist. Gabriel weckt meinen Kampfgeist. »Ich tue, was ich tun muss. Ist das Schwäche?«

Sein Blick tanzt über meinen Körper, das Gelb seiner Augen strahlt im Licht der Lampe. Als er mir in die Augen sieht, erkenne ich widerwilligen Respekt. »Scott wird die Männer überprüfen, die eine Einladung bekommen.«

»Natürlich«, stimmt Scott zu. »Ich kann nicht versprechen, dass diese Männer keinen perversen Scheiß wollen, aber sie werden angemessene Grenzen einhalten.«

Das klingt etwas schwammig – was bedeutet angemessen? Aber ich bin dabei, mich in ihre Welt zu begeben, eine voller Dornen und dunkler Schatten. Es würde gefährlich sein.

Es wird unmoralisch sein. Daddy hat mir beigebracht, mich zu schützen, aber dann hat er darin versagt, mich zu beschützen. Ich weiß nicht, was ich noch glauben soll. »Ich weiß … ich weiß nicht, ob ich das kann.«

Scott winkt ab, als wäre ihm das egal. Vielleicht ist es das auch. »Gehen Sie nach Hause, denken Sie darüber nach. Wenn Sie es tun wollen, kommen Sie morgen wieder.«

Ich trete einen Schritt zurück, erleichtert, dass ich gehen darf. Der Gedanke, eine solche Entscheidung treffen zu müssen, schmerzt, aber zumindest habe ich noch eine Galgenfrist.

»Ach, und, Avery«, sagt Scott nachdenklich, »wenn Sie zurückkommen, bringen Sie ein paar Dessous mit. Wir wollen ein paar Bilder verbreiten, um das Interesse zu wecken.«

Ich stelle mir vor, wie ich bis auf meinen Büstenhalter, bis auf mein Höschen ausgezogen dastehe. Noch hilfloser als jetzt. Und Fotos sind für die Ewigkeit. Das wäre nur der Anfang, denn wenn ein Mann meine Jungfräulichkeit ersteigern würde, würde er alles von mir sehen. Er würde jeden Zentimeter meiner Haut berühren. Jeden Winkel meines Körpers erforschen.

Tränen brennen in meinen Augen. Ich bringe gerade so ein knappes Nicken zustande und dann flüchte ich geradezu aus dem Raum.

Ich bin schon im Flur, als ich spüre, wie sich eine Hand um mein Handgelenk schließt. Irgendwas in mir zerspringt und mit einem Wutschrei, einem Schrei voller Trauer, voller Ablehnung fahre ich herum. Ich schlage mit der offenen Hand zu, versuche ihn zu treffen, ihn zu *verletzen*.

Gabriel fängt die Hand ab.

Mit einem Schritt drängt er mich gegen die Wand. Durch den Stoff meines Sweatshirts spüre ich die kühle Wandvertäfelung hinter mir. Sein Körper vor mir glüht förmlich. Ich drücke mich gegen die Wand, als könnte ich ihm so entkommen. Er nähert sich, bis wir nur noch einen Atemzug voneinander entfernt sind.

»Ich wollte sagen, du hast deinen Mantel vergessen«, murmelt er.

Dann sehe ich meinen Mantel über seinem Unterarm hängen. Er tut etwas Freundliches und ich greife ihn an. Ich bin so durch den Wind – in meinem Magen wüten Furcht und Scham. »Tut mir leid.«

»Du hast allen Grund, mich anzugreifen. Ich bin kein freundlicher Mann.«

Und er hat die Auktion vorgeschlagen. Seine Hände drücken meine Handgelenke noch immer gegen die Wand und ich erkenne, wie ausgeliefert ich ihm bin. »Werden Sie mich loslassen?«

Seine Lippen streichen über meine Schläfe. »Bald, kleine Jungfrau.«

»Nennen Sie mich nicht so.« Meine Stimme zittert nur ein wenig, bezeugt meinen inneren Aufruhr.

»Wie soll ich dich dann nennen? Prinzessin? Liebling?«

»Wie wäre es mit meinem Namen?«

Er senkt den Kopf, seine Lippen berühren mein Ohr, als er wieder spricht, seine Stimme kaum mehr als ein Atemzug. »Ich habe nur einen Namen für dich. *Meins.*«

Der Besitzanspruch lässt mich schaudern. »Niemals.«

Aber in meinem Kopf sagt eine leise Stimme: *noch nicht.*

Mit einem leisen Lachen tritt er zurück. »Du kannst weglaufen, kleine Jungfrau. Aber du wirst zurückkommen.«

Ich befürchte, dass er recht hat.

KAPITEL 2

Früher haben draußen Gärtner gearbeitet und in der Küche ein Halbtagskoch. Zimmermädchen haben sich unter der Leitung der Haushälterin um alles gekümmert. Über 900 Quadratmeter französischer Architekturüberfluss kümmern sich nicht um sich selbst.

Nachdem der Skandal an die Öffentlichkeit gekommen war, wurde es sogar noch lauter.

Ständig haben Daddys Anwälte und Geschäftspartner angerufen. Die lange Straße, die zur kopfsteingepflasterten Einfahrt führt, wurde zu einem Spießrutenlauf aus Reportern. Einmal hat es sogar einen Protest gegeben, mit Schildern, auf denen Dinge wie WEG MIT DER KORRUPTION und VERSCHWINDET AUS TANGLEWOOD gestanden haben.

Ehemals sauber geschnittene Büsche waren mittlerweile verwildert, warfen ausgefranste Schatten auf leere Gehwege.

Niemand begrüßt mich, als ich das Haus betrete. Ich folge dem leisen Summen der Maschinen den Flur entlang und ins Schlafzimmer meines Vaters. Ein Krankenhausbett hat die Stelle der alten Ledersessel vor dem Kamin eingenommen.

Rosita blickt von ihrem Buch auf. »Wie ist es gelaufen?«

»Ach, ganz gut.« Ich habe ihr gesagt, ich würde mich mit ein paar Geschäftsleuten treffen.

Sie kennt keine Einzelheiten, aber sie weiß, wir brauchen dringend Geld. Die leeren Zimmer, in denen mal orientalische Teppiche gelegen und antike Möbel gestanden haben, sind Beweis genug. Ich habe alles verkauft, den letzten Penny aus der liebevollen Inneneinrichtung meiner verstorbenen Mutter gequetscht. Nur das Schlafzimmer meines Vaters bleibt unangetastet – abgesehen von dem Ständer für die intravenöse Leitung und den Monitoren, die seinen Zustand überwachen und dabei helfen, ihn am Leben zu halten.

Ich berühre seine Hand, die Haut fühlt sich wie Papier an. »Ist er aufgewacht?«

Traurig betrachtet Rosita das friedliche Gesicht meines Vaters. »Kurz nachdem Sie gegangen sind, war er ein paar Minuten bei klarem Verstand, aber dann ist er durch die Medikamente wieder eingeschlafen.«

Traurigkeit ist besser als Misstrauen und auf alle Fälle besser als Hass, so wie ihn die meisten seiner früheren Angestellten während dieser dunklen Tage angesehen haben. Er hat jedem ein kleines Abschiedsgeschenk gegeben, was das Gericht sofort zurückgefordert hat, als die Entschädigungen festgesetzt wurden. Millionen Dollar an Entschädigungen leerten jedes einzelne seiner Konten.

Und dann hat man ihn angegriffen und fast totgeprügelt.

Ich weiß, in gewisser Weise verdient er das alles. Die Kritik, die Schulden. Nach bestimmten moralischen Standards vielleicht sogar die Prügel. Aber es fällt mir schwer, daran zu glauben, wenn ich ihn sehe, wie er um jeden Atemzug kämpft.

Ich wühle zwischen den Geldscheinen in meiner Brieftasche.

Rosita legt die Hände auf meine. »Nein, Miss Avery. Das ist nicht nötig.«

Da ich jetzt geübter darin bin, fällt es mir leichter, mich zu einem Lächeln zu zwingen. »Es *ist* notwendig. Und es ist in Ordnung. Mach dir um mich keine Gedanken.«

Mit traurigen, dunklen Augen schüttelt sie den Kopf. »Ich bin nicht blind.« Zur Betonung betrachtet sie mich von Kopf bis Fuß. »Ich sehe doch, wie dünn Sie geworden sind.«

Besorgt sehe ich meinen Vater an, aber er schläft noch. »Bitte.«

»Nein, ich kann Ihr Geld nicht nehmen.« Sie zögert. »Aber ich kann mich auch nicht um Ihren Vater kümmern.«

Ich öffne den Mund, aber mein Flehen kommt nicht über meine Lippen. Wie kann ich sie bitten, weiterhin zu kommen? Sie ist die einzige unserer früheren Angestellten, die bei uns geblieben ist. Und sie hat recht, dass mir das Geld fehlt, um sie zu bezahlen. Es ist nicht ihre Schuld, dass mir die Optionen ausgehen.

»Okay«, sage ich mit brechender Stimme.

»Ihre Mutter …« Sie schnieft leise. »Das zu sehen, hätte ihr das Herz gebrochen.«

Das weiß ich und es ist der einzige Trost, den mir ihr Tod jetzt bietet. Sie musste nie mit ansehen, wie mein Vater entehrt wurde. Sie muss nicht mit ansehen, wie ihr kleines Mädchen zur Hure wird. »Sie fehlt mir.«

Beinahe verstohlen zuckt Rositas Blick zu meinem Vater. »Sie war loyal«, flüstert sie, »genau wie Sie.«

Ich nicke, da es kein Geheimnis ist. Jeder weiß, sie war eine hingebungsvolle Ehefrau und Mutter. Eine wahre Kennerin der Gesellschaft, mit jedem befreundet und ein Musterbeispiel an Eleganz. Ich habe immer davon geträumt, eines Tages wie sie zu sein, aber ich weiß, nach meinem Besuch in der Höhle wird sich mein Leben unwiederbringlich verändern.

»Passen Sie auf sich auf«, sagt Rosita, während sie meine Hand tätschelt. Sie wirft einen letzten Blick auf meinen Vater. »Mr. Moore wartet im hinteren Salon.«

Mein Herz klopft.

Onkel Landon ist schon seit Jahren ein Freund und der Finanzberater meines Vaters. Sie haben zusammen Golfplätze und den Aktienmarkt unsicher gemacht. Aber so gut wir uns auch kannten, man hätte ihn nie in den hinteren Salon geführt. Der stand nur der Familie offen, darum steht dort auch eine abgerissene, wertlose Couch.

Ich setze eine nichtssagende, höfliche Miene auf. »Ich werde mit ihm sprechen, sobald ich hier fertig bin.«

Rosita geht ohne ein weiteres Wort. Rhythmisches Piepsen ist alles, was mir noch Gesellschaft leistet, gefühlskalte Ermahnungen an den dünnen Faden, der meinen Vater noch mit den Lebenden verbindet.

Ich nehme seine Hand, schlucke schwer. Diese Hand hat mich in den Schlaf gewiegt und mir einen Ball zugeworfen. Nun ist sie kalt und zerbrechlich. Ich kann jede Vene unter der papierdünnen Haut ertasten.

Mir steigen Tränen in die Augen, aber ich kämpfe sie zurück. »O Daddy.«

Gerade jetzt brauche ich meinen größten Unterstützer. Ich brauche jemanden, der mir sagt, dass alles gut wird. Es gibt niemanden mehr, der das tut. Das Einzige, was jetzt noch hilft, ist ein Anruf von einem der Verbrecherbosse der Stadt. Von einem reichen Mann, der genug Geld hat, um sich eine Frau zu kaufen.

Auf Vaters Lidern zeichnen sich blaugrüne Venen ab. Sie öffnen sich langsam, offenbaren den matten Blick, den er seit der Verurteilung hat. »Avery?«

»Ich bin hier. Brauchst du etwas? Hast du Hunger?«

Er schließt die Augen wieder. »Ich bin müde.«

Er schläft die meiste Zeit. »Ich weiß, Daddy.«

»Du bist ein braves Mädchen«, sagt er schwach, mit flatternden Lidern.

Ich kann kaum schlucken. »Danke«, flüstere ich.

»Mein kleiner Springinsfeld.«

Er wird gegen Ende leiser, aber ich weiß, was er gesagt hat. So hat er mich früher genannt, als ich noch klein und so ungebändigt war. Um mir zu helfen, mich auf etwas zu konzentrieren, hat er mir Schach beigebracht. Und dann hat er jede Woche die Zeit gefunden, mit mir zu spielen, komme, was wolle. Er hat nachts und an den Wochenenden gearbeitet, aber er hat immer Zeit gefunden, mir am Schachbrett gegenüberzusitzen.

Außer dem Piepsen ist es still und ich weiß, er schläft wieder. Ich habe nur ein paar Minuten am Tag mit ihm. Den Rest der Zeit sorgen die Medikamente dafür, dass er schläft, aber ohne sie würde er unerträgliche Schmerzen leiden. Er hat immer vor Gesundheit und Kraft gestrotzt. Mehrere Knochenbrüche und eine grauenhafte Nacht in der dunklen Gasse, wo man ihn zurückgelassen hat, haben ihn 20 Jahre altern lassen. Er hat sonst nichts mehr – nur die Sicherheit seines Zimmers und die Schmerzmittel. Das kann ich ihm nicht nehmen.

»Alles wird gut.« Ich muss es aussprechen, um selbst daran zu glauben. Ich muss glauben, dass ich das aus einem Grund tue. Muss glauben, dass es ausreicht.

Niemand kann uns noch retten außer mir.

KAPITEL 3

Ich habe drei Erinnerungen an meine Mutter, und eine davon findet im hinteren Salon statt. Sie war eine schöne Debütantin, die perfekte Gesellschaftsehefrau. Nur in der Abgeschiedenheit des hinteren Salons hat sie sich auf den Boden gesetzt und mit mir *Candy Land* gespielt.

Meine Schritte hallen durch den Flur, der auf meiner verzweifelten Suche nach Geld leer geräumt wurde. Dunkle Rechtecke zieren den Holzboden, Stellen, wo sich zehn oder 20 Jahre lang ein Teppich oder ein Möbelstück befunden hatte. Durch den Verkauf der Möbel und die Auflösung meiner College-Rücklagen habe ich uns noch einen Monat verschafft, aber das Geld ist bald aufgebraucht. Die Krankenschwester, die einmal am Tag nach meinem Vater sieht, der Arzt, der seinen Vorrat an Schmerzmitteln aufstockt. Sie alle wollen Geld, für ihre Fachkenntnis und auch dafür, nichts an die Klatschblätter weiterzugeben. Das ist mir die Würde meines Vaters wert.

Die Tür zum hinteren Salon steht offen. Landon Moore sitzt auf der abgerissenen Couch. Seine Weste sitzt einwandfrei und einen Fuß in einem Oxford-Schuh hat er über den anderen Oberschenkel gelegt. Er hat volles, silberfarbenes Haar, einen Schnauzbart und stechend blaue Augen. Er erinnert mich an diese englischen Adligen, nur der Akzent fehlt.

Zu sehen, wie er sich auf dem Einzigen breitmacht , was mir noch von meiner Mutter geblieben ist, erfüllt einen Teil von mir mit Hass. Der pragmatische Teil von mir weiß, dass es sonst keine Sofas mehr im Haus gibt. Keine Möbel. Nichts ist mehr übrig. Panik ergreift mich.

Er ist hier, um dir zu helfen, ermahne ich mich.

»Onkel Landon. Schön, dich zu sehen.«

Mit traurigem Blick steht er auf. »Mein liebes Kind. Das müssen schreckliche Zeiten für dich sein.«

Aus mir unerklärlichen Gründen zittert meine Unterlippe. Sein Mitgefühl ist schwerer zu ertragen als die Herausforderung in Gabriel Millers gemeißelten Gesichtszügen. Ich kann mir kein Selbstmitleid leisten. Ich kann mir nicht leisten zusammenzubrechen. Nicht wenn ich nicht weiß, ob ich mich danach wieder aufraffen kann.

»Es geht mir gut«, versichere ich ihm, »du musst dir um mich keine Sorgen machen.«

»Oh, das tue ich aber, besonders bei dem Zustand, in dem sich dein Vater befindet. Was macht seine Gesundheit?«

Seine blasse Haut, seine kraftlosen Bewegungen. Die unerträglichen Schmerzen, die ich zwischen den Medikamentendosen in seinem Blick erkenne. »Es geht ihm jeden Tag besser. Ich bin einfach nur dankbar, dass er langsam gesund wird.«

»Gut, gut.« Er deutet auf das Sofa – das Sofa meiner Mutter. »Komm, setz dich zu mir. Wir müssen uns unterhalten.«

Der vordere Salon war erkennbar dafür da, die Etikette zu wahren, um einem Raum zu lassen. Ich hätte mich in einen der herrlichen schottischen Armsessel setzen können, mit einem kleinen Eichentischchen zwischen uns. Ich hätte weiterhin lächeln können.

Aber der hintere Salon sollte gemütlich sein. Vertraut. Und als ich mich setze, knautschen sich die Polster zusammen, sodass ich näher an ihn heranrutsche. Er rührt sich nicht. Stattdessen legt er mir die Hand aufs Knie. Jeder

Muskel meines Körpers erstarrt, als ich die blassen Altersflecken auf seiner Haut ansehe, nicht in der Lage zu begreifen, was vor sich geht, nicht bereit, darüber nachzudenken, warum er mich so berührt.

»Meine Liebe, wir müssen über deine Zukunft sprechen. Wir müssen über das Haus sprechen.«

»Das Haus …« Meine Stimme versagt und ich hole tief Luft. Das ist nicht mein Haus. Es gehört auch nicht meinem Vater. Er hat es für meine Mutter gebaut. Er hat es ihr gleich geschenkt. Und nach ihrem Tod ist es in Form eines Treuhandfonds in meinen Besitz übergegangen. »Du hast gesagt, wir könnten das Haus behalten.«

»Ja, es ist durch den Treuhandfonds geschützt. Aber die Instandhaltung eines solchen Grundbesitzes ist – und es tut mir leid, das sagen zu müssen – ein Luxus, den du dir nicht länger leisten kannst.« Mit missbilligendem Blick sieht er aus dem Fenster. Die Büsche waren mal perfekt gepflegt. Früher habe ich sie für grüne Bällchen aus Zuckerwatte gehalten. Mittlerweile sind sie unordentlich und knorrige Äste ragen bis ans Fenster.

Das Haus ist kein Luxus. Es ist alles, was ich noch habe. Ich kann das Haus nicht verlieren. Mein Vater würde daran zerbrechen, wenn er herausfindet, wie tief wir gefallen sind. *Ich* würde daran zerbrechen.

»Ich habe gehofft, ich könnte Daddy hierbehalten. Das ist wichtig.«

Ein Hauch von Mitleid schleicht sich auf Landons Gesicht. »Leider ist die Grundsteuer bald fällig. Wir haben seit Jahren nichts mehr in den Treuhandfonds einbezahlt, da die Gesamtsumme ohne Weiteres aus einem der Familienkonten kommen konnte. Aber wegen der Entschädigungszahlungen …«

In meinem Mund macht sich der metallische Geschmack von Angst breit. »Wie hoch ist die Steuer?«

Er greift in seine Ledermappe und holt ein gefaltetes Stück Papier heraus. Mit zitternden Händen nehme ich es. Sie zittern so sehr, dass die Zahlen verschwimmen. Als ich sie endlich erkennen kann, verlässt mich mein ganzer Atem mit einem einzigen Keuchen. »O Gott.«

»Ja«, stimmt er zu. »Es war lobenswert zu versuchen, deinen Vater hierzubehalten, aber ich befürchte, das ist nicht möglich. Ich habe bereits mit einem Immobilienmakler gesprochen und ihm erklärt, wie wichtig ein zügiger Verkauf ist.«

Er spricht weiter über die Details des Hausverkaufs, aber ich höre nur die leisen Worte meines Vaters. *Du bist ein braves Mädchen.* Jahrelang hat er sich um mich gekümmert. Jetzt bin ich dran, ihn zu beschützen.

»Warte.«

Landons Miene wird sanfter, die Falten in seinem Gesicht entspannen sich. »Ich weiß, wie schwer dir das fallen muss. Darum wollte ich mit dir über ein Angebot sprechen.«

»Etwas, womit wir das Haus retten können?« Etwas, womit wir meinen Vater retten können.

»Ich fürchte, nein«, sagt er sanft. »Aber du weißt, dass du mir sehr wichtig bist. Ich respektiere dich über alle Maßen.«

Ich blinzle, unsicher, worauf er hinauswill. »Natürlich, Onkel Landon. Du warst immer für uns da. Und du warst mir während dieser Zeit eine große Hilfe bei den Finanzen.«

Er lächelt freundlich. »Gut, gut. Und ich hoffe, dass du meinem Vorschlag zustimmen wirst.«

Ich halte den Atem an. Aus irgendeinem Grund bin ich argwöhnisch. Sooft uns Onkel Landon auch besucht hat, obwohl er immer höflich zu mir war, habe ich mich in seiner Gesellschaft nie wohlgefühlt.

Er nimmt meine Hand, zieht sie auf seinen Schoß.

Mein Magen verkrampft sich, will das nicht wahrhaben.

»Ich hatte das Vergnügen, dir dabei zuzusehen, wie du zu einer hübschen jungen Dame herangereift bist. Deine Grazie und deine Kraft während der Verhandlung deines Vaters waren bewundernswert. Es wäre mir eine große Ehre, dich zu meiner Frau zu nehmen.«

Die Luft scheint aus dem Raum zu entweichen, meine Lunge fühlt sich hart und leer an. »Was?«

»Mir ist klar, dass ich nicht deine erste Wahl wäre ...«

»Onkel Landon. Du bist für mich wie ein Familienmitglied.« Und er ist so alt wie mein Vater. Sie sind zusammen auf die Universität gegangen. Wie kann er mich so etwas überhaupt fragen?

»Wir wären immer noch eine Familie, Avery. Ich verspreche dir, ich werde mich gut um dich kümmern.«

Während ich darüber nachdenke, gefriert mein Blut. Onkel Landon ist auf alle Fälle wohlhabend, durch Erbschaft und seine Arbeit als Finanzberater der Reichen der Stadt. Der Gedanke, seinen Antrag anzunehmen, zieht meinen Magen zusammen, aber ich kann nicht ablehnen. »Würdest du das Haus behalten?«, frage ich vorsichtig.

Er steht auf, geht zum Kaminsims, auf dem Familienfotos stehen. Am häufigsten ist das lächelnde Gesicht meiner Mutter zu sehen, mein einziger Weg, mich an sie zu erinnern. Er nimmt einen der Rahmen, berührt das Glas, fast als würde er es streicheln. »Hast du gewusst, dass ich deiner Mutter zuerst begegnet bin? Bevor Geoffrey sie gesehen hat?«

Ich schaudere. »Mein Vater sagt, es war Liebe auf den ersten Blick.«

»Ja.« In diesem Wort schwingt eine nie gehörte Düsternis mit. »Sie war eine schöne Blume und er hat sie gepflückt, kaum dass er sie gesehen hat. Er hat dieses Haus als Schrein für sie gebaut.«

Mir stockt der Atem. Darum konnte er es nie über sich bringen umzuziehen, obwohl es viel zu groß für uns ist. Das Haus ist nicht nur für meinen Vater. Es ist eine Gedenkstätte für meine Mutter.

»Also hilfst du mir, es zu retten?«, frage ich schon fast verzweifelt.

Er sieht mich ernst an. »Das wäre nicht angemessen.« Als würde er bemerken, wie barsch er klingt, lächelt er mich an. »Und verschwenderisch. Ich habe ein großes Zuhause, das dir bestimmt gut gefallen wird.«

»Aber mein Vater …«

»Er ist kaum bei Bewusstsein.« Landon hält sich knapp. »Wir richten ihm ein gemütliches Zimmer in unserem Haus ein. Und wir können eine Vollzeit-Krankenschwester anstellen, die sich um ihn kümmert.«

Ein Teil von mir will ihn fragen, warum er die Schwester nicht jetzt schon bezahlt, wenn wir schon so mittellos sind. Ist er nicht der beste Freund meines Vaters? Allerdings wirkt er im Moment alles andere als freundlich. Eher verbittert. Eifersüchtig? Hat er seinen Groll, dass sich meine Mutter für meinen Vater anstatt für ihn entschieden hat, über all die Jahre bewahrt?

Und wie gruselig wäre es, Onkel Landon zu heiraten? Der Altersunterschied ist schon schlimm genug und dass er mich hat aufwachsen sehen. Aber zu wissen, dass ich nichts weiter als ein Ersatz für meine Mutter bin?

»Ich kann nicht«, flüstere ich.

Er kommt zur Couch zurück, bleibt neben mir stehen

und sieht zu mir herunter. Seine Finger streichen über meine Wange, sorgen für Gänsehaut. »Du warst schon immer ein schlaues Mädchen. Du erkennst doch bestimmt, dass es keine andere Möglichkeit gibt.«

Als ich zu ihm aufblicke, blitzt in meinem Verstand ein Bild von Gabriels goldfarbenen Augen auf. Wäre das nicht die sicherere Entscheidung? Ich kenne Onkel Landon schon mein ganzes Leben. Ich könnte ein bequemes Leben mit allen vertrauten Annehmlichkeiten genießen. Es gäbe keine Sorgen mehr wegen der medizinischen Kosten.

Ein kleiner, zerbrochener Teil von mir will sich dem ergeben, es jemand anderem überlassen, sich um alles zu kümmern. Ich musste so lange stark sein, zusehen, wie mein Leben vor meinen Augen zerfällt. Der Gedanke, unter Onkel Landon zu liegen, widert mich an, aber irgendein Fremder bei der Auktion wäre wahrscheinlich auch nicht schlimmer.

Sein Daumen gleitet über meine Lippen und alles in mir will sich zurückziehen. Ich halte absolut still, ich atme sogar flach. Mir wird klar, das ist die Prüfung. Um zu sehen, ob ich es ertragen kann, wenn er mich berührt.

»So sehr wie sie«, murmelt er und ich weiß, er meint meine Mutter. »Dasselbe Alter, als ich sie kennengelernt habe.«

Ein Schauder überkommt mich. »Nein«, flüstere ich.

Es ist einfach zu viel, dass ich weiß, er denkt an meine Mutter. Dass ich ihn zu sehr als Familienmitglied betrachte.

»Avery, ich versuche, dir zu helfen.«

»Ich habe einen anderen Plan.« Mit diesen Worten kommt auch das Gefühl zu fallen wieder. Ich taumle, drehe mich. Onkel Landon ist meine einzige Hoffnung, wieder Boden unter den Füßen zu haben, aber aus irgendeinem Grund habe ich mich entschieden zu springen.

»Was für einen Plan?«

»Ich bekomme ein Darlehen von Damon Scott.«

Landon zieht sich überrascht zurück. »Der Kredithai?«

»Er ist ein Geschäftsmann. Er wird mir genug leihen, um die Grundsteuer zu bezahlen. Und die Krankenschwester. Ich kann das Haus behalten.« Ich lüge aus Verzweiflung, tue so, als wäre es ein Darlehen, keine Auktion, und bete, dass es genug Geld sein wird.

»So viel Geld«, sagt Landon gedehnt. »Bist du sicher, dass er nichts … Widerwärtiges von dir verlangen wird?«

Das willst du doch auch. Ich presse die Lippen aufeinander, bete um Kraft, die Scharade aufrechtzuerhalten. Ich weiß, was für eine Gnade mir Onkel Landon anbietet. Er würde mich nicht nur aushalten, seine Stellung in der Gesellschaft könnte ausreichen, um mich in ihren Augen wiederherzustellen.

Aber ich wäre für den Rest meines Lebens mit ihm verheiratet. In Anbetracht dessen, dass er 30 Jahre älter ist als ich, wahrscheinlich eher für den Rest *seines* Lebens. Das ist dennoch eine lange Zeit.

Sehr viel länger als ein Monat.

Meine Jungfräulichkeit an einen Fremden zu verkaufen wird schrecklich sein, aber es würde nur einen Monat dauern. Das könnte ich überstehen. Und vielleicht, mit der Zeit und etwas Glück, kann ich es auch vergessen. Onkel Landon würde mich retten, aber der Preis wären Jahre.

»Die Vereinbarung steht bereits«, lüge ich. »Ich gehe morgen zurück, um den Vertrag rechtskräftig zu machen.«

»Davon muss ich abraten«, wendet er ein. »Die Zinsraten sind ohne Zweifel horrend, wenn nicht sogar illegal. Und wie willst du das Geld für die Rückzahlung aufbringen?«

»Mach dir keine Sorgen, Onkel Landon. Ich habe das alles schon vorbereitet.«

Weil ich keine Zahlungen vornehmen werde, zumindest nicht mit Geld. Ich werde die Steuern und die Krankenschwester mit meinem Körper bezahlen. Noch während ich diese Entscheidung treffe, spüre ich Bedauern und Angst. Hätte ich Onkel Landons Angebot annehmen sollen? Ich kann mir nicht vorstellen, für ihn die Beine breit zu machen. Andererseits kann ich mir auch nicht vorstellen, sie für einen Fremden zu spreizen.

KAPITEL 4

Diese Nacht träume ich davon, wie Feuer über meine Haut leckt, und als ich aufwache, sind meine Laken schweißnass. Meine Matratze liegt auf dem Boden, sie ist das Einzige in diesem Zimmer, nachdem mein viktorianisches Schlafzimmer über einen Antiquitätenhändler verkauft wurde. Ich will nicht mehr träumen, also stehe ich auf und streife durch die Flure. Das Mondlicht schneidet durch die schweren Äste, zeichnet geometrische Muster auf den leeren Holzfußboden.

Ich gehe nach unten, schenke mir ein Glas Wasser ein. Kühl und wachrüttelnd rinnt es meine Kehle hinab. Was auch immer bei dieser Auktion passiert, ich werde es durchstehen. Nur ein Monat, dann wird es vorbei sein.

Ich treffe die richtige Entscheidung, oder?

Ein Schatten im Fenster weckt meine Aufmerksamkeit und mein Blut gefriert. Der Ast muss zu den Büschen gehören. So was passiert, wenn man sie nicht schneidet. Trotzdem mache ich einen Schritt zur Seite, beobachte das Fenster. Nichts als Dunkelheit erwidert meinen Blick.

Ich lache beunruhigt. »Du bist ja paranoid, Avery.«

Das Treffen mit Kriminellen hat mich wohl misstrauisch gemacht.

Noch ein Schatten schiebt sich am Fenster vorbei. Mein Herz schlägt mir bis zum Hals. O Gott. Habe ich gerade jemanden da draußen gesehen? Meine Fantasie dreht durch – Monster und eingebildete Wesen. Entsprungen aus den Mythen-Büchern meiner Kindheit.

Wahrscheinlicher ist, dass es ein Einbrecher ist, der noch nicht mitbekommen hat, dass es hier nichts mehr zu holen gibt.

Oder jemand weiß von unserem gesellschaftlichen Absturz – und dass ich alleine und schutzlos in diesem Haus bin. Es läuft mir kalt den Rücken runter. Wie Gabriel schon gesagt hat, ich habe noch etwas von Wert. Meinen Körper. Meine Jungfräulichkeit. Vielleicht ist es das, was der Mann da draußen will.

Ich gehe näher an das Fenster heran, versuche, nach draußen zu sehen. Der Mond verschwindet hinter einer Wolke, die Lampen am Boden sind überwuchert, sodass der Garten fast völlig in Dunkelheit getaucht ist.

Versteckt sich da draußen jemand?

Knackt jemand das Schloss, während ich hier hilflos herumstehe?

Meine Vorstellungskraft nimmt überhand. Da draußen ist niemand.

Ich habe mein Leben behütet verbracht. Ich hätte nie geahnt, dass uns jemand schaden will, bis mich die Polizei angerufen hat. Ein Tellerwäscher hat meinen Vater hinter dem Restaurant gefunden, in dem er arbeitet.

Man hat ihn dort abgelegt, nachdem man ihn zusammengeschlagen hat.

Was, wenn sie zurück sind, um ihre Arbeit zu beenden?

Mit Eis in den Adern renne ich die Treppe hoch. Das Telefon liegt neben meiner Matratze. Ich hebe es auf, fange an, Onkel Landons Nummer zu wählen. Er ist der Einzige in Tanglewood, der noch mit mir spricht.

Dann denke ich an den seltsamen Glanz in seinen Augen, als er über meine Mutter gesprochen hat.

Das Verlangen an sich war schon überraschend gewesen,

aber dahinter hatte noch etwas Dunkleres gelegen. Verachtung. Vielleicht sogar Wut.

Stattdessen bemerke ich, wie ich die Nummer meiner Freundin Harper wähle. Als sie abhebt, werfe ich einen Blick auf die Uhr. Nach zwei Uhr morgens. Sie ist garantiert noch wach. Ich weiß nicht, wann sie schläft. Sie ist die blonde Studentin zu meinem Mädchen von nebenan, die Marmorstatue zu meiner Strohpuppe. Sie ist das einzig Wahre.

»Avery!«, sagt sie atemlos. *»Herrgott, es ist, als wärst du vom Erdboden verschluckt.«*

Ihr gedehnter Südstaatenakzent verrät mir, dass sie sehr betrunken ist. Ein leiser Rhythmus im Hintergrund untermalt ihre Worte, erinnert mich an nächtliche Lernsitzungen und Verbindungspartys in der nahe gelegenen Universität. Eigentlich sollte das im Moment auch mein Leben sein.

Stattdessen drücke ich mich in einem dunklen, leeren Haus gegen eine Wand. »Tut mir leid, dass ich mich nicht früher gemeldet habe, aber ich flippe sozusagen aus.«

»Blödsinn, ich *flippe aus«*, entgegnet sie lachend. *»Kommst du jetzt zurück? Du fehlst mir!«*

Ein Geräusch von draußen – ein Kratzen. Ich atme schneller. »Ich glaube, da draußen ist jemand.«

Durch das Telefon sind schlurfende Schritte und eine zufallende Tür zu hören. Es wird augenblicklich leiser. *»Moment mal, was ist los?«* Sie klingt etwas nüchterner. *»Geht es dir gut?«*

Ich habe mich zu sehr geschämt, Harper anzurufen und ihr haarklein von der Verhandlung meines Vaters zu erzählen. Sie hat mir ein paar Voicemails hinterlassen, aber wie hätte ich ihr erklären sollen, dass ich nie wiederkommen werde? Ich konnte es mir ja kaum selbst eingestehen. Das ganze Leben von damals, als ich sie gekannt habe, ist jetzt vorbei.

»Ich weiß nicht«, flüstere ich, während ich mich neben dem Fenster an die Wand lehne. »Kann sein, dass ich den Verstand verliere.«

Ein Mann hat angeboten, meine Jungfräulichkeit zu verkaufen, während mir ein anderer einen Heiratsantrag gemacht hat, alles am selben Tag. Das reicht aus, um ein Mädchen in den Wahnsinn zu treiben. Ja, das war einfach alles zu viel. Ich musste dafür beten, dass das der Grund für die Schatten und die Geräusche war.

»Gib mir eine Kurzfassung«, bittet sie. *»Du hast gesagt, du bist zu Hause. Im Haus deines Vaters, richtig?«*

Sie weiß von den Anschuldigungen gegen ihn. Das habe ich ihr zumindest gesagt, als ich letztes Semester das College verlassen habe. Wenn sie die Verhandlung verfolgt hat, kann es sein, dass sie danach von der Verurteilung gelesen hat. Aber dass mein Vater zusammengeschlagen wurde, ist nicht allgemein bekannt. »Er ist krank.« Das ist noch untertrieben. »Und wir sind ganz alleine. Ich dachte, ich hätte draußen etwas gesehen, aber … ich bin mir nicht sicher.«

»Kannst du die Polizei rufen?«

Nachdem mein Vater wegen Betrugs und Unterschlagung in mehreren Fällen angeklagt wurde, ist die Polizei nicht unbedingt gut auf uns zu sprechen. Ich will sie nicht anrufen, nur damit sich letztendlich herausstellt, es war nur ein Waschbär da draußen. Wahrscheinlich würde man mich verhaften, weil ich grundlos den Notruf gewählt habe. Und wer würde sich dann um Daddy kümmern?

»Ich glaube, ich will erst sichergehen, dass wirklich etwas ist, bevor ich anrufe. Ich hatte einen ziemlich harten Tag, kann also sein, dass ich mir das alles nur einbilde.«

»Okay, nun, ist ja klar, dass ich alles über diesen harten Tag wissen will, aber kannst du nicht die Angestellten deines Vaters rufen? Hatte er nicht so eine Art Sicherheitsmannschaft?«

Bei Besuchen im Zoo oder im Museum sind immer Männer in unserer Nähe gewesen. Sie haben sich alle Mühe gegeben, nicht aufzufallen, aber für mich war das normal. Erst als ich älter wurde, ist mir aufgefallen, wie seltsam das war. Mein Dad hat gesagt, es sei nur eine Vorsichtsmaßnahme, um uns zu schützen, nachdem meine Mutter bei einem Unfall durch Trunkenheit am Steuer ums Leben gekommen ist.

Dann kam der Skandal.

Daddys Firma hat noch vor seiner Verurteilung sämtliche Aufträge verloren. Und als er die Sicherheitsmänner am dringendsten gebraucht hätte, konnte er sie sich nicht mehr leisten.

»Die sind weg. Nach den Gerichtsverhandlungen ...« Ich denke an mein Entsetzen, als ich meinen Dad im Krankenhaus gesehen habe. Die eine Gesichtshälfte war voller Prellungen, die andere verbunden. Schlimmer noch war, als mir die Ärzte gesagt haben, dass er wahrscheinlich nie wieder wird laufen können. »Es sieht wirklich übel aus.«

Sie macht ein mitfühlendes Geräusch. *»Du hättest mich anrufen sollen.«*

»Ich weiß. Es war mir nur so ... peinlich. Vielleicht wollte ich es auch nicht wahrhaben.«

»Okay, hör zu. Sind die Flutlichter an? Kannst du irgendwas einschalten, damit du mehr siehst, was draußen ist?«

»Genau darum habe ich dich angerufen.« Ich bin wegen Onkel Landon so durcheinander, dass ich kaum denken kann. Nein, das stimmt nicht. Gabriel ist derjenige, der mich die ganze Nacht wach hält, dafür sorgt, dass ich mich unruhig auf meiner Matratze herumwälze. »Irgendwo muss es Lichtschalter geben.«

Ich hatte nie Grund, sie zu benutzen, aber als ich in den Nebenraum des Foyers gehe, entdecke ich eine lange Reihe Lichtschalter. Harpers vertraute Stimme zu hören hat mich merklich beruhigt. Beide sind wir in die Welt hinausstolziert, als wären wir amerikanische Prinzessinnen, furchtlos und davon überzeugt, dass man uns akzeptieren wird. Sie schafft es, mir durch die Telefonleitung ein wenig davon zu vermitteln.

»Ich schalte jetzt die Lichter ein«, sage ich ihr, während ich die Handfläche quer auf die Schalter lege, um alle gleichzeitig umzulegen.

Blendend weißes Licht erhellt den Garten wie eine Flugzeuglandebahn. Und dann sehe ich den Mann, der sich am Verteilerkasten zu schaffen macht, er hält etwas Glänzendes in der Hand. Will er die Stromversorgung unterbrechen? O Gott. Mein Puls rast, während ich wie angewurzelt auf dem Fliesenfußboden stehe.

»Da ist jemand«, hauche ich leise.

Von den unerwarteten Lichtern überrascht, stolpert der Mann vom Verteilerkasten weg. Er trägt eine schwarze Kapuzenjacke und dunkle Jeans. Ich kann sein Gesicht nicht erkennen.

»Avery? Kannst du mich hören? Geh in dein Schlafzimmer und sperr die Tür ab.«

Ich renne – nicht in mein Schlafzimmer, sondern zu meinem Vater. Ich verriegle die Tür, sacke auf den Boden, höre Harper zu, wie sie sich das Telefon eines Freundes leiht und die Polizei anruft. Sie spricht die nächsten Minuten mit mir, verspricht mir, dass alles gut werden wird.

Ich weiß, sie irrt sich. Selbst wenn ich diese Nacht überstehe, mein Leben ist vorbei.

Mein Vater wacht nicht auf, das kontinuierliche Piepsen sagt mir, es geht ihm gut.

Die Polizei erscheint mit lautem Klopfen an der Tür. Sie durchsuchen das große Grundstück, können aber keinen Eindringling finden. Sie sehen mich ungläubig an, als ich ihnen beschreibe, was ich gesehen habe, aber das ist egal. Ich weiß, hier sind wir nicht sicher. Wir werden nirgends sicher sein. Nicht ohne Geld.

KAPITEL 5

Als Jungfrau habe ich nicht wirklich etwas, das man als sexy Unterwäsche bezeichnen kann. Niemand hat jemals meine Unterwäsche gesehen, abgesehen von anderen Mädchen im Umkleideraum der Sporthalle. Ich trage stabile, hautfarbene Büstenhalter und niedliche Höschen mit rosafarbenen Donuts und blauen Schmetterlingen darauf. Keine Spitze oder Seide.

Realistisch betrachte ich die dürftige Auswahl in meiner Unterwäscheschublade, während das Sonnenlicht durch das Fenster hereinfällt. Letzte Nacht hat der Garten noch unheimlich gewirkt, als würde sich in jedem Schatten ein Eindringling verstecken.

Bei Tageslicht sah er wie der glückliche Ort aus, wo ich als Kind gespielt habe. Es reicht beinahe aus, damit ich den Mann von letzter Nacht vergesse, nur die Metallriegel am Verteilerkasten sind kaputt. Die Polizisten haben versucht, mir weiszumachen, dass so etwas auch während eines Sturms passieren könne, aber ich weiß, was ich gesehen habe.

Es gibt nur eine Möglichkeit, dafür zu sorgen, dass wir hier sicher sind.

Letztendlich ist es zu spät, noch ein schickes Set aus BH und Höschen zu besorgen. Abgesehen davon würde man meine Kreditkarte ohnehin ablehnen. Ich ziehe mir einen schlichten weißen T-Shirt-BH und ein weißes Höschen mit einem hübschen Schnitt an.

Wenn sie eine Jungfrau wollen, dann sollen sie sich verdammt noch mal mit meiner Unterwäsche zufriedengeben.

Ich habe noch ein paar hübsche Kleider aus der Zeit, als ich noch zu Eröffnungsgalas und Abendopern gegangen bin. Die konnte ich nicht verkaufen, weil sie entweder zerschlissen oder zu alt sind. Aber ich kann mich nicht überwinden, gewagtes Rot oder geheimnisvolles Schwarz zu tragen. Diese Kleider habe ich getragen, wenn ich mit Justin zusammen war, eine Berühmtheit der Gesellschaft. Dieses Mädchen gibt es nicht mehr.

Stattdessen ziehe ich ein weißes Trägerkleid an. Zumindest umschmeichelt es meine Rundungen.

Ich finde passende Sandalen und eine Clutch, tue so, als würde ich mich auf einen Brunch mit Freunden vorbereiten.

Es wird keine Brunchs mehr geben. Vielleicht auch keine Freunde mehr. Und ich werde Justin nie wiedersehen. Ein Stich in meiner Brust erinnert mich daran, dass ich ihn liebe – einen Mann, für den ich nicht mehr als ein Sprungbrett war.

Die Höhle sieht heute anders aus, mehr wie eines der historischen Gebäude, die sich über die ganze Innenstadt von Tanglewood erstrecken. Es ist zwei Uhr nachmittags und die Büros und Geschäfte sind gut besucht.

Vielleicht hätte ich bis heute Abend warten sollen.

Niemand reagiert, als ich mit dem Messingring anklopfe.

Ich muss das durchziehen, bevor mich der Mut verlässt. Ich klopfe noch mal, lauter, stoße mir fast die Knöchel an dem dicken Holz der Tür. Warum reagiert niemand? Vielleicht ist niemand da, aber ich kann jetzt keinen Rückzieher mehr machen. Ich stecke schon zu tief drin.

Irgendwas bringt mich dazu, die Hand auf den Türknauf zu legen. Er dreht sich.

Warum ist die Tür nicht abgesperrt? Mir wird flau im Magen. Ich erwarte, Gabriel hinter der Tür zu sehen, so wie letzten Abend. Damit hat er mich erschreckt, aber aus irgendeinem Grund vermisse ich ihn jetzt.

Ich gehe den Flur entlang, in den großen Raum mit den gepolsterten Ledersesseln und den Tischen. Man hat die gefüllten Aschenbecher und halb leeren Gläser entfernt. Überall sind nur glatte Oberflächen zu sehen, auf denen sich das schwache Licht spiegelt. Ich trete einen Schritt zurück, noch einen – verlasse einen Raum, in dem ich nichts verloren habe.

Ich höre etwas, fahre herum. Der breite Flur ist leer.

Am Ende des Flurs ist eine Tür, die mich wie magisch anzieht. Meine Füße bewegen sich wie von selbst, tragen mich näher an das Verbotene heran. Ich sollte nicht einmal in der Höhle sein, schon gar nicht sollte ich mutterseelenallein durch die Flure streifen. Meine Neugierde hat mich immer wieder in Schwierigkeiten gebracht, aber bisher hatte ich immer meinen Familiennamen als Sicherheit. Jetzt falle ich ohne ein Sicherheitsnetz.

Hinter der Tür liegt eine dunkle Holztreppe. Räume für Angestellte, wird mir klar. Diese alten Häuser hat man nach Status unterteilt. Die Stufen führen hinauf zu einer weiteren Tür. Es gibt keinen Platz, wo man warten könnte, nur zwei wieder hinunterführende Stufen. Mein Klopfen an der Tür hallt durch den düsteren Flur, unglaublich laut und erschreckend, obwohl ich selbst für das Geräusch verantwortlich bin.

Ich wage es, die Treppe wieder zurück- und hinabzublicken, zu dem tiefer liegenden, undurchdringlich dunklen Absatz. Mir wird schwindelig. Ich bin in einer dieser verdrehten Zeichnungen mit Treppen, die sich in sich selbst verdrehen, umeinander winden, ein endloses Labyrinth. Ich werde nie den Weg zurückfinden.

Die Tür schwingt auf und ein großer Körper rempelt mich an – so hart und unnachgiebig wie die Stufen unter meinen Füßen. Ich verliere den Halt am Geländer und stolpere zurück, die Welt steht Kopf. *O Gott, ich falle.*

Ich drehe mich in der Luft, jegliches Balancegefühl ist verschwunden, es gibt keinen Boden, auf den ich fallen könnte. Starke Hände packen meine Arme, beinahe zu fest. Sie zerren mich zurück, dass ich stehen kann, meine Zehen streifen über die Stufen, mein Blick zuckt zu den raubtierhaften Augen und dem Knurren, das sein Besitzer von sich gibt.

Wild, das ist alles, woran ich denken kann, was den Mann angeht, der mich festhält. Dicke Augenbrauen spannen sich über kupferfarbene Augen, die Pupillen sind groß genug, um ihm ein ungezähmtes Aussehen zu verleihen. So nahe, erhellt von der Deckenlampe anstelle des schummrigen Lichts des Raums unten, kann ich seine Gesichtszüge besser erkennen. Nase und Mund sind grobschlächtig, wie aus Stein gearbeitet anstatt aus Fleisch und Blut. Die verblasste Narbe, die sich über seine Wange und Oberlippe zieht, verstärkt diesen Eindruck noch. Eine Narbe, die so alt und tief ist, dass sie mittlerweile Teil seiner Gesichtszüge ist, wie ein dünnes Rinnsal in einer Schlucht.

»Whoa«, sagt er leise, als wäre ich ein Tier. Als müsste man mich beruhigen.

Dann erst bemerke ich mein leises Wimmern. Ich verkneife es mir. »Tut mir leid.«

Er zieht mich in das Zimmer, setzt mich mit einem hohlen Klacken meiner Sandalen auf dem Holzboden ab. Meine Knöchel verdrehen sich. Stirnrunzelnd betrachtet er die Lederriemchen meiner Sandalen, als wären sie unpassend – und, ja, er hat recht. Sie gehören noch zu einem vergangenen Leben. Zu einem anderen Mädchen, das nie einen Fuß in einen Ort wie diesen gesetzt hätte.

Gabriels Stimme schneidet durch die dicke Luft. »Habe ich dir wehgetan?«

Ich kann seine Finger noch immer auf meinen Armen spüren, die festen Muskeln seiner Brust, als er mich angerempelt hat. Ja, er hat mir wehgetan. Schmerz, der wie Sonnenstrahlen durch die bewölkte Betäubtheit stieß, in der ich bisher gelebt habe.

»Alles in Ordnung.« Eine Lüge.

Bronzefarbene Augen verengen sich, betrachten den schmalen Schnitt meines Kleids, die Designer-Clutch. Ich habe nicht einmal das Geld für eine Fälschung – wenn das mal keine Ironie ist. »Ich bin bereit«, sagt er.

Ich falle noch immer. Fang mich auf. Aber er ist nicht mein Ritter in strahlender Rüstung. Niemand wird mich retten. »Bereit?«

Er gibt einen kratzigen Ton von sich, vielleicht Amüsement. Vielleicht Vergnügen. »Bilder zu machen.«

Ich bekomme nur stotternd Luft. »Sie werden sie machen?«

»Wir haben einen Fotografen. Er ist hervorragend. Damon wäre auch gekommen, um sicherzugehen, dass er die richtigen Aufnahmen bekommt, um sicherzustellen, dass du … mitarbeitest. Aber er hat etwas anderes zu tun.« Sein Grinsen hat schon wieder fast etwas Wildes an sich. »Ich habe mich bereit erklärt, für ihn einzuspringen.«

Der Stolz schnürt mir die Kehle zu. »Es macht Ihnen Spaß, mich zu erniedrigen.«

Vielleicht hätte ich damit rechnen sollen, immerhin hat mein Vater ihn betrogen. Aber er hat Vater bereits den Behörden übergeben, es waren seine Beweise, die zur Anklage geführt haben. Ich nehme an, für einen Mann wie ihn war das nicht genug. Hatte er die Männer geschickt, die meinen Vater angegriffen haben?

Hat er letzte Nacht jemanden zu meinem Haus geschickt?

Gabriels Stimme ist ausdruckslos: »Vielleicht sehe ich nur gerne hübsche Frauen an.«

Bei seinem Reichtum und seinem Aussehen könnte er problemlos jede Frau bekommen, die er will. Aber nach dem, was er meinem Vater angetan hat, würde er mich nie bekommen.

Es sei denn, er ersteigert bei der Auktion deine Jungfräulichkeit, verhöhnt mich eine leise Stimme.

Das würde er nicht tun, oder vielleicht doch?

Ich sehe wieder die Treppe zurück nach unten, als hätte ich noch eine Möglichkeit, alldem zu entkommen. »Der Fotograf ist schon beim Aufbauen? Woher haben Sie gewusst, dass ich kommen würde?«

»Verzweifelte Zeiten.«

Die Männer der Höhle kontrollieren die Stadt durch ihr Vermögen, ihren Einfluss und ihre Macht. »Sie kennen sich mit verzweifelten Maßnahmen aus, nicht wahr?«

»Sie sind mein täglich Brot.«

»Drogen?«, frage ich anklagend, »Waffen?«

»Sex«, erwidert er spöttisch.

Nein, meine Hände sind nicht unbefleckt. Aber ich habe immer noch das Gefühl, unschuldig zu sein. Vielleicht habe ich dank der kriminellen Machenschaften meines Vaters ein gutes Leben geführt, aber ich habe von nichts gewusst. »Ja«, flüstere ich.

»So unschuldig«, murmelt er. »Das ist eine völlig neue Welt für dich, nicht wahr?«

Er klingt nicht mitfühlend. Für ihn bin ich eine Kuriosität, etwas, mit dem man spielen kann, Katz und Maus sozusagen. »Sie müssen meine Kooperation nicht erzwingen. Ich werde mitspielen.«

Er lächelt beinahe traurig. »Ich weiß, kleine Jungfrau. Dir bleibt keine andere Wahl.«

Daraufhin wendet er sich von mir ab und führt mich einen kurzen Flur entlang.

Furcht macht sich in meinem Bauch breit, aber er hat recht. Ich habe keine andere Wahl.

Ein Teil von mir fragt sich, warum die Bilder nicht unten gemacht werden, inmitten der hübschen Wandübergänge zur Decke und der erlesenen Möbel. Die Antwort bekomme ich, als ich das kleine Zimmer betrete. Gut möglich, dass es ein Schlafzimmer für Angestellte war, mit einem schmalen Bett auf jeder Seite, der Dachschräge über uns.

Das Fenster ist alt genug, dass das Glas darin unregelmäßig ist, dem Licht etwas Verträumtes verleiht und alles fast so aussehen lässt, als wären wir unter Wasser.

Die im Zimmer aufgestellten Schirme verstärken diesen Eindruck noch. In einer Ecke hantiert ein Mann mit einer großen, auf einem Stativ montierten Kamera. Als wir hereinkommen, sieht er auf, hebt die buschigen Augenbrauen. »Das ist das Objekt?«

Das Fehlen einer Begrüßung lässt mich schwer schlucken. Ich bin schon nichts weiter als etwas, das man für eine Auktion fotografiert, wie ein Stuhl oder ein Teppich, und keine Person mehr.

»Sie wird das Kleid ausziehen«, erklärt Gabriel.

Mir stockt der Atem. »Muss ich das wirklich? Ich dachte, das Kleid wäre vielleicht …«

»Provokant?«, fragt Gabriel leise. »Pervers? Ja, aber ein paar Männer auf der Einladungsliste können etwas … direkt sein. Denen wäre etwas Haut lieber.«

»Stimmt.« Ich schlucke wieder. »Es ist nur so, ich habe keine … keine sexy Unterwäsche. Nur mein normales Zeug.«

»Dein normales Zeug?« Gabriel hebt eine Augenbraue. »Zeig es mir.«

Jetzt erst begreife ich, dass ich mich vor diesen beiden Männern ausziehen muss, von denen ich einen gerade erst getroffen habe. Jetzt erst begreife ich, dass es viel intimer ist, meine normale Unterwäsche zu zeigen, als ein zusammenpassendes Set aus Spitzenunterwäsche.

Ich habe gedacht, nur mein Ehemann würde das jemals sehen.

Mit zitternden Händen greife ich hinter mich, ziehe den Reißverschluss des Kleids runter. Die Träger rutschen von meinen Schultern. Einen atemlosen, eingefrorenen Augenblick lang stehe ich so da, ich weiß, es gibt kein Zurück mehr.

Ich muss das Kleid nicht einmal abstreifen. Ich lasse die Arme hängen und das weiche Material rutscht an mir herunter, eine Liebkosung, so spürbar wie Gabriels goldfarbener Blick.

»O Gott«, murmelt der Fotograf beim Anblick meiner schlichten, weißen Kombination aus BH und Höschen.

Ich schaffe es, nicht zusammenzuzucken. Eine sexy Frau würde so etwas nicht tragen. Für die Auktion taugt das nichts. »Tut mir leid«, flüstere ich kläglich.

Ich versage, kaum dass ich angefangen habe.

»Das ist perfekt«, sagt Gabriel beinahe bewundernd. »Du bist perfekt.«

Ich bekomme eine Gänsehaut. Es kostet mich meine ganze Selbstbeherrschung, mein Kleid nicht aufzuheben und rauszurennen. Vielleicht muss er doch dafür sorgen, dass ich mitmache. Ich zittere jetzt schon – und sie gaffen mich nur an. Wie soll ich das aushalten, wenn ein fremder Mann über mich steigt?

Ich sehe zur Seite, starre einen Punkt auf den weißen Wänden an. »Wie soll ich mich hinstellen?«

Ich klinge abgehackt, man kann mir meine Nervosität anhören.

Schritte nähern sich und ich muss nicht einmal hinsehen, um zu wissen, es ist Gabriel. Vielleicht etwas an seinem Gang, elegant und selbstsicher. Wahrscheinlich ist es eher, dass ich mich jedes Mal wie elektrisiert fühle, wenn er in der Nähe ist.

Er berührt mein Kinn, dreht mich zu sich herum. »Ich zeige es dir.«

In seinem Blick liegt beinahe etwas Ermutigendes, eine seltsame Vermittlung von Stärke. Ich sollte nicht darauf vertrauen, sollte *ihm* nicht vertrauen, trotzdem stehe ich gerade. »Okay.«

»Wir fangen mit ein paar Frontalfotos an.« Er stellt sich hinter mich, streicht mir das Haar über die Brüste, arrangiert die schweren Locken vor meinem Gesicht. »Man wird dein Gesicht auf den Präsentationsfotos nicht sehen.«

»Man wird nicht wissen, wer ich bin?« Es ist zumindest eine kleine Erleichterung, dass keine Bilder von mir die Runde machen werden, auf denen man mich erkennen kann.

»Wenn man wissen will, wer du bist, muss man 10.000 auf den Tisch legen.«

»10.000«, keuche ich. Scham und Euphorie ringen miteinander. Wenn genug Leute auftauchen, kann ich die

Grundsteuer bezahlen. »Was glauben Sie, wie viele Männer werden kommen?«

»Damon wird die Teilnahmegebühr behalten.«

Natürlich wird er das. Er veranstaltet die Auktion nicht aus reiner Herzensgüte. Perverses Amüsement überkommt mich, weil ich mir das Ganze als Wohltätigkeitsauktion vorstelle – für die in Trümmern liegende Würde meiner Familie. Wir könnten an Tankstellen kleine Sammelbüchsen aufstellen. Vielleicht sollten wir einen Kuchenverkauf organisieren. »Und ich bekomme das Höchstgebot?«

»Abzüglich seines Anteils«, entgegnet Gabriel.

»Hey.« Ich drehe mich halb zu ihm um. »Ich mache die ganze Arbeit.«

»Keine Bange, kleine Jungfrau. Der Verkauf deiner Ware wird ein hübsches Sümmchen einbringen.« Er dreht mich wieder in Richtung Kamera, neigt meinen Kopf vor, damit mein Haar mein Gesicht verdeckt.

Seine Handflächen gleiten meine Arme hinab, Funken tanzen über meine Haut. Er schiebt sie vor, drückt meine Brüste zusammen. Eine seltsame Haltung, fast wie zum Gebet.

»Bleib so«, murmelt er, sein Atem streicht über meinen Nacken.

Dann geht er weg und die Kamera beginnt zu klicken. Bei der Vorstellung, wie sich fremde, alte Männer diese Fotos ansehen, meinen Körper begutachten, meinen Geldwert einschätzen, dreht sich mir der Magen um.

Als das Klicken aufhört, kommt Gabriel wieder heran und dreht mich zur Seite. Er hebt meine Hände, sodass sie auf meinem Kopf liegen, die Ellbogen nach vorne gerichtet sind, um die Form meiner Brüste und meines Pos hervorzuheben. Er berührt nur meine Arme, und selbst das tut er absolut geschäftsmäßig. Es ist seltsam respektvoll, wenn man die Umstände bedenkt. Er könnte die Gelegenheit nutzen und mich begrapschen. Ich könnte nichts dagegen tun. Stattdessen drückt er mir beruhigend die Schulter, bevor er sich wieder entfernt.

Noch mehr Klicken, Blitzlichter flammen auf.

Ich kneife die Augen zu, warte nur darauf, dass es vorbei ist.

»Hm«, sagt Gabriel. Es klingt, als ob er neben der Kamera steht. Sieht er sich die Bilder durch die Linse an? Was sieht er, wenn er mich betrachtet? »Versuchen wir mal, wie es aussieht, wenn sie mit dem Rücken zur Kamera steht.«

Offenbar taugen die Bilder nichts. Das ist alles, woran ich denken kann, während ich mich zur Wand drehe, als wäre ich ein Kind, das man bestraft. Ich bin so absolut unattraktiv, dass nur ein Bild von hinten jemanden ansprechen könnte. Panik erfasst mich, lässt mich zittern.

Gabriels Hände liegen wieder auf meinen Schultern und ich sauge zitternd Luft ein. »Das wird nichts«, flüstere ich halb ihm, halb mir selbst zu. »Ich werde es nie schaffen, das durchzuziehen.«

Er spricht, ohne mich umzudrehen, beide sehen wir zur Wand. »Du hast gesagt, du bist eine Jungfrau, aber wie unerfahren bist du genau?«

Das Peinlichste ist, ich weiß nicht genau, wie ich diese Frage beantworten soll. Die Mädchen in meiner Schule haben hinter vorgehaltener Hand erzählt, was sie mit ihren Freunden machen. Gott weiß, was für schmutzige Dinge mir Harper erzählt hat, aber auf mich haben sie wie ausgedacht geklungen. So etwas macht man doch nicht miteinander, oder etwa doch? Ich würde es bald herausfinden, aus erster Hand erleben.

»Ich habe Dinge getan.« Aber das fühlt sich wie eine Lüge an.

»Was für Dinge?« Ich frage mich, ob der Grund für diese Frage erregte Neugierde ist oder Besorgnis. »Auf der Couch herumfummeln, wenn Daddy nicht zu Hause ist? Einem Jungen erlauben, dass er seine Hände unter dein Oberteil schiebt?«

»Nein«, flüstere ich.

»Hat man dich jemals geküsst?«

Ich schaffe ein Nicken. Weiter habe ich Justin nicht gehen lassen. Er hat mich auf Partys in den im Dunkeln liegenden Fluren und leeren Lagerräumen außerhalb der Ballsäle von Hotels bedrängt, weiter zu gehen.

Und ich habe ihn immer abgewehrt.

»Wovor hast du Angst?«, murmelt er.

Die Art, wie er fragt, verrät mir, er spricht nicht von der Auktion. Er fragt, warum ich noch nie weiter gegangen bin. Er fragt, warum ich noch Jungfrau bin.

Unsere Position macht das Gespräch noch intimer, als wäre ein paar Meter hinter uns kein fremder Mann, als wäre ich nicht dazu gezwungen, das zu tun. Das Licht verstärkt das Gefühl, dass es nur ein Traum ist. Ich kann ihm die Wahrheit sagen, schließlich ist hier nichts real.

»Daddy hat mich mal ertappt«, erzähle ich ihm wie in Trance. »Ich habe am Wochenende ausgeschlafen, oder zumindest hat er das gedacht. Aber in Wirklichkeit habe ich mich selbst berührt.«

»Was hat er gesagt?«

»Dass es falsch ist. Er hat gesagt, das sei nicht damenhaft, dass ein solches Verhalten unseren Familiennamen entehren würde.« Dann trifft mich die Scham wie ein Schlag in die Magengrube, sodass ich fast zusammenbreche. Nur

Gabriels unerschütterliche Präsenz hinter mir bewahrt mich davor. Er berührt mich kaum, kaum mehr als die Fingerspitzen an meinen Armen, aber es ist, als würde er mich festhalten.

»Und dann hat *er* den Familiennamen entehrt.«

»Einen Monat lang hat er meine Finger jeden Abend in Chilisaft getaucht.«

Die Ironie dahinter reicht aus, dass ich mich fast übergebe. Jahrelang habe ich mich zurückgehalten zu tun, was die anderen Mädchen getan haben, was die Jungs von mir wollten. Nur Justin war bereit, bis nach der Hochzeit zu warten, und wie sich herausgestellt hat, war unsere Beziehung für ihn nichts weiter als ein Sprungbrett in die Politik.

»Bleib hier stehen, kleine Jungfrau.«

Er entfernt sich von mir und seine Abwesenheit fühlt sich wie eine eiskalte Brise an. Ich bin alleine, ganz alleine.

Hinter mir klickt die Kamera, dringt in meine Intimsphäre ein, ermahnt mich, wie öffentlich diese Fotos sein werden. Ich kann mich nicht einmal berühren, ohne mich schuldig zu fühlen, aber irgendein Fremder wird bald das Recht dazu haben.

»Sieh mich an«, höre ich Gabriels Stimme hinter mir.

Über die Schulter sehe ich zu ihm hin. Mein Haar verdeckt noch immer den Großteil meines Gesichts, aber er kann mehr von mir sehen. Spiegelt sich meine innere Zerrissenheit in meiner Haltung wider? Kann man den Schmerz in meinen Augen erkennen? Alles, woran ich geglaubt habe, war eine Lüge, aber die Wahrheit schmerzt so sehr, dass ich sie mir zurückwünsche.

»Fass dich an«, fordert er.

Mein Herz setzt aus, weil er möchte, dass ich das vor der Kamera tue. Ich werde zögern. Ich werde versagen.

»Heute Abend. Wenn du im Bett bist, alleine. In der Dunkelheit. Sperr die Tür ab, wenn du dich dann sicherer fühlst. Niemand wird dich stören. Fass dich an und sorge dafür, dass du dich gut fühlst. Du erinnerst dich doch, wie das geht, oder?«

Die Erinnerung überkommt mich wie eine spürbare Liebkosung, ein Streicheln zwischen meinen Schenkeln. Meine Lippen öffnen sich zu einem leisen Seufzen. Hitze breitet sich auf meinen Wangen aus. Ich drücke die Schenkel zusammen, suche nach mehr.

Das Klicken der Kamera fängt mein verdorbenes Vergnügen ein.

»Genau so«, sagt der Fotograf.

Mit undeutbarem Gesichtsausdruck betrachtet Gabriel, was er im Sucher sieht. »Ja, das ist es.«

KAPITEL 6

Beide Männer gehen hinaus, damit ich mich anziehen kann. Schnell habe ich mir mein Trägerkleid wieder über den Kopf gezogen. Ich nutze die Privatsphäre, um mich wieder zu sammeln. Ich kann nicht glauben, dass ich Gabriel von damals erzählt habe.

Und dann hat er unseren Familiennamen entehrt.

Vielleicht ist es verrückt, zu meinem Vater zu halten, aber ich bin alles, was er noch hat. Er ist bettlägerig, kaum in der Lage zu atmen. Nach dem Tod meiner Mutter hat er mich alleine großgezogen. Wenn ich ihn im Stich lasse, wird er sterben. Entweder an seinen Verletzungen oder durch Männer, die kommen, um es zu Ende zu bringen. Ich lege die Hände an meine Wangen, spüre noch immer die Hitze.

Wie soll ich Gabriel Miller jetzt noch gegenübertreten, da er meine Geheimnisse kennt?

Allerdings muss ich mich ihm stellen, um herauszufinden, ob er die Männer gestern zu meinem Haus geschickt hat. Ein Teil von mir möchte glauben, dass er so etwas nicht tun würde, aber das wäre ein zu großer Zufall. Und er hat obendrein die besten Gründe, meinen Vater tot sehen zu wollen.

Ich hole tief Luft, öffne die Tür und gehe in den kurzen Flur hinaus.

Es ist dunkler als in meiner Erinnerung, dunkler als in dem Schlafzimmer, das wie aus einem Traum wirkt, und ich blinzle, während sich meine Augen an das Licht gewöhnen.

Jemand hat das Licht im Flur ausgeschaltet. Und ich bin nicht alleine.

»Gabriel?«, frage ich mit leicht zitternder Stimme.

Ein leises Lachen ertönt, dunkler und rauer, als ich es erwartet habe. »Er ist runtergegangen«, verrät mir die unbekannte Stimme.

Furcht überkommt mich. »Oh, ich gehe ihn suchen.«

»Sie sollten lieber in die andere Richtung laufen.«

Ich gehe einen Schritt auf die Treppe zu, ziehe mich zurück. Ich weiß, in Gabriels Nähe bin ich nicht sicher. Er hat Grund, mich zu verletzen. Aber irgendwas an diesem Mann hier lässt mein Blut gefrieren.

»Ich werde es mir merken.« Ich kneife die Augen zusammen, versuche, ihn zu erkennen. Ich sehe nur helles Haar und Augen.

»Tatsächlich sollten Sie weit weglaufen. Die Familie James ist in dieser Stadt nicht mehr willkommen. Oder haben Sie das noch nicht bemerkt?«

Loyalität lässt meine Wut auflodern. »Ich weiß genau, wie es in Tanglewood um meine Familie steht. Genau darum stecke ich auch in diesem Schlamassel.«

»Sex gegen Geld. Ich würde sagen, das ist ehrlichere Arbeit, als Ihr Daddy sie betrieben hat, aber genauso schmutzig.«

Ich zucke in der Dunkelheit zusammen. Irgendwas an seiner Stimme klingt persönlich. »Was wissen Sie darüber, was mein Daddy getan hat?«

»Ihr Vater hat Gabriel Miller bestohlen und damit kommt niemand durch. Darum hat man ihn zusammengeschlagen. Aber er hat nicht nur Gabriel bestohlen.«

Und alle diese Männer würden meinen Vater verletzen wollen. »Er bestiehlt niemanden mehr.«

In den Schatten erkenne ich das Zucken breiter Schultern. »Davon bekommen die Leute ihr Geld auch nicht wieder, oder? Allerdings glaube ich, der Gedanke, Sie im Bett zu haben, sich mit Ihnen auszutoben und sich den Gegenwert auf diese Weise zu holen, kann sie zumindest beschwichtigen.«

Es läuft mir kalt den Rücken runter, ich zittere. Ich fahre herum, renne mit rasendem Herzen die Holztreppe hinab. Ein Teil von mir befürchtet, dass er mir folgt, und in Erwartung einer Hand auf meiner Schulter, dass er meine Haare packt, werde ich noch schneller.

Dann bin ich im großen Foyer, angenehmes Licht empfängt mich. *In Sicherheit.*

Allerdings ist Sicherheit nichts weiter als eine Illusion, solange ich in der Höhle bin.

Gabriel erwartet mich, sitzt im selben gemütlichen Ledersessel, in dem das letzte Mal Damon gesessen hat. In der Hand hält er ein halb leeres Glas, er betrachtet mich mit undeutbarer Miene.

Ich wollte ihn vorsichtig fragen, mich herantasten, aber meine ganze Vorsicht ist verpufft. »Haben Sie letzte Nacht jemanden zu mir nach Hause geschickt?«

Einen Augenblick lang sitzt er so reglos da, dass ich glaube, er hat mich nicht gehört. Dann beugt er sich vor, stellt das Glas auf dem Tisch ab. »Jemand war bei deinem Haus?«

Natürlich ist ein Mann wie er ein geübter Lügner. Ich muss schlauer sein als er. Nur, selbst wenn er jemanden geschickt hat, was könnte ich dagegen unternehmen? Die Polizei war nutzlos. »Ich habe ihn überrascht, als er sich am Verteilerkasten zu schaffen gemacht hat. Er ist geflüchtet, bevor die Polizei da war. Waren Sie das?«

Er spricht langsam, als würde er sich auch über die Angelegenheit wundern. »Warum sollte ich mir am Verteilerkasten zu schaffen machen?«

Die Scham, mich obenrum ausziehen zu müssen, vermischt sich mit meiner Angst vor dem Unbekannten.

Irgendwas in mir zerbricht, treibt mir die Tränen in die Augen. »Um mir Angst zu machen. Um mich zu verletzen. Aus demselben Grund, aus dem Sie meinen Vater angezeigt haben.«

Seine Miene verfinstert sich. »Dein Vater hat mich bestohlen.«

»Haben Sie Ihr Geld zurückbekommen?«, frage ich ernst.

»Nein, aber darum ging es auch nicht. Ich habe an ihm ein Exempel statuiert.«

Mein Herz verkrampft sich, als ich an die keuchenden Atemzüge meines Vaters denke. »Genau, nur bin ich es, die ihre Freunde und ihre Zukunft aufgeben muss. Ich bin es, die versteigert wird.«

Er runzelt die Stirn. »Hast du sein Gesicht gesehen?«

»Er hat einen Kapuzenpulli getragen.« Ich habe eine ungefähre Ahnung, wie er gebaut ist, wie er geht. Ist es möglich, dass es Gabriel Miller war? Der Mann oben auf der Treppe? Und selbst wenn es keiner von beiden war, beide hätten ihn schicken können.

»Heute Abend wird jemand das Haus im Auge behalten«, sagt er so beiläufig, als stünde seine Unschuld außer Frage. »Wenn er zurückkommt, werden wir ihn kriegen.«

Ich verenge die Augen. »Warum sollten Sie das für mich tun?«

Auf seiner Stirn schiebt sich eine dunkle Augenbraue hinauf. »Damon wird mit deiner Versteigerung viel Geld verdienen. Er wird seine Investition schützen wollen.«

Natürlich. Ich bin nur noch eine Ware. Die Sicherheitsmaßnahmen würden wie ein Tresor um einen Diamanten sein, damit mir kein Mann zu nahe kommt. Allerdings kennen die gefährlichsten Männer der Stadt die Kombination. Das ist kein Schutz. Es ist Gefangenschaft.

Ich gehe ohne ein weiteres Wort. Mein Magen fühlt sich an wie ein dicker Knoten, bis ich wieder zu Hause bin und hinter mir die Tür abschließe. Ich dusche, versuche die Scham abzuwaschen, ihre Blicke auf meiner Haut, die sanfte Berührung von Gabriels Händen auf meinen Armen. So viel ich auch schrubbe, ich spüre ihn noch immer.

KAPITEL 7

Während der Wochen, seit mein Vater aus dem Krankenhaus entlassen wurde und wieder zu Hause ist, habe ich mir eine Routine angewöhnt. Morgens überprüfe ich die Werte meines Vaters und wechsle seine Bettwäsche. Meistens wacht er dabei nicht einmal auf. Gegen Mittag bringe ich ihm dann Mittagessen. Das ist die beste Gelegenheit, ihn wach zu erleben. Er kann nur Flüssigkeiten zu sich nehmen – warme Suppe und kalten Pudding. Manchmal kann er ein paar Bissen essen.

Auf dem College war mein Hauptfach Altertumswissenschaften mit dem Schwerpunkt auf Mythologie. Es hat mich fasziniert, passt aber viel besser zu der Ehefrau eines Senators als zu jemandem, der Medikamente dosieren und Spritzen verabreichen muss.

Wenn ich dann nachts auf meine Matratze falle, tut mir alles weh. Mein Körper ist erschöpft, aber mein Verstand weigert sich, sich zu beruhigen – ich erinnere mich an jedes unserer wöchentlichen Schachspiele während meiner Kindheit, an jede Stunde der Gerichtsverhandlung, jede unerträgliche Sekunde der Trennung von Justin.

Seit ich gestern Gabriel getroffen habe, habe ich etwas Neues, über das ich mir den Kopf zermartern kann.

Nachdem ich Höschen und Hemdchen angezogen habe, die ich immer zum Schlafen trage, sehe ich aus dem Fenster. Am Straßenrand steht ein glänzender SUV, gut für jeden zu sehen. Mein Herz macht einen Satz. Was, wenn jemand hergekommen ist? Nur dass man nicht einmal versucht hat, den Wagen zu verstecken. Und wenn ich die Augen zusammenkneife, kann ich im Inneren die Silhouette eines Mannes erkennen.

Damon Scott muss ihn hergeschickt haben.

Er wird seine Investition schützen wollen.

Ich schließe die Augen, atme tief ein.

Auf der anderen Seite des Zimmers sehe ich ein grün blinkendes Licht am Telefon. Eine Voicemail. Mit zitternden Fingern greife ich danach, unsicher, ob ich etwas von Damon hören will. Er kann die Auktion nicht so kurzfristig arrangiert haben, oder doch? Ich halte mir das Telefon ans Ohr.

Als ich Landon Moores Stimme höre, fröstle ich aus einem ganz anderen Grund.

»Meine liebe Avery. Ich kann verstehen, dass dich mein Antrag erschreckt hat. Mittlerweile habe ich begriffen, dass du Zeit brauchst, die Veränderung zu verarbeiten. Es hat mich überrascht, dass du zu einer so hübschen jungen Frau herangewachsen bist. Ich muss gestehen, ich habe schon vor diesen unglückseligen Ereignissen darüber nachgedacht, aber ich habe befürchtet, du würdest in mir nie mehr sehen als den lieben Onkel Landon. Ich kann geduldig sein und vertraue darauf, dass du die richtige Entscheidung treffen wirst.«

Mein Abendessen droht mir hochzukommen und ich werfe das Telefon über den leeren Holzfußboden. Es ist schwieriger, seine Geduld zu ertragen, da ich nicht weiß, ob ich die richtige Entscheidung treffe. Ich kann mich nicht dazu überwinden, ihn zu akzeptieren, mich ein Leben lang an ihn zu binden, auch wenn dadurch alles einfacher werden würde.

Ich kann mich auch nicht dazu durchringen, dieses Haus aufzugeben, das Einzige, was mir von meiner Mutter geblieben ist.

Was würde sie mir raten, wenn sie hier wäre?

Wie wäre mein Leben verlaufen, wenn sie noch da wäre? Ich hätte jemanden gehabt, der mich über meinen Körper aufgeklärt hätte. Über Sex. Ich hätte jemanden gehabt, der mir meine Periode erklärt anstelle der Schulkrankenschwester. Ich hätte jemanden gehabt, der mir Sex erklärt hätte, stattdessen hatte ich Chilisaft.

Fass dich an.

Zusammen mit Gabriels Worten erfasst mich eine sinnliche Welle, mein Herz pocht.

Das hat er nicht ernst gemeint, oder doch? Das ist doch nur wieder etwas Spöttisches, das er gesagt hat, um das richtige Bild zu bekommen. Und wenn er es ernst gemeint hat, muss ich noch lange nicht gehorchen. Er ist ein schrecklicher Mann.

Obwohl es eine warme Nacht ist, greife ich nach der Decke. Ich bin alleine im Haus, die Türen sind abgesperrt. Draußen ist ein Mann, der aufpasst, dass sich nicht wieder jemand an der Elektrik zu schaffen macht. Mein Dad schläft in seinem Krankenhausbett und er könnte nicht einmal herumlaufen, selbst wenn er aufwachte.

Wenn du im Bett bist, alleine. In der Dunkelheit. Sperr die Tür ab, wenn du dich dann sicherer fühlst.

Trotzdem ziehe ich die Decke über mich. Der dünne Stoff ist mein Schutzschild vor der Angst, vor der Scham, die in meinem Inneren brennt. Ich will so tun, als hätte ich seine Worte nie gehört, so tun, als wären sie belanglos.

Niemand wird dich stören.

Nur wenn ich mich nicht einmal selbst berühren kann,

wie kann ich mich dann von irgendeinem Mann berühren lassen? Wenn ich noch nie einen Orgasmus hatte, wie kann ich erwarten, ihn von einem Fremden zu bekommen? Gut möglich, dass er mir kein Vergnügen bereiten wird, aber schlimmer wäre noch, wenn er es täte. Ich stelle mir vor, hilflos in den Armen eines fremden Mannes zu liegen.

Er würde mich besitzen. Ich kann niemandem diese Macht über mich geben, nicht einmal für Geld.

Ich beginne, indem ich meine Brüste berühre, das ist noch am wenigsten unheimlich. Sie sind warm, fest, meine Nippel sind schon hart, seit ich darüber nachdenke, es zu tun. Ich schließe die Augen, während meine Fingerspitzen die harten Knospen umkreisen. Sie sind kleine Quellen der Lust, in meinen Brüsten, in meinem Innersten, aber es reicht nicht. Nicht um zu kommen.

Fass dich an und sorge dafür, dass du dich gut fühlst. Du erinnerst dich doch, wie das geht, oder?

Ich habe mich noch nie richtig selbst befriedigt, aber ich erinnere mich an das, was sich schön angefühlt hat. Meine Handflächen gleiten über meinen Bauch, tiefer, zu meinem Höschen. Ich spreize die Schenkel, atme tief ein und aus. Meine Erziehung hat mich fest im Griff. Ich spüre bereits ein leichtes Brennen, die längst verblasste Erinnerung an den Chilisaft, als ich mich trotzdem berührt habe.

Einen schrecklichen Moment lang höre ich die Stimme meines Vaters, der mir sagt, dass ich schmutzig und eine Schande bin. Mein Vater besitzt mich. Die ganzen Jahre hat er mir meinen eigenen Körper verwehrt.

Bedeutet das, dass Gabriel ihn mir zurückgibt? Oder übernimmt er die Kontrolle?

Ich stelle mir seine goldfarbenen Augen vor, die mich beobachten, wissend und selbstsicher. Als Reaktion spannt sich alles in mir an. Ihm haftet etwas Gefährliches an. Nicht nur wegen dem, was er meiner Familie angetan hat, dem Schaden, den er meinem Vater zugefügt hat. Ihm wohnt eine Bedrohung inne wie einem Löwen, der sich an seine Beute heranpirscht. Es ist hypnotisierend, obwohl ich mich davor fürchte.

Wann immer ich an ihn denke, spüre ich eine Art Schmerz, eine Anspannung. Sein dunkles Haar, lang genug, damit sich die Spitzen einrollen. Der mit Bartstoppeln bedeckte Kiefer. Die breiten Schultern, passend für einen mächtigen Mann. Mein Körper reagiert, obwohl sich mein Herz vor Angst zusammenzieht. Es ist widerlich, aber, Himmel, so verdammt willkommen. Ich habe es satt, meine Triebe zu unterdrücken, habe es so satt, mich ständig zu schämen.

Unbeholfen streichle ich mich zwischen meinen Schenkeln, erinnere mich, wie es damals war, wo es am angenehmsten war, finde die Stelle, an der sich eine Berührung so rau anfühlt. Ich muss sie umkreisen und eine Art Nebel legt sich über meinen Verstand.

Lust leckt wie sanfte Wellen am Strand über meine Haut. Ich könnte ewig so weitermachen, langsame Bewegungen meiner Finger, das sachte Auf und Ab meines Beckens. Kein Grund zur Eile. Nur Frieden.

Dann erhebt sich ungewollt die Stimme des fremden Mannes aus den Schatten meines Verstandes.

Allerdings glaube ich, der Gedanke, Sie im Bett zu haben, sich mit Ihnen auszutoben und sich den Gegenwert auf diese Weise zu holen, kann sie zumindest beschwichtigen. Ich sollte mich davor fürchten, aber in meinem sextrunkenen Zustand, dank der Gedanken an Gabriel, geschieht etwas anderes. Verlangen pulsiert durch meinen ganzen Körper, ein Tropfen flüssiger Begierde kitzelt, als er sich seinen Weg über meine Haut nach unten sucht.

Es ist einfach, sich vorzustellen, dass er etwas Gewagtes tut. Würde er mir wehtun?

Ein Mann wie Gabriel Miller würde nie sanft sein. Sogar seine Worte sind scharf. Sie schneiden mich, zerstören meinen Stolz, der in Scherben zu seinen Füßen liegt. Seine Augen bahnen sich ihren Weg bis in mein Innerstes. Was würden seine Hände tun? Sein Mund? *Sein Schwanz?*

Zwischen meinen Schenkeln spüre ich einen ansteigenden Druck, ich streichle mich immer schneller. Stärker, rücksichtslos gleiten meine Finger über die erhobene Ansammlung von Nerven, bis mein Körper zittert, bebt, mein Mund in einem lautlosen Schrei offen steht. Flüssigkeit rinnt über meine Finger, durchnässt mein Höschen, während meine Scham eine gefühlte Ewigkeit lang pulsiert.

Danach sind meine Muskeln steif. Errötend ziehe ich meine feuchten Finger hoch. Heimlich wische ich sie auf dem Laken trocken, als würde man mich sonst mit meinen glänzenden, nach Sex riechenden Fingern in der Dunkelheit ertappen.

»Was stellst du mit mir an?«, flüstere ich im ansonsten leeren Zimmer.

Ich weiß nicht, ob die Frage Gabriel oder meinem Vater gilt. Genauso gut könnte ich mir selbst diese Frage stellen. Wie kann ich kommen, wenn ich an Gabriel Miller denke? Wie kann ich kommen, wenn ich mir vorstelle, mir tut jemand weh?

KAPITEL 8

Am nächsten Morgen weckt mich die Türklingel. Während ich mir hastig eine Jeans anziehe, schlägt mein Herz bis zum Hals. Bei Tageslicht mache ich mir mehr Sorgen wegen irgendwelcher übereifriger Geldeintreiber als irgendwelcher Männer in Kapuzenpullis. Die ganze Nacht habe ich von Grundbesitzrechnungen geträumt, die Arme und Beine hatten und so groß wie Wolkenkratzer waren. Fast schon befürchte ich, irgendeine Rechnung wird uns zur Räumung des Hauses zwingen, bevor die Auktion überhaupt stattfinden kann.

Als ich die Tür öffne, steht Harper mit strahlendem Blick und mit zwei dampfenden Bechern vor mir. »Guten Morgen, Schlafmütze!«

Verlegenheit brennt wie Säure in meiner Kehle. Bestimmt hat sie den verwahrlosten Garten schon bemerkt. Und wenn sie reinkommt, wird sie sehen, dass wir keine Möbel mehr haben.

Obwohl ich weiß, sie wird die Wahrheit erfahren, kann ich nicht anders, als mich über ihren Besuch zu freuen. Seit ich das College verlassen habe, war ich alleine. Einer nach dem anderen hat sich jeder meiner Freunde aus Tanglewood von mir abgewandt.

Ich falle ihr um den Hals, überrasche uns beide damit, dass ich in Tränen ausbreche. »O mein Gott, es tut mir so leid.«

Sie erwidert die Umarmung. »Ach Avery. Erzähl mir alles.«

Hinter ihr sehe ich ein schwarz glänzendes Auto am Straßenrand und den Mann, der mit einer Zigarette im Mund dagegen lehnt. Er bemerkt, dass ich ihn ansehe, und grüßt mich höhnisch.

Ich schaudere. »Gehen wir rein.«

Im leeren Wohnzimmer sitzen wir mit unseren Soja Chai Latte auf dem Boden und ich erzähle ihr von den schrecklichen Gerichtsverhandlungen, wie uns Horden von Reportern die Marmortreppen hoch und runter verfolgt haben. Ich erzähle ihr von den Anschuldigungen, wie mein Vater nach dem Schuldspruch über Nacht um zehn Jahre gealtert ist. Und ich erzähle ihr von der grausamen Nacht, in der mich die Polizei angerufen und mir gesagt hat, dass mein Vater im Krankenhaus liege.

In Harpers braunen Augen steigen Tränen auf. »Himmel, Avery. Wieso hast du versucht, das alles für dich zu behalten? Du versuchst, stärker zu sein, als gut für dich ist.«

Das alles fühlt sich wie ein Albtraum an, aber während ich darüber spreche, wird es zur Realität. »Ich nehme an, ich habe einfach einen Tag nach dem anderen durchgestanden. Und eine Weile hat Daddy versucht, sich nichts anmerken zu lassen, er hat mir gesagt, er bekomme das wieder hin. Aber das waren nur Worte. Und nach dem Überfall ... die Ärzte sagen, er wird sich nie wieder völlig erholen.«

»Du kommst nicht zurück aufs College.« Das ist keine Frage.

Ich schüttle den Kopf. »Ich kann nicht. Vielleicht kann ich irgendwann wieder an so etwas wie College denken, aber im Moment muss ich mich auf Daddy konzentrieren. Er braucht mich.«

Sie sieht auf ihren Schoß, fummelt am Deckel ihres Bechers herum. »Was willst du tun, um an Geld zu kommen?«

Ist das nicht die Eine-Million-Dollar-Frage? »Ich komme zurecht.«

»Ist das deine Art zu sagen, dass du völlig am Sack bist?«

Auf mehrere Weisen. »Ich arbeite da an etwas, aber ich habe noch keine Details.«

In ihrem Blick blüht Neugierde auf. »Ich frage erst gar nicht … vorläufig. Sag mir, was mit Justin passiert ist. Du hast mir geschrieben, dass du mit ihm Schluss gemacht hast?«

Scham brennt auf meinen Wangen und ich denke daran, wie oft ich ihr erzählt habe, wie gut er aussieht, wie perfekt er ist. »Nein, er hat mit mir Schluss gemacht.«

Sie sieht mich verdutzt an. »Aber er war verrückt nach dir.«

»Wegen dieses ganzen Schlamassels. Er hat gesagt, er will mal Senator werden, und darum kann er sich keine Verbindung zu den James leisten.«

Sie keucht. »Was für ein Scheißkerl.«

Ich wende den Blick ab, schlucke. »Ich denke, ich kann ihn verstehen. Ich möchte ihm nicht seine Zukunft verbauen.«

»Du bist viel zu gutmütig. Er ist ein dreckiges Arschloch von einem Scheißkerl.«

Als ich ihr den erniedrigendsten Teil der Geschichte erzähle, stehen meine Wangen in Flammen. »Ich habe den Eindruck bekommen, dass ich für ihn sowieso nichts weiter als ein Sprungbrett gewesen wäre. Dass er sich nie wirklich etwas aus mir gemacht hat. Vermutlich hatte er darum auch kein Problem damit, bis zur Heirat zu warten.«

Nachdenklich kaut sie auf ihrer Lippe herum. »Das kann ich nicht beurteilen. Er war verrückt nach dir, aber es hat ihm auch immer an Rückgrat gefehlt. Bestimmt war Papa

Justin nicht sonderlich begeistert, als er von dem Skandal gehört hat.«

Ich hebe die Augenbrauen. »Rückgratlos? Davon hast du nie etwas gesagt.«

»Ich meine, er hat im Anzug gut ausgesehen, aber er ist nicht fähig, eigene Entscheidungen zu treffen. Wahrscheinlich folgt er den Fußstapfen seines Vaters, weil ihm nichts Besseres einfällt.«

Ich schaffe ein mattes Lächeln. »Na, sein Senatsposten ist jetzt in trockenen Tüchern.«

»Das wird ihm noch leidtun«, sagt sie überzeugt. »Und du bist ohne ihn besser dran. Du wirst jemanden finden, der dich um deinetwillen liebt und nicht wegen deines Familiennamens.«

Kann sein, aber was würde dieser zukünftige Mann davon halten, wie ich meine Jungfräulichkeit verloren habe? Selbst wenn ich versuche, es geheim zu halten, werden die Leute darüber reden. Sie bezahlen eine Teilnahmegebühr, nur um zu erfahren, wer ich bin. So wie die Reporter während der Verhandlung um uns herumgeschwirrt sind, kann es durchaus dazu kommen, dass die ganze Auktion öffentlich bekannt wird.

Ich gebe nicht nur meinen Collegeabschluss oder meine Karriere auf. Es ist gut möglich, dass ich dabei bin, nie jemanden lieben zu können oder eine Familie zu haben. Vor mir erstreckt sich die Einsamkeit wie eine Wüste und Gabriels Augen brennen wie die Sonne.

Er steht zwar nicht vor meinem Haus, aber er könnte Damon fragen, was ich mache. Und er war es, der den Absturz meiner Familie in die Wege geleitet hat. Er ist wie ein Puppenspieler, der mich immer schneller bewegt, bis ich auseinanderfalle.

»Vielleicht ist es besser, dass ich nicht verlobt bin. Ich kann mich nicht ablenken lassen, solange mein Vater krank ist.« Er braucht so viel Pflege, nur um am Leben zu bleiben. Ich habe nie gewusst, wie vergänglich das Leben ist, bis ich die ganzen Schläuche und Monitore gesehen habe, mit denen sein zerbrechlicher Körper verbunden ist. »Im Moment braucht er mich.«

»Hast du keine Krankenschwester, die sich um ihn kümmert?«

»Wir haben jemanden, der vorbeikommt und seine Medikamente überprüft. Der Arzt kommt einmal die Woche. Mehr kann ich mir nicht leisten.« Tatsächlich geht mir auch dafür das Geld aus.

»Du fütterst ihn und wechselst seine Kleidung?«

»Wenn er wach genug ist, um etwas zu essen.« Ein Stich im Magen begleitet die Erinnerung daran, wie ich meine Tränen zurückgehalten habe, als ich ihn das letzte Mal gebadet habe. Fast noch schlimmer war, dass er wach war, dass es ihm peinlich war, weil ihn seine Tochter nackt sah. Aber es gab keine andere Möglichkeit.

Harpers Blick ist voller Mitgefühl. »Ich würde dir ja helfen, aber Kackfresse hat noch immer die Kontrolle über meinen Treuhandfonds.«

Harper ist fuchsteufelswild gewesen, als ihr von ihnen getrennt lebender Vater ihrem Stiefbruder testamentarisch die Kontrolle übertragen hat. Angeblich um das Geld zu schützen – und insgeheim denke ich, es ist besser so. Christopher ist eine Spaßbremse, aber er sorgt dafür, dass sämtliche Rechnungen bezahlt werden. Harper ist zu weichherzig, unglaublich nett, aber ihr fehlt jeglicher Sinn für das Praktische. Sie würde ihre 2000-Dollar-Designerjacke, ohne zu zögern, einem frierenden Obdachlosen überlassen.

»In ein paar Jahren werde ich 22 und bekomme die Kontrolle. Dann kann ich dir helfen.«

In ein paar Jahren ist mein Vater vielleicht tot, aber das sage ich ihr nicht. Es ist nicht ihr Problem. »Mach dir unsertwegen keine Sorgen. Im Ernst, es geht uns gut. Im Moment ist es etwas schwierig, aber das wird schon wieder.«

»Weil du an etwas arbeitest.«

Nervosität lässt meinen Magen rumoren. Ich bin mir nicht einmal sicher, ob ich jetzt noch einen Rückzieher machen könnte, selbst wenn ich es wollte. Der Mann draußen verhindert, dass mir jemand etwas antut – immerhin bin ich für Damon Scott lebendig mehr wert als tot. Was würde der Wächter tun, wenn ich versuchen würde zu verschwinden? Allerdings ist das unwichtig, weil ich nicht wegkann, solange mein Vater an seine Geräte angeschlossen ist.

»Genau. Und jetzt verrate mir, wie lange du hier bist. Ich möchte bis in die Puppen wach bleiben und wissen, was du in der Zwischenzeit angestellt hast.«

KAPITEL 9

Harper ist zwei herrliche Tage bei mir. Sie hat ihrem Professor weisgemacht, ihr Hund sei gestorben. Das klingt nach einer schrecklichen Lüge – und auch nicht besonders glaubwürdig –, aber sie schafft es immer wieder, Männer um den kleinen Finger zu wickeln. Abgesehen von Christopher, unglücklicherweise.

Wir schmelzen Butter, kippen sie über Popcorn und sehen uns *Emma* mit Gwyneth Paltrow an. Es gibt keine anderen Betten im Haus, also veranstalten wir kurzerhand eine Pyjama-Party und teilen uns mein Bett. Sie kocht sogar Muschelsuppe nach dem Rezept ihrer Großmutter, die Daddys Urteil nach hervorragend ist.

Als sie Sonntagnachmittag mit einem Taxi wieder abfährt, trifft mich die Realität wie ein Eimer kaltes Wasser. Ohne sie ist das Haus noch größer und leerer. Nachdem ich mir den Rest der Suppe mit Daddy zum Mittagessen geteilt habe, suche ich im Geräteschuppen eine Heckenschere und werde fündig.

Die nächste Stunde mache ich mich über das wilde Gestrüpp vor dem Haus her. Es sieht nicht annähernd so schön aus wie damals, als wir noch jemanden hatten, der sich darum gekümmert hat, aber darum geht es nicht.

Als ich die Heckenschere schließlich ins Gras fallen lasse, habe ich Blasen an den Händen.

Ich gehe rein, um zu duschen, als ich das Telefon klingeln höre.

Onkel Landon hat während Harpers Besuch zweimal angerufen und wenn er es ist, werde ich einfach nicht rangehen. Aber die Nummer ist unterdrückt, darum drücke ich auf den grünen Knopf, um den Anruf entgegenzunehmen. »Hallo?«

»Miss Avery«, höre ich die erfreute Stimme Damon Scotts.

Ich schiebe mein Haar zurück, als könnte er sehen, dass ich wie eine Wilde aussehe. Wahrscheinlich sehe ich aus, als hätte ich mir gerade meinen Weg durch einen Regenwald geschlagen. »Oh, hi.«

Am anderen Ende der Leitung raschelt Papier. *»Sind Sie bereit für den großen Abend?«*

Dafür werde ich nie bereit sein. »Haben Sie einen Termin festgelegt?«

»Diesen Samstag. Die reichsten Männer der Stadt zermartern sich schon die Köpfe und wollen wissen, wer Sie sind.«

Es gibt keine Möglichkeit, mich vor seiner wissenden Stimme am anderen Ende der Leitung zu verstecken, trotzdem verkrieche ich mich in der Speisekammer und schließe die Tür. Scham lässt meine Wangen glühen. *Diesen Samstag.* »Ich denke, das ist gut.«

»Es ist hervorragend, vertrauen Sie mir.«

»Sagte die Spinne zur Fliege.«

Ein tiefes Lachen. *»Aber diese Fliege wird für ihre Zeit im Netz ein hübsches Sümmchen einstreichen.«*

Das hoffe ich, ansonsten wäre es sinnlos. »Ich will ja nicht unverschämt sein, aber …«

Mir stockt der Atem. Man hat mir eingebläut, nie über Geld zu sprechen. Niemals schwach zu erscheinen. Ich weiß, ich muss diese Gewohnheiten ablegen. Ich bin nicht länger die reiche, privilegierte Tochter eines der angesehensten Geschäftsmänner der Stadt. Aber über Geld zu sprechen fällt mir noch immer genauso schwer, wie mich selbst zu berühren. Es war mir lange genug verboten, um es beinahe körperlich schmerzvoll zu machen.

O Gott, diesen Samstag.

»*Wie viel Geld Sie verdienen werden?*«, fragt er leichthin. »*Das kommt darauf an, wie der Abend verläuft, wie hoch wir die Gebote treiben können. Meiner Meinung nach werden Sie mindestens ein paar 100.000 machen.*«

»Ein paar 100...« Ich werde leiser und mir ist schwindelig. Früher hätte mich eine solche Summe nicht beeindruckt. Wir hatten Massen an Bankkonten und Einlagen. Davon ist nichts mehr übrig. Ein paar 100.000 würden reichen, die Grundsteuer mehrmals zu begleichen. Ich könnte das Haus behalten und eine Vollzeitkrankenschwester einstellen.

»*Vielleicht auch mehr. Wir müssen es darauf ankommen lassen.*« Ich kann sein Lächeln förmlich hören. »*Natürlich will ich, dass mein Anteil so hoch wie möglich ausfällt.*«

»Natürlich.« Mir ist noch immer schwindelig. Ich nehme an, so fühlt sich Hoffnung an. »Und man wird mir nicht ... man wird mir nicht wehtun?«

Ich kann nicht vergessen, was der Mann in dem engen Flur zu mir gesagt hat, dass sich die Feinde meines Vaters ihren Gegenwert von mir holen werden. Wie viel kann ich einen Monat lang ertragen? Sex auf jeden Fall. Aber Schmerzen?

»*Hören Sie, ich werde Sie nicht anlügen. Ich würde sagen, ein paar der Teilnehmer geben sich auch mit ... gewagteren sexuellen Aktivitäten ab. Das ist nur natürlich, wenn man mit reichen Männern zu tun hat, die zu viel Zeit und Geld haben, um sich mit Blümchensex zufriedenzugeben.*«

Zählt er sich selbst auch dazu? Wahrscheinlich. Ich drücke mir die Hand auf die Augen, versuche, ihn mir nicht bei gewagten Sexspielchen vorzustellen. Besonders will ich mir nicht Gabriel Miller dabei vorstellen.

»Es muss Grenzen geben, nicht wahr?«

»Natürlich. Sie werden hinterher dasselbe Mädchen sein wie vorher. Keine dauerhaften Schäden oder Veränderungen. Mit Ausnahme eines kleinen Teils Ihrer Anatomie.«

Die Luft in der Speisekammer scheint dünner zu werden. »Ich verstehe.«

»Keine Sorge. Ein Jungfernhäutchen ist in dieser Gegend seltener, als Peitschen oder Ketten es jemals sein könnten. Hoffentlich schaffen Sie es, sie den ganzen Monat lang zu unterhalten.«

»Peitschen und … Ketten?« Mein Magen verkrampft sich heftig.

»Nun, die Auktion beginnt um neun Uhr abends. Wir fangen mit Getränken an, um die Portemonnaies zu öffnen. Sie sollten um sieben hier sein, um sich vorzubereiten.«

Zwei Stunden sind viel Zeit, um sich umzuziehen. »Sind Sie sicher? Ich muss …«

»Bin ich«, sagt er fast schon fröhlich. *»Wir sehen uns.«*

Das Klicken in der Leitung besiegelt mein Schicksal.

KAPITEL 10

Der Mythologie zufolge war der Minotaurus ein Wesen mit dem Kopf eines Stiers und dem Körper eines Mannes. Er lebte mitten in einem Labyrinth. Athen war dazu gezwungen, sieben junge Männer und sieben unverheiratete Mädchen als Opfergabe zu entsenden.

Mein Labyrinth ist die Höhle, die sich bis in den düsteren Himmel über mir auftürmt. Die verschachtelten Türmchen zerfasern das orangefarbene Licht des Sonnenuntergangs. Diesen Samstag wird es nur *eine* Opfergabe geben.

Am Straßenrand wartet jemand bereits auf mich, um mir meine Schlüssel abzunehmen. Einen Moment lang schwanke ich auf den Absätzen meiner Schuhe, fange mich dann aber. Das Letzte, was ich jetzt gebrauchen kann, sind aufgeschlagene Knie. Nicht wenn ich kurz davorstehe, den reichsten Männern der Stadt gegenüberzutreten. Ich stehe staunend im Foyer, so viel Betriebsamkeit. Mir war nicht klar gewesen, wie groß, wie aufwendig das Ganze ausfallen würde, aber wenn es um so viel Geld geht, ist das nur zu erwarten. Mein Magen zuckt nervös, weil ich drauf und dran bin, mich ins Auge dieses Wirbelsturms zu begeben.

Damon kommt durch eine Tür. Sein Dreiteiler steht ihm gut. Er ist eine von vielen Abzweigungen, die ich heute Abend auf meinem Weg tiefer ins Labyrinth noch nehmen werde. Erst am Ende werde ich erfahren, wer die Auktion gewonnen hat. Erst dann werde ich dem Minotaurus begegnen.

»Die Dame des Abends«, verkündet er freundlich.

Ich schaudere. Das klingt Unheil verkündend. Ich zwinge mich zu einem Lächeln. »Aber ich bin mir nicht sicher, ob ich wirklich zwei Stunden brauchen werde, um mich bereit zu machen.«

Er lacht. »Candy wollte den ganzen Tag haben. Ich habe ihr aber gesagt, sie wird damit zurechtkommen müssen.«

»Candy?«

»Ivans Mädchen. Sie wird sich um Sie kümmern.«

Ivan Tabakov? Ich habe seinen Namen schon gehört, aber nur geflüstert. Und hat seine Frau nicht früher in einem seiner Clubs gestrippt? Ich nehme an, ich kann mir keine bessere Lehrerin wünschen, wenn es darum geht, gefährlichen Männern Sex zu verkaufen. Aber ich habe vor ihr fast mehr Angst als vor den Männern. Das ist eine andere Welt, man benötigt hier andere Fähigkeiten als die, die ich mir während meines Lebens angeeignet habe.

Er weist mich in Richtung der Treppe und in das Zimmer, in dem die Fotos aufgenommen wurden.

An einem kleinen Tisch am Fenster hantiert eine Frau mit Make-up-Pinseln. Ich sehe wunderschönes, blondes Haar, lang und fließend, das ihr das Aussehen einer Märchenprinzessin verleiht. Ihr Haar mag unschuldig wirken, aber ihr Körper ist die reinste Sünde. Ihr eng anliegendes Kleid betont jede ihrer perfekten Rundungen. Grundgütiger. Sie wird doch nicht bei der Auktion dabei sein, oder doch? Sobald ein Mann sie sieht, wird man mich ignorieren. Natürlich bezweifle ich, dass der Verbrecherboss Ivan Tabakov gewillt ist, seine Frau zu teilen.

Sie dreht sich zu mir um und ihr Gesicht verschlägt mir den Atem – die herzförmige Schönheit, die großen blauen Augen. Aufgrund des Überangebots an Make-up auf dem

Tisch habe ich mit etwas Übertriebenem gerechnet, aber ihr Make-up ist perfekt darauf ausgerichtet, ihre Gesichtszüge zu betonen.

»Avery«, begrüßt sie mich lächelnd. »Komm rein. Ich beiße nicht, versprochen.«

Da sie ehrlich zu sein scheint, entspanne ich mich ein bisschen. In meinem früheren Umfeld reißen einen die Frauen in Stücke, wenn die Möglichkeit besteht, ungeschoren davonzukommen. Ich habe mich so sehr daran gewöhnt, dass es schockierend ist, jemand Unbekanntem zu begegnen, der einen aufrichtig freundlich ansieht. »Danke. Innerlich bin ich ziemlich aufgewühlt.«

Sie greift an mir vorbei, um die Tür zu schließen. »Wir lassen diese alten, bösen Männer warten, bis du bereit bist, dich von ihnen bewundern zu lassen. Bis es so weit ist, richten wir dich her.«

Ich werde rot, da sie so klingt, als wäre ich irgendwas, das aus irgendeiner Mülltonne gekrochen ist. Ich kann dem nicht einmal widersprechen. Im Vergleich zu ihr fühle ich mich geradezu schlicht. »Was werden Sie mit mir anstellen?«

Ihr Lachen weht wie Feenstaub über mich hinweg. Kein Wunder, dass sich der Furcht einflößende Gangsterboss in sie verliebt hat. »Das kommt natürlich darauf an, was notwendig ist. Ziehen wir erst einmal das Kleid aus, um zu sehen, womit ich es zu tun habe.«

Ich habe aus einer hinteren Ecke meines Kleiderschranks ein Designer-Abendkleid gezogen, das ich zum ersten Mal zum Abendessen anlässlich des Amtsantritts eines Senators getragen habe. Damals war ich noch mit Justin zusammen. Es lässt eine Schulter frei und hat einen hohen Beinschlitz. Damals hat mich Justin bewundert – aber das war vielleicht nur vorgetäuscht, so wie er auch nur so getan hat, als würde ich ihm etwas bedeuten.

Mein Magen verkrampft sich aus einem völlig anderen Grund als vor ein paar Tagen, als ich mein Kleid vor Gabriel ausgezogen habe. Ich weiß, sie sieht mich nicht wie etwas an, das sie am liebsten verschlingen würde, aber sie wird dennoch meine Unsicherheit bemerken.

Wie kann eine Frau wie sie verstehen, wie es ist, an manchen Stellen zu klein und an anderen zu groß zu sein, immer irgendwie falsch? Wie kann sie Chilisaft und die Scham verstehen, die ich wegen meines Körpers ständig empfinde?

Ich bin wie erstarrt, meine Hände sind im Stoff meines Kleids verkrampft, mein Verstand rast vor Panik. Wie soll ich das durchstehen?

Sie ist nur eine weitere Abzweigung und ich muss es bis ins Zentrum des Labyrinths schaffen.

Sie packt mich an den Schultern, schüttelt mich vorsichtig. »Avery, sieh mich an.«

Ich hole tief Luft, blicke in ihre blauen Augen.

»Du bist schön, du bist mutig und du bist unfassbar stark. Nichts, was diese Männer da draußen tun, kann daran etwas ändern. Verstanden?«

Und irgendwie begreife ich, dass sie weiß, wie es ist – die Scham und die Furcht.

Dieses Wissen ermöglicht es mir, das Kleid auszuziehen und mich ihr zu offenbaren.

Sie nickt zufrieden. »Die Jungs werden dir aus der Hand fressen.« Sie sieht zwischen meine Beine. »Aber eines nach dem anderen, das muss weg.«

»Mein Höschen?«

»Deine Haare.«

Teils erschrocken, teils neugierig sehe ich nach unten. mein marineblaues Höschen bedeckt das sauber gestutzte Haar darunter. »Woher wissen Sie …?«

»Woher ich es weiß? Ach Kindchen, ich mache so was schon sehr lange.« Sie sieht mich auf eine Weise an, als könnte sie so jedes meiner Geheimnisse entdecken. »Du warst noch nie völlig ohne, nicht wahr?«

Ich habe nie die Notwendigkeit gesehen – und, na gut, ich hatte auch etwas Angst. Ich schüttle den Kopf.

Sie lächelt, sieht zu einem kleinen elektrischen Kochtopf. Irgendwas schmilzt darin. *Wachs.* »Es ist befreiend, versprochen. Und nach ein paar Minuten sind die Schmerzen vergessen.«

KAPITEL 11

Eine Stunde später bin ich am ganzen Körper gewachst und verschönert. Ich wimmere leise und sie murmelt mir beruhigende Dinge zu. Ich trage nichts weiter als einen Bademantel, während sie mir Make-up auflegt, ein natürlicher Look, für den mehr Schminke benutzt wird, als ich jemals gesehen habe. Sie nennt es Contouring. Ich kann die erstaunliche Wirkung, wie es meine Wangenknochen betont, nicht bestreiten. Meine Augen sehen beinahe ungeschminkt aus, trotz des Lidschattens, der sie größer aussehen lässt, fast wie bei einem Reh. Auf meine Lippen trägt sie ein blasses Rosa wie Zuckerwatte auf.

»Wie fühlst du dich?«, fragt sie.

»Erleichtert, dass das Wachsen vorbei ist«, gebe ich zu. Ich bin noch immer wund.

»Ich mag es auch nicht wirklich, aber die gesteigerte Empfindlichkeit da unten wird dir helfen. Und die Männer sind ganz wild danach.«

Ich bin mir nicht sicher, ob ich jemals dafür gesorgt habe, dass ein Mann wild nach etwas war. »Was, wenn niemand bietet?«

Sie lacht leise. »Glaubst du wirklich, dass das passieren wird?«

»Nein«, erwidere ich ehrlich, aber das hat nichts mit Selbstvertrauen zu tun. Ich war schon auf genug Wohltätigkeitsauktionen, um zu wissen, alte Männer würden alles kaufen – kaputte Möbel, die mal der Königin von

England gehört haben, den Golfball, an dem eine wichtige Meisterschaft gescheitert ist. »Ich weiß, jemand wird mich kaufen. Ich weiß nur nicht, ob es genug sein wird.«

Gegen so was kann man sich nicht versichern. Wenn mich jemand für weniger als die Grundsteuer kauft, verliere ich das Haus. Und ich muss trotzdem noch immer mit ihm schlafen.

»Steh auf«, befiehlt sie mir gelassen – und so freundlich.

Als ich stehe, öffnet sich der Bademantel. Ich höre auf, mich zu zieren, als sie mir ausgehärtetes Wachs von meinen intimsten Stellen reißt, aber in einem Raum voller Männer wird es ganz anders sein.

Sie nimmt sich ein Töpfchen mit blass rosafarbenem Schimmer. Sie streicht mit dem Pinsel durch das Pulver, jede Bewegung hat etwas Sinnliches an sich. Ich trage bereits Rouge und ich musste nicht aufstehen, um es aufzutragen.

Sie betrachtet meine Brüste, die noch zum Teil vom Bademantel verdeckt sind.

»O nein«, flüstere ich.

Sie sieht mich mitfühlend an. »Es mag übertrieben wirken, aber für diese Männer ist übertrieben normal. Und in dem Licht wirst du blass aussehen. Das ist die blasseste Farbe, mit der man dem entgegenwirken kann.«

Sanft schiebt sie die Seide zur Seite. Die kühle Luft streicht über meine Nippel, verwandelt sie in harte Kieselchen. Ich bin entsetzt – zum einen, weil ich mir nicht sicher bin, ob die Männer während der Auktion meine nackten Brüste sehen werden. Und zum anderen, weil mein Körper auf ihren Blick mit so etwas wie Erregung reagiert.

Sie berührt einen meiner Nippel so vorsichtig mit dem Pinsel, als wäre ich ein Kunstwerk. Sie hat recht, die Wirkung ist nicht drastisch. Eigentlich sind sie so sogar irgendwie hübsch, etwas, von dem ich nie erwartet hätte, dass ich es einmal denken würde.

»Männer sind sehr schlichte Wesen«, erklärt sie mir, ohne den Blick von meinen Brüsten zu nehmen. »Sie kommen sich gerne wichtig vor, wollen sich schlau fühlen. Sie mögen es, sich stark zu fühlen.«

So wie sie das sagt, bin ich mir nicht sicher, ob Frauen wirklich anders sind. Das hört sich toll an, besonders jetzt, wo ich mich außerordentlich schwach fühle. »Wie gibt man ihnen dieses Gefühl?«

»Indem man nicht nachgibt. Das wäre zu einfach.«

Die Striche des Pinsels schicken seltsame Energiewellen durch meinen Körper, durch meine Brust, meine Scham. Sogar meine Lippen fühlen sich kribbelig an. Jeder sanfte Pinselstrich hallt über meine Haut, als wäre ich ausgehöhlt. Als wäre in mir nichts außer Luft. »Also soll ich mich ihm widersetzen?«

Sie beißt sich konzentriert auf die Lippe. Dann tritt sie einen Schritt zurück, betrachtet ihr Werk. Mein Nippel ist perfekt rosa, absolut rund. Auf alle Fälle voller als vorher.

Ein Nicken, dann macht sie sich daran, den anderen zu bestreichen. Ich zwinge mich, absolut reglos dazustehen, keine Antworten zu verlangen, nicht darum zu betteln. »Auch nicht widersetzen. Ich betrachte es gerne als einen Tanz. Er macht einen Schritt auf dich zu, du gehst einen zurück. Dann gehst du auf ihn zu und er muss zurückgehen. Es liegt eine gewisse Symmetrie darin, eine Art Rhythmus.«

Ich blinzle etwas ratlos. »Meinen Sie Sex?«

»Der hat zwar auch einen Rhythmus, aber ich meine etwas tiefer Gehendes. Jede Frau kann sich von einem Mann ficken lassen, jede Frau kann die Beine breit machen. Das ist nichts Besonderes.«

»Ich bin noch Jungfrau.« Ich klinge völlig tonlos. Ich gebe damit nicht an. Ich bemerke, was ich so sorgsam gehütet habe, bedeutet mir mehr, als ich erwartet hätte – ich muss das Zuhause meiner Familie retten. Ich muss meinen Vater retten.

Ich hätte eine sichere Ehe bevorzugt. Ein sicheres Leben.

Könnte ich das Schicksal auf magische Weise ändern, würde ich am liebsten nie in einer so verzweifelten Lage sein.

»Sie zahlen nicht für dein Jungfernhäutchen«, erklärt sie. »Sie bezahlen dafür, dich zu unterweisen. Sie zahlen so viel, weil der Druck größer sein wird – und der Zug.«

Der Rhythmus. Ich höre, was sie mir zu sagen versucht, aber mir entgehen dabei auch Dinge. Sie versucht, mir etwas verständlich zu machen, etwas Wichtiges. Und ich weiß, sie versteht es – das weiß ich, weil sie einen sehr gefährlichen Mann um ihren Finger gewickelt hat. Ich weiß es aufgrund der uralten Weisheit in ihren blauen Augen.

»Ich habe Angst«, flüstere ich.

Sie lächelt zaghaft. »Das gehört zum Zug.«

Und je stärker der Zug, umso stärker der Druck. »Je mehr Angst ich habe, umso mehr Geld bin ich wert?«

»Es ist nicht die Angst, die sie anzieht. Unschuld, Zerbrechlichkeit und Grazie.«

Ich stelle mir die alten Männer vor, wie sie Zigarren rauchen und Whiskey trinken. »Alles, was sie nicht sind.«

Eine Spur Hinterhältigkeit mischt sich in ihre Miene. »Widersetze dich ihm nicht, stelle dich ihm. Wecke in ihm das verzweifelte Verlangen nach mehr.«

Ich sehe sie an, frage mich, ob sie ihren eigenen Rat befolgt – weil ich gerade diejenige bin, die verzweifelt mehr möchte. Ich möchte etwas Konkretes, irgendeinen Trick, was ich mit meinen Händen oder der Zunge tun kann, damit das Ganze funktioniert. Irgendein universelles Passwort, das sicherstellt, dass ich nicht verletzt werde. Stattdessen philosophiert sie.

Und ich höre ihr so konzentriert zu, dass ich die Schritte im Flur nicht höre.

Ich höre nicht das Drehen des Türknaufs.

Dann steht Gabriel Miller im Zimmer, sein goldfarbener Blick ruht auf mir. Auf meinen Augen, denen Candy das Aussehen großer Rehaugen gegeben hat. Auf meinen rosafarbenen, harten Nippeln. Auf der empfindlichen Stelle zwischen meinen Schenkeln, die von nichts mehr verdeckt wird.

Das tiefe Geräusch, fast ein Knurren, das er von sich gibt, reißt mich aus meiner Trance.

Ich ziehe an der Seide, bedecke mich, fühle mich entblößt, missbraucht. Ich will nicht darüber nachdenken, ob Gabriel Miller bei der Auktion sein wird, obwohl ich wusste, dass er ihr beiwohnen würde. Er genießt es zuzusehen, wie ich, die Tochter seines Feinds, erniedrigt werde. Es reicht ihm nicht, nur meinen Vater zugrunde zu richten.

Er will auch sehen, wie das mit mir geschieht.

»Damon ist unten und empfängt die Teilnehmer. Ist sie so weit?«

Candy sieht ihn amüsiert an. »Natürlich. Ich habe ihr nur gerade gesagt, wie sie denjenigen, der sie kauft, kontrollieren kann.«

Seine Stimme ist nichtssagend. »Denkst du, er wird sich das gefallen lassen?«

Sie lacht. »Kontrolle ist keine sexuelle Spielart, Schätzchen. Es ist eine Lebenseinstellung.«

Wie er sie ansieht, hat jedoch nichts Sexuelles an sich. In seinem Blick liegt so etwas wie Respekt. Vielleicht nur weil sie mit Ivan Tabakov zusammen ist, aber das glaube ich nicht. Sie hat ihn sich selbst verdient.

Wie sie sich zu mir beugt, ist beinahe majestätisch. Mit den Lippen nah an meinem Ohr flüstert sie: »Du musst ihnen nur deinen Körper geben. Dein Verstand, deine Seele – darin liegt deine Kraft.«

Ich begreife, das ist meine Garnrolle. Eine Rettungsleine, mit der ich am Ende meinen Weg zurück aus dem Labyrinth finden kann. Bis jetzt war sie ausgelassen, aber jetzt ist sie absolut ernst. Weil es um Leben und Tod geht, um meine Fähigkeit, danach noch mit mir selbst leben zu können. Es könnte mich zerstören. Ich könnte daran zerbrechen.

Dann verlässt sie mit einem knappen Winken in Gabriels Richtung das Zimmer.

Wir sind alleine.

Ich bin mir sehr darüber bewusst, dass ein dünnes Stück Seide das Einzige ist, was meinen Körper vor ihm schützt. So dünn, so wichtig. Er sieht nicht meinen Körper an. Er sieht mir in die Augen, aber dadurch fühle ich mich nur noch verletzlicher. Er erkennt jeden Zweifel, jede Furcht. »Hast du dich angefasst?«, fragt er beinahe sanft.

Hitze steigt in mein Gesicht und ich weiß, ich bin knallrot. »Das geht Sie nichts an.«

Er betrachtet mich nachdenklich. »Ich glaube, du hast es getan, kleine Jungfrau. Ich glaube, du hast deine kleine, geschwollene Klitoris berührt, bis du in einem dunklen Zimmer mit fest geschlossenen Augen gekommen bist.«

Ich hasse es, wie gut er mich einschätzen kann. »Sie wissen gar nichts über mich.«

»Ich weiß, ich könnte dich in zwei Minuten kommen lassen.«

Ich ziehe mich einen Schritt vor ihm zurück, meine Waden drücken gegen den kleinen Stuhl, auf dem ich gesessen habe. »Das würden Sie nicht tun.«

»Nein, aber du wünschst dir, ich würde es tun.«

»Ich hasse Sie.«

Er lacht leise. »Glaubst du wirklich, du kannst den Mann kontrollieren?«

Ich halte noch immer die Seide über meinen Brüsten geschlossen, als ich die Fäuste balle. »Besser als andersherum.«

»Wäre das so schlimm?«, fragt er nachdenklich. »Einen Monat lang die Kontrolle aufzugeben? Jemand anderem die Führung zu überlassen? Jemand anderem gestatten, dich zu unterweisen?«

Ein Teil von mir sehnt sich danach, aber nicht mit einem Fremden. Nicht für Geld. »Mir ist egal, was nachts passiert. Man kann mich berühren, mir alles Mögliche beibringen. Das werde nicht wirklich ich sein.«

Er geht ans Fenster, betrachtet die Silhouette der Stadt. Hinter den erhellten Fenstern der Büros machen Leute Überstunden, klettern die Karriereleiter hinauf, krempeln sich die Ärmel für den Gehaltsscheck hoch. Ein paar der Penthouse-Wohnungen sind leer, weil die Bewohner hier unten darauf warten, für mich zu bieten.

Ohne mich anzusehen, murmelt er: »Wieso glaubst du, es wird nur nachts geschehen?«

Ich starre ihn überrascht an. Ich habe nicht darüber nachgedacht, sonst wäre ich vermutlich von selbst darauf gekommen. Ich habe so wenig Ahnung von Sex, dass ich mir nur vorstellen kann, es nachts zu tun. Das gilt besonders für seltsame, alte Männer. Unsicherheit ergreift mich. »Er wird mich auch tagsüber wollen?«

Gabriel dreht sich zu mir um, sieht mich ernst an. »Bei der Auktion geht es um einen Monat mit dir, Avery. Deine Tage, deine Nächte, alles. Er wird dich besitzen.«

Ein Schaudern ergreift mich. Ich beginne zu verstehen, was Candy mit dem Druck gemeint hat. Seine Beharrlichkeit, seine Forderungen. Und wie sieht der Zug aus? Mein Einverständnis. Nein, sie hat mir gesagt, ich soll nicht nachgeben. *Unschuld, Zerbrechlichkeit und Grazie.*

Ich hebe das Kinn, sehe ihm in die Augen. »Ich muss mich um meinen Vater kümmern. Jemand muss ihn füttern, ihn waschen. Mehrmals täglich.«

Gabriel sieht wieder aus dem Fenster. »Der Käufer wird für seine Versorgung aufkommen.«

»Ich kann nicht …« Meine Stimme versagt, ich hole tief Luft, um mich zu beruhigen. Ich kann mir keine Vollzeitkrankenschwester für einen ganzen Monat leisten. Nicht nachdem die Steuer und Damons Anteil vom Auktionspreis abgegangen sind. Was sollen wir essen, nachdem es vorbei ist?

»Er wird für seine Pflege aufkommen«, sagt er bestimmt. »Zusätzlich zum Auktionspreis.«

Ich gehe einen Schritt vor, auf ihn zu, fühle mich auf seltsame Weise von ihm angezogen. »Warum sollte er das tun?«

Er hebt eine seiner breiten Schultern. »Die Männer da unten haben mehr Geld, als sie jemals ausgeben könnten. Wer dich auch kauft, benutze ihn. Nimm dir von ihm, was du brauchst.«

Ich sehe seine Spiegelung im Fenster, seine ausgeprägten Gesichtszüge. Aber ich kann ihn nicht einschätzen. Ich könnte ihn nie einschätzen. Gehört das zum *Druck,* von dem Candy gesprochen hat? Oder ist das lediglich das unergründliche Mysterium, das Gabriel Miller umgibt? »Warum helfen Sie mir?«

»Ich bin nicht dein Freund«, erwidert er sanft.

Er ist mein Feind. Wenn wir alleine sind, fällt es leicht, das zu vergessen. In ein paar Minuten sind wir unten, zusammen mit den reichsten Männern der Stadt, vielleicht sogar des Staates. Männer, die mich wie ein Objekt kaufen können. Männer, denen Gabriel mit dem Ruin meines Vaters eine Lehre erteilt hat.

»15 Minuten«, sagt er, bevor er das Zimmer verlässt.

KAPITEL 12

Wenn man auf sein Schicksal wartet, fühlen sich 15 Minuten wie 15 Stunden an. Das Kleid, das ich tragen soll, ist durchsichtig weiß, fast wie altertümliche griechische Kleidung. Es verstärkt meinen Eindruck noch, dass ich eine Opfergabe für die Götter bin – oder für den Minotaurus im Labyrinth.

Ich bin erleichtert, dass Candy auch Unterwäsche bereitgelegt hat – einen weißen Büstenhalter und ein dazu passendes Höschen, aus demselben samtigen Material wie das Kleid. Zumindest habe ich noch etwas, das mich bedeckt, sollte jemand das Kleid zur Seite ziehen oder falls Damon verlangt, dass ich es ausziehe.

Dann hätte sie sich aber wohl kaum die Mühe gemacht, meine Nippel zu schminken.

Ich gehe im Zimmer auf und ab, frustriert, dass ich ihr keine Fragen mehr stellen kann, dass sie mir keine deutlicheren Antworten gegeben hat. Mir wäre sogar Gabriels Gesellschaft lieber anstelle dieser Nerven zermürbenden Stille.

In meiner kleinen Clutch, die ich zu meinem Kleid tragen wollte, summt etwas. Mittlerweile habe ich erkannt, wie dumm der Gedanke ist, ich wäre ein Gast auf dieser Party. Nein, ich bin das Hauptgericht.

Auf der Anzeige blinkt eine neue Textnachricht.

Avery, ich muss mit dir reden.

Mein Herz pocht. Sie ist von Justin. Seit der Trennung habe ich nicht mehr mit ihm gesprochen. Ich habe noch ein paar Sachen in seiner Wohnung in der Nähe des Campus, aber das ist unwichtig geworden, seitdem man Daddy verletzt hat.

Meine Finger streichen unbeholfen über die Anzeige. *Ich bin beschäftigt.*

Es ist wichtig, schreibt er. *Du fehlst mir. Ich habe einen Fehler gemacht.*

Wut. Verleugnung. Kummer. Das alles habe ich nach der Trennung empfunden. Ich weiß nicht, wie ich jetzt, Wochen später, mit diesen Mitteilungen umgehen soll. Besonders jetzt, da ich in der Höhle darauf warte, an den Meistbietenden versteigert zu werden.

Es ist zu spät, antworte ich.

Sag das nicht. Wir können darüber reden. Wo bist du?

Misstrauen greift wie eine kalte, dunkle Hand nach mir. *Ich bin unterwegs. Wo bist DU?*

Bei dir zu Hause. Es geht niemand an die Tür.

O mein Gott, er ist bei mir zu Hause. Während der apathischen Tage nach der Trennung hätte ich alles dafür gegeben, sein Klopfen an der Tür zu hören, sein Gesicht zu sehen. Zu hören, wie er sagt, dass es ein Fehler war.

Ich kann nicht außer Acht lassen, dass Justin ein reicher Mann ist, und anders als bei Harper gibt es keinen knausrigen Stiefbruder, der das Geld verwaltet. Nein, er braucht von niemandem eine Erlaubnis – zumindest nicht vor dem Gesetz. Aber er fragt seinen Vater ständig um Rat. Und der hätte ihm gesagt, er solle mich wie eine heiße Kartoffel fallen lassen.

Was wäre geschehen, wenn Justin und ich während der Verurteilung meines Vaters bereits verheiratet gewesen wären? Was, wenn wir bereits Kinder gehabt hätten? Hätte Justin dann zu mir gehalten? Das ist unwichtig, denn als es darauf ankam, hat er es nicht getan.

Die Buchstaben verschwimmen vor meinen Augen, aber ich kämpfe die Tränen zurück. Ich werde Candys wunderbare Arbeit nicht ruinieren. *Tut mir leid. Es ist wirklich vorbei.*

Nicht nur meine Verlobung. Mein Leben. Meine Zukunft?

Ich stopfe das Handy in meine Clutch zurück. Habe ich einen Fehler gemacht? Mein Herz pocht wie wild. Ich stelle mir vor, ihn anzurufen, ihm alles zu gestehen, ihn zu bitten zu kommen, um mich aus diesem Turm zu retten. Ich kann ihm nicht wirklich vertrauen, ich kann ihn nicht einmal lieben, aber vielleicht ist Liebe im Angesicht eiskalter Pragmatik bedeutungslos. Im Angesicht familiärer Verpflichtungen.

Und wenn Liebe unwichtig ist, vielleicht sollte ich Onkel Landons Angebot annehmen. Sicherheit, Geborgenheit. Ist das wertlos? Gott, das ist alles wert.

Es klopft an der Tür.

Mein Blick zuckt zu der weißen Platte, ich wünsche mir, es gäbe einen Türspion. Es fühlt sich wie ein Münzwurf an – wartet auf der anderen Seite Candys sinnlicher Ratschlag auf mich oder Gabriels düstere Drohungen? Ich weiß, was davon sicherer für mich ist, was ich wollen sollte, aber noch während die Münze durch die Luft wirbelt, während ich nach dem Türknauf greife, möchte ich Gabriel sehen.

Aber ich sehe nicht Gabriel. Auch nicht Candy.

Es ist der Mann vom letzten Mal, der mit dem bleichen, rötlichen Haar und den blassen Augen. Auf seine stämmige Weise ist er gut aussehend, aber ich kann die Kälte seiner Augen nicht ignorieren. Sie sind hellblau, wirken aber wie Eis.

Er hebt eine rötliche Augenbraue, fordert mich heraus. »Man ist bereit für Sie. Ich soll Sie runterbringen.«

Und ich begreife, was seine Aufgabe heute Abend ist: auf mich aufzupassen. Mich davon abzuhalten zu verschwinden. Derselbe Grund, weswegen er sich das letzte Mal in diesem Flur herumgetrieben hat. Um sicherzustellen, dass ich nicht weglaufe, bevor ich meinen Teil der Abmachung erfüllt habe. Dazu haben sie auch allen Grund, da sich meine Zweifel wie eine dunkle Wolke erheben.

Und mein Vater hat Gabriel Miller betrogen. So bin ich in diesen Schlamassel geraten. Mein Wort ist nicht viel wert.

Tatsächlich sollten Sie weit weglaufen. Das hat er mir das letzte Mal gesagt, aber ich weiß auch schon, ohne es zu versuchen, dass er mich nicht gehen lassen würde. Es ist zu spät, Justin anzurufen, damit er mich rettet. Es ist zu spät, Onkel Landons Antrag anzunehmen. Die Angst schließt sich wie eine eiskalte Hand um mein Herz.

»Sie irren sich«, sage ich ihm. »Man wird sich nicht den Gegenwert von mir holen.«

Man wird mich nicht verletzen. Das lasse ich nicht zu. Ich werde Candys Spiel spielen, so wie sie es mir beigebracht hat. Ich werde in ihnen das verzweifelte Verlangen nach mehr wecken, auch wenn ich im Moment die Verzweifelte bin.

Er lächelt grausam. »Seien Sie froh, dass ich nicht vorhabe mitzubieten.«

»Was haben Sie gegen meinen Vater?«

Seine Hand berührt meinen Arm. Er packt nicht fest zu, nicht fest genug, um Spuren zu hinterlassen, aber ich kann nicht entkommen. »Er hat in dieser Stadt eine Menge Leute aufs Kreuz gelegt. Mich auch. Aber er hat bekommen, was ihm zusteht, oder? Jetzt pisst er durch einen Schlauch, nicht wahr?«

Ich sehe ihn aus aufgerissenen Augen an. »Haben Sie ihn angefasst?«

»Ich habe dem Wichser kein Haar gekrümmt, aber ich wollte. Das wollten viele. Seien Sie vorsichtig, wem Sie vertrauen, Kleines. Es gibt einige, die dasselbe mit Ihnen anstellen wollen.«

Damons Stimme ist laut und dröhnend. Der perfekte Auktionator. Hinter den Samtvorhängen kann ich ihn laut und deutlich hören. Er hat mich kurz empfangen, um sicherzugehen, dass ich bereit bin, vorgestellt zu werden. So hat er es bezeichnet – *vorgestellt*. Nicht verkauft oder vermarktet. Nichts Schmutziges, auch wenn das hier nichts anderes ist.

»Willkommen, meine sehr verehrten Herren – und die paar bezaubernden Damen. Ich weiß, da Sie Personen mit erlesenem Geschmack und gehobenen Ansprüchen sind, werden Sie mir zustimmen, dass die heutige Auktion das Ereignis des Jahres ist. Das Objekt Ihrer Begierden wartet bereits, aber bevor ich die junge Frau auf die Bühne bitte, möchte ich Ihnen einiges über sie verraten, damit Sie wissen, was Sie für Ihr hart verdientes Geld bekommen.«

Leises Gemurmel und klirrendes Glas. Wie viele Leute sind da draußen?

»Diese besondere Frucht ist reif und wartet nur darauf, gepflückt zu werden«, fährt Damon fort und klingt dabei viel zu selbstzufrieden. »Ich bin überzeugt, sie wird die perfekte Farbe haben, wenn Sie sie öffnen, saftig und süß.«

In der Menge kommt Gelächter auf, männlich und betrunken.

»Aber Sie werden nicht nur ihren Körper erwerben, sondern auch ihren Verstand – ihren Einfallsreichtum, ihr Feuer. Ich habe hier ein Empfehlungsschreiben von ihrem Englischlehrer auf der High School.« Es herrscht eine kurze

Pause, Papier raschelt. »Eine Schülerin mit herausragenden Verdiensten und außergewöhnlicher Integrität. Und vor allen Dingen ein fruchtbarer Verstand, der nur darum bittet, genutzt zu werden.«

Ich höre wieder Lachen und werde rot vor Scham. Das hat Mrs. Stephenson nicht in mein Empfehlungsschreiben ans College geschrieben.

»Hier ist noch eines, vom Studienberater von der National Honor Society.« Wieder Schweigen, dieses Mal länger. Erwartung füllt die Luft, lässt sie dicker werden. »Ihr Wissensdurst wird nur von ihrem Wunsch, anderen zu helfen, überflügelt. Ich habe nie eine Schülerin mit einem größeren … Herzen … kennengelernt. Und sie hat das eindeutig süßeste … Temperament.«

Noch mehr Gelächter. Ich bin mir nicht sicher, was peinlicher ist – die sexuellen Andeutungen in den angeblichen Briefen oder die Tatsache, dass er die echten Lehrer von meiner High-School-Akademie erwähnt, die für mich Empfehlungsschreiben verfasst haben.

Damon liest nicht vor, was tatsächlich in den Briefen gestanden hat, aber er muss sie gelesen haben, um zu wissen, von wem sie stammen. Meine Lehrer sind so unterstützend, so ermutigend gewesen. Und wofür? Damit ich mitten unter reichen Männern stehen kann, um wie Vieh verkauft zu werden?

Natürlich weiß ich, wer als Nächstes kommt.

Mr. Santos ist mein Lehrer für Weltgeschichte und der Schirmherr des Schachclubs gewesen. *Bei Schach geht es um Status und Macht. Um Krieg. Es ist ein Spiel, das die menschliche Natur veranschaulicht, Miss James.*

Ich bin dem Schachclub damals nicht beigetreten, weil ich mich für die menschliche Natur interessiert habe, sondern weil Daddy jede Woche mit mir gespielt hat. Es war die einzige Möglichkeit, seine Anerkennung zu verdienen, der einzige Weg, zu ihm durchzudringen.

Mr. Santos' freundliche braune Augen haben auch nicht geschadet. Während seines einfühlsamen Unterrichts habe ich mich total in ihn verschossen. Er hat sich mir gegenüber stets korrekt verhalten, aber ich hatte die Art von Träumereien einer Jugendlichen, die zu peinlich sind, um sie zuzugeben.

»Und zu guter Letzt haben wir hier noch den Brief des Schirmherrn des Schachclubs, in dem steht: ›Ihre Anwesenheit bei den wöchentlichen Treffen war für alle Mitglieder eine Inspiration. Ich bin überzeugt, ihr Andenken wird die Schüler, die sie stets für erstaunliches und beeindruckendes ... Talent ... bewundert haben, auch weiterhin motivieren.‹«

Die Männer applaudieren und johlen zur Antwort, verkünden lautstark ihre Bewunderung für meine *Talente.* Mir dreht sich der Magen um und ich greife mir in die Seiten. Ich habe den ganzen Tag noch nichts gegessen, was auch der einzige Grund ist, warum ich mich nicht auf dem dunklen Marmorfußboden übergebe.

Daddy hat mir Schach beigebracht.

Und diese Männer lachen darüber, *sie lachen.* Sie lachen über mich.

Merken sie denn nicht, dass diese Briefe erstunken und erlogen sind? Ist es ihnen egal? Es folgen Trinksprüche auf meine vielen *großartigen* Fähigkeiten, auf den süßen Geschmack meines Ehrgeizes. Und ich begreife, es interessiert sie nicht, ob die Briefe echt oder gefälscht sind. Das alles ist nichts als ein großer Witz. Mein ganzes Leben ist ein Witz.

Damons Stimme erhebt sich über die Menge, bringt sie zum Schweigen. »Aufgrund der *Seltenheit* des zu versteigernden Objekts musste ich seine Identität geheim halten. Ich bin sicher, sobald Sie es sehen, werden Sie Verständnis dafür haben. Und ich denke, ich habe Sie lange genug auf die Folter gespannt. Wie denken Sie darüber?«

Der tosende Beifall bringt mich dazu, vor dem Samtvorhang zurückzuweichen. Ich pralle gegen den Mann mit den blassen Augen, der mit vor der Brust verschränkten Armen und gnadenloser Miene dasteht. Ich schlucke schwer, mir wird vor Panik fast schwindelig. Der kleine Teil von mir, der noch bei Verstand ist, weiß, dass Damon sie absichtlich aufpeitscht, das ändert aber nichts an der Realität. Ich werde gleich inmitten dieser kaum gezügelten Gewalt stehen.

»Komm raus, Schätzchen«, bittet Damon mit dröhnender Stimme, als würde sie meine Kehle packen.

Ich bin wie gelähmt. Herz, Beine, Augen. Ich kann nichts rühren. Nicht einmal meine Lungen wollen ihre Arbeit tun. Vor meinen Augen tanzen schwarze Flecken. Verliere ich das Bewusstsein?

Dann werde ich unerbittlich nach vorne geschoben. Ich stolpere vorwärts. Vor mir teilt sich der Samtvorhang und dann bin ich hindurch, stehe auf irgendeiner Art erhöhter Plattform, betrachte ein Meer aus Gesichtern. Mein Verstand erfasst sie mit beängstigender Gleichgültigkeit – Männer in Anzügen, die Krawatten gelockert oder gänzlich ohne, manche haben ihre Ärmel aufgekrempelt. Sie sitzen auf Ledersesseln, die im ganzen Raum verteilt sind, entspannt, ihre Gemütlichkeit steht im Kontrast zu meinem eigenen Entsetzen.

Meine Brust hebt und senkt sich in hektischen Atemzügen. Ich erkenne ein paar der Männer, ich bin ihnen zusammen mit meinem Vater, zusammen mit Justin, auf Partys begegnet. Damals haben sie mich wohlwollend angelächelt, beinahe großväterlich gewirkt. Sie haben mir Fragen über die Schule gestellt, was ich für Pläne für die Zukunft habe. Nun sind ihre Augen schockiert aufgerissen – und noch etwas anderes erkenne ich in ihnen. Bösartiges Vergnügen.

Andere Gesichter wiederum erkenne ich nicht. Sie verschwimmen zu einem einzigen Schemen.

In der Dunkelheit entdecke ich ein paar unnachgiebige, goldfarbene Augen und erst dann kann ich wieder atmen. Kühle Luft strömt in meine Lunge, beinahe schmerzhaft, nachdem ich so anhaltend gekeucht habe. Gabriel lehnt an der gegenüberliegenden Wand, ein Sinnbild lässiger Eleganz und Macht. Ich weiß nicht, ob er mir Kraft verleihen will, aber ich nehme sie trotzdem, halte mich gerade.

Ich kann das schaffen. *Mir bleibt keine andere Wahl.*

Meine Sicht klärt sich, die hektischen Schemen nehmen Formen an, sodass ich einzelne Gesichter wahrnehmen kann. Den süßen Duft von Zigarren. Den scharfen Geruch von Whiskey. Unterschwellig auch männlichen Schweiß und ihre Aufregung.

Dann sehe ich zur Seite des Zimmers und alles in mir erstarrt.

Ein verzweifeltes Flüstern reißt sich von meinen Lippen. »Onkel Landon.«

KAPITEL 13

Onkel Landon sieht wütend aus, sein Gesicht ist anschuldigend verzerrt. Er steht bereits von seinem Ledersessel auf und ich kann nicht anders, als einen kleinen Schritt zurückzuweichen. Ich fühle mich, als hätte er mich ertappt, als hätte mich ein Elternteil beim Rummachen im Keller erwischt. Aber er ist kein Elternteil von mir. Er hat versucht, mich zu heiraten!

Er kommt geradewegs auf die Bühne, fletscht die Zähne. Seine Hand an meinem Arm ist ganz anders als die von dem Mann mit den blassen Augen. Ich zucke vor Schmerz zusammen, versuche erfolglos, mich von ihm loszureißen.

»Das ist dein Darlehen? Dein großer Plan? Indem du eine Hure wirst?«

»Lass mich los«, flüstere ich, weil ich nicht unschuldig an dem Schlamassel bin – dasselbe gilt allerdings auch für ihn. Er wollte irgendeine Jungfrau kaufen, ohne dass ich jemals etwas davon gewusst hätte. Wie oft hätte er unser Ehegelübde gebrochen? Vielleicht wäre es nicht aus Liebe gewesen, aber wenn ich *Ich will* gesagt hätte, dann hätte ich mich daran gehalten.

»Ich bringe dich weg von hier«, sagt er grimmig. »Dein Vater würde einen Herzinfarkt bekommen, wenn er dich so sehen würde.«

Der ganze Raum scheint sich uns entgegenzulehnen, erfreut sich an dem Drama, das sich vor aller Augen entfaltet.

Ich spüre, wie ich zusammensacke, als würde ich mitten in diesem Raum kleiner werden. Vielleicht schrumpfe ich ja zu einem kleinen Fleck zusammen. Und dann *platze* ich wie eine Seifenblase. Die Auktion zu überstehen schien schwer, beinahe unmöglich, aber Onkel Landon jetzt so gegenüberzustehen zerbricht mich endgültig. Er ist die Person, die meinem Vater noch am nächsten steht, und obwohl ich wütend auf ihn bin, schäme ich mich auch.

Damon kommt näher, kaum beeindruckt von der zur Schau gestellten Gewalt. »Das wollen Sie nicht tun, Moore.«

»Warum nicht?«, verlangt er zu erfahren. »Sie gehört mir. Sie ist meine verdammte Patentochter.«

Verhalten amüsiert hebt sich eine Augenbraue. »Dann wollen Sie doch bestimmt bleiben und auf sie aufpassen, oder? Wenn Sie die Auktion weiter stören, bleibt mir nichts anderes übrig, als Sie entfernen zu lassen, bevor das Bieten überhaupt begonnen hat.«

Onkel Landons Hände schließen sich fester um meine Arme und ich wimmere.

Damon seufzt, er klingt enttäuscht. Er scheint nicht überrascht zu sein, aber warum sollte er auch? Selbst wenn er nicht gewusst hat, dass Onkel Landon mein Patenonkel ist, wusste er von seiner engen Freundschaft zu meinem Vater. »Und Sie bekommen Ihre Teilnahmegebühr auf keinen Fall zurückerstattet.«

Ich zittere, gefangen zwischen meiner Zukunft und meiner Vergangenheit. In keiner davon habe ich noch einen Platz – ich bin nicht für diese Welt aus Wut und Sex geschaffen, aber ich kann auch nie wieder zu meiner seligen Naivität zurückkehren.

Gabriel erscheint auf der Plattform, nimmt sie mit seiner großen und einschüchternden Ausstrahlung ein. Er scheint uns alle zu überragen – Onkel Landon, mich. Sogar Damon Scott sieht neben seiner Wut kleiner aus.

»Lassen Sie sie los«, verlangt Gabriel leise. »Es sei denn, Sie wollen, dass Ihr Arm gebrochen wird. Die Sicherheit hier ist … beeindruckend.«

Allerdings sehe ich sonst niemanden. Keine Türsteher oder Sicherheitsleute. Selbst der blassäugige Mann ist hinter dem Samtvorhang geblieben, als wäre er eine Kreatur aus einer anderen Welt, die sich nur im Dunkeln herumtreibt.

Nur Gabriel ist hier und er wirkt wütend wie ein Racheengel.

Einen atemlosen Augenblick lang scheint es so, als würde sich Landon ihm widersetzen – auch wenn ich nicht erkennen kann, wie, da Gabriel ihn zermalmen würde. Aber hier geht es um mehr als meine Jungfräulichkeit. Männlicher Stolz. Eine Zurschaustellung von Kraft. Ein Exempel wie das, zu dem Gabriel meinen Vater gemacht hat.

Das hat mir Candy beigebracht. Und Mr. Santos hat es mir auch beigebracht.

Krieg. Widerstand. Aufrecht im Kugelhagel zu stehen.

»Die Vorstellung muss wirklich weitergehen«, schneidet Damons Murmeln durch die Anspannung.

Onkel Landon lässt mich mit einem abfälligen Grunzen los. »Ich bin froh, dass ich dich nicht geheiratet habe, du kleine Schlampe.«

Mein Gesicht brennt vor Scham. Die Männer im Raum konnten ihn nicht hören, aber Gabriels gehobene Augenbraue zeigt deutlich, er hat es. Aber er wartet nicht auf eine Erklärung. Sobald Landon die Plattform verlässt, verschmilzt auch Gabriel wieder mit den Schatten.

Innerhalb von Minuten übernimmt Damon wieder die Kontrolle über die Aufmerksamkeit der Versammelten.

»Wie Sie sehen können, ist sie eine Frau von gewisser Bekanntheit, wenn auch nicht durch eigenes Verschulden. Eine unschuldige Frau, von den Umständen zerrissen, vom Schicksal ruiniert und so weiter und so weiter.«

Vereinzelt kommt Gelächter auf und das ganze Drama scheint einfach so vergessen zu sein.

»Allerdings haben wir uns nicht hier versammelt, um darüber zu sprechen, was sie hierhergeführt hat. Wir sind hier, um darüber zu sprechen, worauf Sie in ein paar Minuten bieten werden.«

Alle Männer starren mich an, manche der Blicke sind düster, andere freundlich. Einer, als würde er mich am liebsten verbrennen. Alle sind sie voller Begehren, voller gefährlicher Absichten. Sie wollen mich ficken. Wollen sie mich verletzen? Und wenn ja, weil sie von Blümchensex gelangweilt sind, wie Damon offenbar annimmt? Oder weil sie sich an meinem Vater rächen wollen?

Im Publikum sitzen ein paar Frauen. Werden sie mitbieten oder sind sie nichts weiter als Zierde?

Auf der gegenüberliegenden Seite von Landon sehe ich Ivan Tabakov in einem großen Ohrensessel. Candy sitzt auf seinem Schoß, ihre hochhackigen Schuhe liegen auf seinen Füßen und ihre Zehen graben sich in sein Hosenbein. Sie sieht wie ein Kind mit großen blauen Augen und märchenhaftem Haar aus.

Eine andere Frau sieht sogar noch jünger aus als ich, ihr Kleid zeigt mehr, als es verbirgt. Sie hängt auf eine Art am Arm eines grauhaarigen Mannes, wie ich mir vorstelle, dass sie es bei einem einsatzfreudigen Glücksspieler tun würde. Sie sieht ebenso glamourös wie käuflich aus.

Die andere Frau sieht älter aus, schön, aber hart. Beinahe grausam. Sie sitzt zusammen mit einem Mann auf einem kurzen Ledersofa. Sie sitzen eng genug beieinander, um sich zu berühren – ein Ehepaar? Beide betrachten meinen Körper eingehend, mit unheilschwangeren Versprechen in ihrem Blick.

Nicht nur der Ehemann würde mir wehtun; so viel ist sicher.

»Ein ganzer Monat«, verkündet Damon, während er um mich herumgeht. »So lange hätten Sie, um dieses liebreizende Wesen in den erotischen Künsten zu unterrichten. Es hieß, ihr Verstand sei so ... durstig. Was würden Sie mit ihr tun?«

»Eine Partie Schach spielen«, schlägt Gabriel scherzend vor.

Die Männer lachen, mir wird schlecht.

Anscheinend war das das Stichwort, damit Damon aufhört so zu tun, als würde sich hier irgendwer für meinen Intellekt interessieren. Er beginnt, meine körperlichen Merkmale mit einer Schonungslosigkeit zu beschreiben, die mir den Atem raubt.

»Ihre Haut ist sahnige Perfektion, ihr Haar ist eine Mischung aus Gold und Kupfer. Sie hat auch sehr große ... Augen, wie Sie ja selbst sehen können. Und sie hat eine appetitlich schmale ... Nase. Dann weitet sie sich wieder ... über ihrem Mund.«

Er spricht nicht über mein Gesicht, sondern über meinen Körper. Mit zu Fäusten geballten Händen hängen meine Arme an meinen Seiten, mein ganzer Körper verlangt danach, zu flüchten. Ich kann das Rouge auf meinen Nippeln nicht vergessen. Noch vor Ende dieser Auktion werden alle sie sehen.

»Ausziehen«, brüllt einer der Männer lallend.

»Wollen Sie mehr sehen?« Damon klingt beflissen, als wäre das eine Frage der Höflichkeit. Stattdessen fühlt es sich wie ein Stierkampf an. Ich bin das Tier, das man im Kreis herumjagt, während das Blut aus meinem Körper strömt.

»Ja.« Sie schreien und stampfen mit den Füßen. Es ist wie bei einem Aufstand. »Ausziehen!«

Damon wirkt allerdings alles andere als besorgt, lediglich zufrieden. Er berührt die kleine versteckte Klammer auf meiner Schulter und das Oberteil des Kleids fällt herab, entblößt meine durch den weißen Seiden-BH verdeckten Brüste.

»Fast geschafft«, murmelt er mir zu.

Noch eine Bewegung seiner Finger an meinem Rücken, und der BH rutscht runter. Beinahe zärtlich zieht er mir die Träger von den Schultern, meine Arme hinab, kitzelt mit der Seide meine Haut. Meine Scham ist wie ein Stich. Meine Arme klammern sich an das bisschen Stoff, bis er fast an meinen Handgelenken hängt.

Schmerzhaft, beinahe gegen meinen Willen, löse ich meine Fäuste. Der BH fällt auf den Boden.

Die kühle Luft lässt meine Nippel hart werden und die Menge tobt anerkennend.

»Die würden gut in die Hand eines Mannes passen, finden Sie nicht auch?«, ruft Damon über den Lärm hinweg.

Mehr Rufe, mehr anzügliche Spekulationen, was den Rest von mir betrifft. Welche Farbe haben wohl meine Schamlippen? Wie eng bin ich? Ich stehe regungslos da, unfähig, Onkel Landon anzusehen – die Verdammung in seinem Blick zu sehen. Oder schlimmer noch, das Begehren. Ich kann nicht einmal nach Gabriel suchen. Ruft er zusammen mit den anderen? Verlangt er, dass man mich für eine Begutachtung herumreicht? Ich ertrage es nicht, das genau zu wissen, also sehe ich starr geradeaus, das gelbe Licht der Lampen verschwimmt, während sich in meinen Augen Tränen sammeln. Ein tiefer Atemzug. Ich werde ihnen nicht die Genugtuung geben, vor ihnen zu weinen. Sie bezahlen für meinen Körper, nicht für meine Verzweiflung.

»Fangen wir mit den Geboten bei 20.000 an«, verkündet Damon, und fast jedes Schild wird gehoben. Das Meer aus roten Schildern, jedes mit einer schwarzen, eingravierten Nummer, bringt meinen Magen in Aufruhr.

Damon verwandelt sich in einen geübten Auktionator, spricht schneller und schneller.

»Höre ich 25? 25? Ich habe 25. 30! Was ist mit 35? Sie bekommen dieses Mädchen für 30 Tage und 30 Nächte und können mit ihm machen, was immer Sie wollen. Das ist Ihnen doch bestimmt … 35! Höre ich 40?«

Mein Blick huscht durch den Raum, immer auf der Suche nach dem aktuellen Höchstbietenden. Die Gebote steigen immer weiter und als wären wir dabei, einen Gipfel zu erstürmen, scheint die Atmosphäre immer dünner zu werden. Ich muss doppelt so schnell atmen, um genug Sauerstoff zu bekommen.

50.000 Dollar. Was wird man von mir für so viel Geld erwarten? Was werde ich ertragen müssen? Ich wünsche mir fast, es hätte niedriger ein Ende gefunden.

Ich sehe zu Candy, die mit dem Kopf unter seinem Kinn wie ein Kind zusammengerollt auf Ivan Tabakovs Schoß sitzt. Er sieht unnachgiebig und unheimlich aus, wie aus Stein gemeißelt – aber an ihrer Haltung erkenne ich, sie ist in seinen Armen völlig sicher. Ich sehne mich nach dieser Sicherheit, während ich auf einem Podest stehe und meine Würde in Stücke gerissen wird.

»50«, verkündet Damon traurig. »Mehr nicht für diesen reifen Pfirsich?«

Er greift nach dem Stoff an meinen Hüften, zieht, entblößt meine Beine. Ich stehe bis auf das weiße Höschen entkleidet in einem Raum voller Leute. Ich kann nicht anders – ich bedecke mich, lege die Hände in den Schoß. Damon scheint sich darüber zu freuen, er lacht. Die Anwesenden stampfen anerkennend, heben die Gläser, prosten sich zu.

Wunderschönes Fundstück, sagt einer von ihnen, als hätte man mich bei einer archäologischen Ausgrabung entdeckt. *Perfekter Hintern. Seht euch diese Hüften an. Ich bin zu sehr damit beschäftigt, ihren Mund anzusehen. Ich wüsste, was ich mit diesen Lippen machen würde, das ist verdammt noch mal sicher.* Noch mehr Gelächter.

Mein Blick zuckt zu Gabriel Miller. Er lehnt mit vor der Brust verschränkten Armen an der hinteren Wand. Er hat nicht einmal ein Schild, aber das überrascht mich nicht. Er ist hier, um zuzusehen, wie ich erniedrigt werde, nicht weil er mich haben will. Nein, das Überraschende ist das leise, enttäuschte Flüstern. Ich sollte es besser wissen, denn wenn sich irgendwer Genugtuung für die Taten meines Vaters bei mir holen würde, dann er.

»Stellen Sie sich vor, sie zu schmecken«, heizt Damon sie weiter an. »Stellen Sie sich vor, ihr weiches Fleisch zwischen den Fingern zu spüren.«

Ein paar Männer im Publikum haben ihre Schilder bisher nicht gehoben.

Vielleicht gefällt ihnen das Angebot nicht – mein Körper oder mein Familienname. Oder sie haben die Teilnahmegebühr nur bezahlt, um sich das Spektakel anzusehen. Aber nun beugen sie sich vor und fangen an mitzubieten. Ich begreife, dass sie auf das Ende der Anfangsgebote gewartet haben.

Das sind ernsthafte Bieter.

Sie wollen gewinnen.

»Höre ich 75? 75? 75?«

Onkel Landon hebt sein Schild, während er mich kalt anstarrt.

Ich keuche leise auf. »Nein«, flüstere ich. Nicht nachdem ich seinen Heiratsantrag und die damit verbundene Sicherheit abgelehnt habe. Nicht wenn er mich an meinen Vater erinnert.

Nicht wenn er in Wirklichkeit meine Mutter will.

Irgendwie hoffe ich ja, dass er mitbietet, um mich zu retten. Vielleicht schickt er mich nach Hause, ohne dass ich meinen Teil der Abmachung einhalten muss. Aber sein Blick haftet auf meinem Körper, lässt keinen Zweifel daran, was er vorhat. Und ein anderer Teil von mir ist außer sich vor Wut, weil mein Vater ihn als Freund betrachtet hat – und als er ihn am meisten gebraucht hätte, hat sich Onkel Landon von ihm abgewandt.

Oh, er hat mir dabei geholfen, den Rest unseres Geldes auszugeben. Er hat mir die Einschränkungen meines Treuhandfonds erklärt. Aber wenn er 75.000 Dollar für meine Jungfräulichkeit auf den Tisch legen kann, dann hätte er auch unser Haus retten können.

Der Mann mit der schönen Blondine am Arm überbietet ihn. Wenn ich raten müsste, würde ich sagen, für sie hat er auch bezahlt. Wahrscheinlich waren die Bedingungen subtiler als die einer Auktion. Geschenke. Ein großzügiges Taschengeld. Das Prinzip bleibt dasselbe. Wofür braucht er noch eine Frau? Wie viele besitzt er?

Onkel Landon überbietet ihn, dann beugt er sich auf seinem Sessel vor.

80.000. 90.000.

120.000.

125.000.

Mein Magen zieht sich immer wieder ruckartig zusammen und ich befürchte, obwohl ich nichts gegessen habe, werde ich mich übergeben. Vielleicht werde ich unglaublich unerotisch würgen, sodass jeder aufgibt und nach Hause geht.

Damon treibt die Gebote höher. Der grauhaarige Mann und Onkel Landon setzen ihren Wettstreit fort, bieten immer mehr, ohne die Oberhand zu gewinnen, wie zwei Hirschbullen, die sich ineinander verkeilt haben.

185.000. 190.000.

200.000 Dollar. Onkel Landons Schild starrt mich von meinem Entsetzen unberührt an. Ich will so tun, als würde ich das Bieten missverstehen, aber Landons Miene grausamen Triumphs belegt, er hat gewonnen. Ich gehe mit ihm nach Hause, um für ihn die Beine zu spreizen, so zu tun, als wäre ich meine Mutter.

Jeder im Raum sieht zu dem grauhaarigen Mann. Sogar die Schönheit an seinem Arm scheint erwartungsvoll angespannt zu sein, abzuwarten, ob er noch mehr bietet.

»Höre ich 210.000?«, fragt Damon beinahe beiläufig.

Der grauhaarige Mann betrachtet meinen Körper mit nüchterner Miene. Er starrt zwischen meine Beine, auf das Stück aus weißem Stoff. »Zeigen Sie sie uns.«

Die Menge bekundet augenblicklich ihre Zustimmung, verlangt, dass mein Höschen entfernt wird.

Damon scheint über diese Forderung nachzudenken. »Mein Freund, Sie müssen bezahlen, um die Ware zu begutachten.«

Der grauhaarige Mann zuckt beinahe desinteressiert mit den Schultern. »Durch Ansehen wird sie nicht entjungfert.«

Es folgt längeres Schweigen. Mit zitternden Knien drücke ich die Beine zusammen. O Gott, ich kann das nicht. Ich kann nicht so tun, als wäre ich meine Mutter, kann mich vor

Fremden nicht völlig entblößen. Ich kann nicht aufwachen, und der Albtraum hat gerade erst begonnen.

Inmitten des Schweigens dreht sich Damon zu mir um. Der ganze Raum scheint den Atem anzuhalten.

Ich sehe ihm in die Augen und erkenne einen Funken Mitgefühl. Nein, nein, nein. Er wird mich dazu zwingen, mich vor ihnen auszuziehen. Und was dann? Wird man mich dann untersuchen?

Zwischen meine Beine greifen, um zu bestätigen, dass mein Jungfernhäutchen noch intakt ist?

Tränen brennen in meinen Augen und ich weiß, ich werde sie nicht davon abhalten können. Ich bete um Kraft und finde keine. Das fühlt sich noch mehr nach einer Niederlage an als alles andere – mehr als nackt zu sein, mehr als verkauft zu werden.

Sie sehen zu lassen, wie schmerzhaft es ist.

»1.000.000 Dollar.«

Es wird totenstill. Vielleicht war das alles nur ein Traum und wenn ich die Augen öffne, gehe ich noch immer im Zimmer oben auf und ab, warte darauf, dass man mich runterruft. Ich höre nicht einen schmutzigen Vorschlag, kein klirrendes Eis in den Gläsern.

Als ich den Blick hebe, steht Gabriel vor der Plattform. Trotz des Höhenunterschieds überragt er mich. Ich sehe zu ihm auf, suche in seinen Augen nach einem Hinweis auf Freundlichkeit, auf Mitleid. Da ist nichts. Ich sehe nur Feuer – und der nächste Gedanke lässt mich schaudern: Das ist Rache. Es ist kein Gefühl, was er gehabt hat, ein flüchtiger Gedanke an Vergeltung. Daraus besteht er, jede Zelle, jedes Atom. Er ist reine Wut und er kommt mich holen.

»Nun«, verkündet Damon, er klingt recht zufrieden. Entzückt, so würde ich es beschreiben.

Gabriel betritt die Plattform und ich weiche vor ihm zurück.

»Warum?«, flüstere ich eindringlich. Ich muss wissen, was er mit mir vorhat. Hier steht nicht nur meine Jungfräulichkeit zum Verkauf. Sogar Candy hat mir das gesagt. Und für einen so komplizierten, so wütenden Mann gilt das doppelt.

Ein leichtes Kopfschütteln ist die einzige Antwort, die ich bekomme.

Damon beobachtet uns mit einem sachten, wohlwollenden Lächeln. »Meine Damen und Herren, ich glaube, wir haben unseren Gewinner. Es sei denn, jemand möchte …«

Gabriel knurrt wieder und Damon lacht leise. »Verkauft, für 1.000.000 Dollar.«

KAPITEL 14

Im Mythos über den Minotaurus beschließt Theseus, der Sohn von König Aigeus, das Monster zu töten. Er erschlägt die Bestie mit seinem Schwert, findet mithilfe der Schnur seinen Weg aus dem Labyrinth und rettet damit die Opfer dieses Jahres und alle, die ihnen gefolgt wären.

Ich habe das Zentrum des Labyrinths erreicht.

Ich stehe meinem ganz eigenen Minotaurus gegenüber. Seine Augen brennen vor wildem Besitzanspruch. Seine Hand fängt meine ein und dann zieht er mich von der Plattform. Hastig gehen wir zwischen den herumstehenden Sesseln durch. Er ignoriert die Rufe, mich zu teilen. Bis auf das Höschen bin ich noch immer nackt und das Letzte, was sie von mir sehen, ist mein Po, bedeckt von ein bisschen Stoff. Dann sind wir alleine, in einem Raum mit schwachen Lampen und einem Feuer im Kamin. Trotz der Hitze zittere ich. Gabriel zieht sein Jackett aus, legt es mir um die Schultern.

Candy konnte mir kein Schwert geben, aber vielleicht hat sie eine Garnrolle dagelassen. Hoffnung, um meinen Weg zu mir selbst zurückzufinden, sobald das alles vorbei ist. Vielleicht gehe ich eines Tages wieder aufs College. Ich werde mit einem normalen Mann die Liebe finden und ein normales Leben führen. Ich muss daran glauben, denn wenn ich für den Rest meines Lebens durch diese Gänge streifen muss, werde ich den Verstand verlieren.

»Warum haben Sie für mich geboten?« Meine Stimme zittert.

Gabriel geht durch das Zimmer, schenkt sich ein Glas mit einer bernsteinfarbenen Flüssigkeit ein. Er trinkt einen großen Schluck. »Aus demselben Grund, warum es die anderen Männer getan haben.«

Der kleine Hoffnungsschimmer, den ich nicht einmal wahrhaben wollte, der Wunsch, jemand würde mich retten, stirbt im selben Augenblick. »Natürlich haben Sie das.«

Er kommt zu mir zurück, gibt mir das Glas. Ich nippe daran, huste, während es sich meine Kehle hinabbrennt. Dann nippe ich erneut. Sofort fühle ich mich wieder sicherer und erkenne, das hätte ich schon viel früher tun sollen. Nach nur ein paar Schlucken wirkt die Welt sehr viel freundlicher, die harten Kanten scheinen weicher. Ich gebe ihm das Glas zurück, ziehe dann das Revers des Jacketts vor mir zusammen, verstecke meine übertrieben rosafarbenen Nippel.

»Mein Zeug ist oben«, flüstere ich, während mein Blick überallhin geht, nur nicht zu ihm. Wird er mich in das kleine Zimmer bringen und dort ficken? Oder wird er es hier auf einem alten Ledersessel tun?

Er lacht heiser. Ein letzter Schluck, und das Glas ist leer. »Du stellst schon Forderungen, kleine Jungfrau?«

Ich blinzle, da ich nicht erwartet habe, ich könnte irgendwelche Forderungen stellen. Ich hätte nicht gedacht, ich hätte irgendein Mitspracherecht. Ich bin bereits nichts, aber nach und nach erinnert er mich daran, dass ich sogar noch weniger bin. »Es ist nur …« Meine Stimme versagt. »Meine Handtasche. Mein Telefon. Mein Kleid.«

Weil ich unter seinem Jackett, das mir kaum bis über das Höschen reicht, nackt bin. Ich spüre, wie die kühle Luft des Zimmers unter mein Höschen kriecht, keine Haare schützen mich. Seit Candy das Wachs abgezogen hat, fühlt sich alles entblößter an.

Und dann sind da noch meine Brüste.

Die Seidensäume seines Jacketts streichen über meine Haut. Candy hatte recht, dass ich durch das Licht in dem dunklen Raum mit den auf die Plattform gerichteten Scheinwerfern blasser gewirkt hätte. Aber hier, alleine mit ihm in diesem Zimmer, betont das Rouge auf meinen Nippeln, was er mit mir tun wird.

Er kommt einen Schritt auf mich zu und ich weiche zurück. Noch ein Schritt. Noch einer. Mein Rücken berührt die Wand und ich wende mich von ihm ab. Er greift an mein Kinn, zwingt mich, ihn anzusehen. Sein Blick lodert vor Begierde, besitzergreifend. Mit einer Intensität, die sich geradewegs in mein Innerstes brennt.

»Eines wollen wir mal gleich klarstellen.« Sein Atem streicht zärtlich über meine Stirn. »Ich habe dich gekauft. Du gehörst mir. Du gehst, wohin ich dir sage, wann ich es dir sage. Und du machst alles, was ich dir verdammt noch mal befehle.«

Ich schaffe es, keinen Muskel zu regen. *Eine Million Dollar.*

Ich erwidere seinen Blick, zeige ihm die mir innewohnende Kraft, so klein, so tief verborgen sie auch sein mag. Er kann meinen Körper berühren, aber sie kann er nicht berühren. Das habe ich ihm oben schon gesagt. »Verstanden.«

»Ja, Sir«, korrigiert er mich.

Mein Magen zieht sich verweigernd zusammen. Ich presse die Lippen aufeinander, sehe ihn auf eine Weise an, die meinen Widerwillen deutlich macht. *Wäre das so schlimm?*, hat er mich gefragt. *Einen Monat lang die Kontrolle aufzugeben? Jemand anderem die Führung zu überlassen? Jemand anderem gestatten, dich zu unterweisen?* Widerstrebend murmle ich: »Ja, Sir.«

Seine Mundwinkel heben sich. »Widersetze dich mir nicht, kleine Jungfrau. Das wird mir nur zu viel Spaß machen.«

Das stimmt wahrscheinlich. Ich hebe das Kinn, entschlossen, alles zu ertragen, was er mir entgegenwirft. »Was soll ich tun?«, frage ich herausfordernd. »Soll ich mich auf den Rücken legen oder runter auf alle viere gehen?«

»Du versuchst noch immer, die Kontrolle zu behalten.«

Ich wende den Blick ab. »Nein, ich versuche, Ihnen zu geben, wofür Sie bezahlt haben.«

»Das hätte vielleicht bei einem der Arschlöcher da drin funktioniert.«

Er hebt die Hand, spielt fast schon zärtlich mit einer meiner Strähnen. Dann schieben sich dicke Finger durch meine dunkelblonden Locken. Er ballt die Faust. Ich quietsche erschrocken, als er meinen Kopf zurückreißt, mit seinen goldfarbenen Augen auf mich herniederstarrt. Meine Lippen sind vor Schreck und Schmerz geöffnet – und wegen etwas zu Dunklem, um es beim Namen zu nennen.

Er betrachtet mein Gesicht, als würde er es bewundern. »Das ist die Sache, wenn man eine Jungfrau besitzt. Solange ich dich nicht ficke, habe ich immer noch eine.«

Mir stockt der Atem. Soll das heißen, er gewährt mir noch eine Galgenfrist? Oder schweben ihm noch düsterere Dinge vor? Er muss mich nicht ficken, um mir wehzutun.

»Werden Sie mir wehtun?«

Ein leises, amüsiertes Schnauben. »Hat dir Candy was von ihren perversen Spielchen erzählt?«

Ich spüre, wie ich die Augen aufreiße. Sie mag perverse Spielchen? Ich erinnere mich daran, dass sie mit angezogenen Beinen und wie zum Gebet gefalteten Händen wie ein

Kind auf Ivans Schoß gesessen hat. »Sie hat mir gesagt, ich soll nicht nachgeben.«

Sein Lächeln wird langsam breiter und unerträglich sexy. Ein Mann wie er hat nicht das Recht, so attraktiv zu sein. Er sollte wie sein Inneres aussehen: dunkel und grausam. »Gut«, erwidert er schlicht, »so wird es mehr Spaß machen.«

Sie hat mir noch andere Dinge gesagt, dass ich in ihm das verzweifelte Verlangen nach mehr wecke, wenn ich mich ihm stelle. Das habe ich nicht mit Gabriel gemein. Er hätte keine Angst. Er würde die Herausforderung genießen.

Mit gesenktem Blick entfernt er sich von mir. »Wir gehen.«

Meine Hände klammern sich in sein Jackett. Jedes Mal, wenn ich zudrücke, füllt eine schwache Entladung maskulinen Dufts die Luft. »Ich muss nach Hause. Ich versuche nicht, Sie zu kontrollieren, aber mein Dad ...«

»Man kümmert sich bereits um ihn.«

Erschrocken hole ich Luft. Das klingt mehr wie eine Drohung als eine Zusicherung. »Was soll das bedeuten?«

»Eine Krankenschwester ist bereits bei ihm. Morgen früh wird sie von der Tagesschwester abgelöst.«

Wie hat er das so schnell bewerkstelligt? Andererseits, das ist die Macht des Geldes. Es ist erst ein Jahr her, dass ich Geld hatte, das Geld meines Vaters, aber ich habe fast vergessen, wie viel man damit erreichen kann.

»Woher soll ich wissen, dass Sie die Wahrheit sagen?«

»Himmel.« Er legt mir die Hand in den Nacken, packt fest genug zu, um mir ein Keuchen zu entlocken. »Weißt du, was ich mit einem Mann machen würde, der mein Wort infrage stellt?«

Gib nicht nach. Ich begegne seinem Blick, obwohl mir die Tränen kommen, trotz des Brennens in meiner Lunge.

»Dann los«, flüstere ich. »Wenn Sie mich ficken wollen, dann tun Sie es, verdammt noch mal.«

Er sieht mich an, als wäre ich ein Wesen von einem anderen Planeten. Dann grinst er, wirkt aus unerklärlichen Gründen einen Sekundenbruchteil lang jünger. Er lässt mich los und ich atme auf. »Du wirst mir schon vertrauen müssen, kleine Jungfrau. Würde ich deinen Vater tot sehen wollen, dann wäre er es.«

Ich schaudere. Diese Worte sollten nicht beruhigend sein, aber trotzdem sind sie es. Das Wichtigste für Gabriel Miller ist sein Wort, darum hat der Betrug meines Vaters nach Vergeltung verlangt. Das wiederum bedeutet, ich kann ihm vertrauen … bis zu einem gewissen Punkt.

Er wird mich nicht anlügen, aber er würde mir ernsthaft wehtun.

Auf dem Tisch mit den Getränken summt etwas und er geht hin, zu seinem Telefon. Nach einem kurzen Blick auf die Anzeige sagt er: »Mein Wagen wartet draußen.«

Ich sehe auf meine nackten Beine. Das Jackett ist groß genug, dass ich mich darin einwickeln kann, aber ein falscher Schritt, ein Windstoß, und man wird alles von mir sehen. »Aber …«

Seine Miene verfinstert sich. Er greift nach mir und ich zucke zusammen. Seine Augen sind wie poliertes Gold. Als er mich im Nacken packt, kommt mir ein leises Geräusch, wie das eines ängstlichen Tiers, über die Lippen. Mit der Hand in meinem Nacken führt er mich aus dem Zimmer und in den Flur.

Aus der Ferne höre ich raues Gelächter und weibliches Stöhnen. Hat Damon noch andere Frauen präsentiert, nicht jungfräuliche Trostpreise?

Heilige Scheiße. Eine Million Dollar.

Wir gehen in die andere Richtung, zur Vordertür. Als sich die Tür öffnet, schrecke ich zurück. Ich sehe den rutschigen Gehweg und einen Fahrer, der neben einer Limousine wartet. Ob Glück oder Absicht, sonst ist niemand auf der Straße.

Noch während ich über die Schwelle trete, kreische ich erschrocken, als ich hochgehoben werde. Meine nackten Füße berühren den feuchten Beton nicht. Ich liege in Gabriels Armen, das Jackett steht offen, ich bin schutzlos allen Blicken ausgeliefert. Aus dem Augenwinkel sehe ich, wie der Angestellte den Blick abwendet, bevor ich kurzerhand auf die lederne Rückbank geworfen werde. Gabriel folgt mir ins Wageninnere. Dann löst sich die Limousine vom Straßenrand.

KAPITEL 15

Das Jackett lässt als Schutz einiges zu wünschen übrig. Es ist erstklassig genäht, das Material ist teuer, aber es ist für die Ausmaße eines Mannes geschneidert, der viel größer ist als ich. Und ihm haftet sein herber Geruch an, eine ständige Erinnerung daran, dass wir beide Besitz sind. Bald werde ich auch nach ihm riechen.

Er lässt mich so leichtfertig in einem Zimmer zurück, wie man eine Jacke über einen Stuhl hängt. Ein seltsames Zimmer, aber gemütlich. Den Großteil des vorhandenen Platzes nimmt eine tiefe, geschwungene Couch ein, die Polster sind mit Leinwandstoff bezogen, auf dem Zeichnungen verschiedener Objekte prangen: eine antike Schreibmaschine, ein alt aussehendes Teleskop. Eine Wand zeigt nackte Ziegelsteine, aber nicht die industriellen roten Ziegelsteine wie in Justins Dachgeschosswohnung, sondern ein beigebraunes Mosaik, das beinahe weich wirkt. Ein polierter Lüster aus Eisen wirft gelbes Licht auf die dunklen Holzbalken, die sich kreuz und quer über die weiße Decke spannen.

Auf einem kleinen Beistelltisch steht ein glänzendes silbernes Telefon mit Wählscheibe. Ich frage mich, ob es funktioniert. Und falls ja, sollte ich wahrscheinlich zu Hause anrufen und sichergehen, dass tatsächlich eine Krankenschwester bei meinem Vater ist.

Andererseits habe ich mich bereits um alles für den Abend gekümmert, bevor ich zur Auktion gegangen bin.

Besser, ich nutze die Zeit, mir etwas von den Getränken zu genehmigen, die auf einem kupfernen Servierwagen warten. Wie schwer wird es wohl werden? Wie sehr wird es wohl wehtun? Unter Berücksichtigung, wie er mich in der Höhle gegen die Wand gedrängt hat, seine Größe im Vergleich zu meiner eigenen, wahrscheinlich sehr. Ich suche etwas Bernsteinfarbenes, selbst ein Klarer sollte mir helfen, mich zu wappnen.

Dann öffnet sich die Tür und Gabriel stapft herein. Er macht es sich in einer Ecke der großen Couch gemütlich, legt ein Bein über das andere. Seine Ärmel sind hochgekrempelt, erlauben den Blick auf tief gebräunte Unterarme. Er gibt seine Anweisungen nicht aus einem angenehm klimatisierten Penthouse-Büro.

»Machst du es dir gemütlich?« Seine Miene ist nicht zu deuten.

»Sollte ich das?«

»Du wirst einen Monat lang hier sein.« Das beantwortet die Frage nicht.

»In diesem Zimmer?« Ich bemühe mich, ausdruckslos zu klingen. »In diesem Jackett? Oder bekomme ich irgendwann auch ein Bett und Kleidung?«

»Himmel, deine scharfe Zunge«, sagt er mit einem Ächzen, das durch meinen Körper vibriert. »Wir werden so viel Spaß haben, deine Zunge und ich.«

Das klingt unheimlich, aber das ist nicht anders zu erwarten. Alles, was er sagt, ist darauf ausgelegt, mir Angst zu machen. Alles, was er tut, ist dafür vorgesehen, mir den Wind aus den Segeln zu nehmen. Das gehört zum Zug und Druck, vor dem mich Candy gewarnt hat, aber das macht es nicht weniger real. Das nimmt ihm nichts von seinem Schrecken. Wie hat sie es nur geschafft, dabei so gelassen zu bleiben? Wie konnte sie so seelenruhig wirken, während sie sich in die Umarmung eines Mörders geschmiegt hat? Sie ist ein Rätsel, das ich nicht verstehe, und es ist sehr wichtig, dass sich das ändert.

»Sieh dich an«, murmelt er. »Du weißt gerade genug, um dich zu fürchten, nicht wahr?«

Ich schüttle den Kopf, weil ich gar nichts weiß. Ich habe von Blowjobs und Sex gehört. Harper hat mir sogar von Analsex erzählt und wie einen zwei Männer gleichzeitig nehmen können. Es ist nicht seine Art von Sex, die mir Angst macht – es ist Macht. Was wird Gabriel Miller heute Nacht mit mir anstellen? Wird er mir das Jackett vom Leib reißen und mich zu Boden werfen? Wird er in mich stoßen, schnell, hart und gnadenlos?

Er wirkt nachdenklich. »Ich könnte dir sagen, dass es auch Vergnügen bereitet, aber das würde dir wahrscheinlich nicht helfen.«

»Davor habe ich auch Angst«, flüstere ich. Tatsächlich habe ich davor sogar noch mehr Angst, denn den Schmerz kann man leicht hassen. Vergnügen ist ein seltsames Konzept für ein Mädchen, das alles verloren hat, viel zu verlockend.

Er nickt, deutet auf den Boden zu seinen Füßen. »Wir werden nicht damit anfangen. Nicht bei dir. Auf die Knie, kleine Jungfrau. Du musst etwas lernen.«

Ich schaffe es fast nicht, den halben Meter auf dem tiefen zotteligen Teppich zu überwinden. Als ich vor ihm stehe, geben meine Knie nach und ich klappe vor ihm wie ein Akkordeon zusammen. In italienische Seide gehüllt, zittere ich vor ihm, ein Päckchen, das nur darauf wartet, aufgerissen zu werden.

Seine Berührung ist schmerzhaft sanft – eine einzelne Fingerspitze auf meinem Schlüsselbein. Nicht mehr, trotzdem zieht sich meine Haut unter seiner Berührung zusammen. Soll ich mich ihm widersetzen? Soll ich ihn willkommen heißen? Ich weiß es nicht, aber als sein Finger tiefer rutscht, das Revers beiseiteschiebt, werde ich kalt. Langsam lockern sich meine in den Stoff gekrallten Fäuste, sodass er das Jackett öffnen kann.

Er lehnt sich vor, stützt die Ellbogen auf die Knie, sieht mir in die Augen. »Hat er sie gesehen?«

Meine Nippel werden hart, als ich an die hungrigen Blicke der Männer in dem Raum denke. »Jeder hat sie gesehen.«

»Ich meine den Wichser, der dir den Ring an den Finger gesteckt hat.«

Justin, der jetzt vielleicht bei mir zu Hause vor der Tür steht. »Er hat sie gesehen.«

»Hat er sie angefasst? Sie geleckt? Dir Klammern an die Nippel gelegt?«

Tief in meinem Inneren spüre ich, wie sich etwas verdreht, das Anziehen einer Schraube. »Nein.«

»Hübsche, kleine Jungfrau«, sagt er fast schon traurig.

Dieser Mann hat etwas Ungezähmtes an sich, ein Feuer, das ungezügelt in ihm brennt. Er hätte mich gleich nach Betreten des Hauses auf den Boden drücken können. Wenn er gewollt hätte, hätte er mich gleich auf der Plattform vor Publikum ficken können. So schwer das gerade auch sein mag, es könnte schlimmer sein.

Gabriel hat nicht mein Jungfernhäutchen gekauft, so hat Candy es ausgedrückt. Er hat das Recht gekauft, mich zu unterweisen. Und genauso habe ich nicht meine Jungfräulichkeit verkauft. Ich habe Sicherheit gekauft. Ich spüre eine unerwartete Zärtlichkeit in mir. Ich lege eine Hand auf seinen Oberschenkel, bemerke eingeschüchtert seine Hitze durch den Stoff der Hose, die Härte seiner Muskeln. Aber ich lasse mich nicht abschrecken. Nicht wenn ich genau weiß, der grauhaarige Mann wäre bei Weitem nicht so geduldig.

»Sie können sie anfassen.« Ich bin fast verlegen. »Sie können … sie lecken. Wenn Sie wollen.«

Er sieht mich beinahe ungläubig an. »Himmel.«

»Oder soll ich etwas mit Ihnen machen? Einen Blowjob?«

Ich nehme an, darauf läuft es hinaus, insbesondere wenn er tatsächlich eine Jungfrau behalten will. »Ich kann Ihre Brustwarzen lecken.« Verlegenheit brennt auf meinen Wangen. »Fühlt sich das gut für Sie an?«

Einen Augenblick lang ist er wie erstarrt, eine Steinstatue.

Dann lehnt er sich vor, greift mir ins Haar, schüttelt mich. »Du bist so verdammt unschuldig. Begreifst du das? So verdammt zerbrechlich.«

Es scheint fast, als wäre er wütend, aber das verstehe ich nicht. Ich dachte, ihm gefällt meine Unschuld. Ich dachte, genau darum geht es. Angesichts seiner Wut schäme ich mich für meine Unwissenheit. Ich sacke zurück, aber er hält mich weiter gepackt. »Was habe ich falsch gemacht?«, frage ich ruhig.

»Nichts«, knurrt er. »Du bist verdammt noch mal perfekt. Ein Engel. Eine Opfergabe auf einem Marmoraltar. Du würdest alles von dir selbst aufgeben, nur um deinen geliebten Scheißkerl von einem Vater zu retten, oder?«

Er schiebt mich beiseite, stampft aus dem Zimmer und knallt hinter sich die Tür zu.

Auf dem Teppich sitzend, sauge ich gierig Luft in meine Lunge. Schock und Furcht reifen in mir zu einer giftigen Mixtur heran. Ich hatte gehofft, der vollständige Ruin meines Vaters würde Gabriel Miller reichen. Ich hatte gehofft, dass er es nicht an mir auslassen würde. Der Mann mit den blassen Augen hat recht gehabt – man würde sich von mir einen Gegenwert holen.

Und die Tatsache, dass er mich nicht hastig gefickt hat, ist kein Gefallen. Es bedeutet nur, er wird sich Zeit lassen. Er wird meine Qualen hinauszögern. Er wird seine Investition bis auf den letzten Penny auskosten.

KAPITEL 16

Als ich wieder zu Atem komme, verliere ich keine Zeit. Auf zitternden Beinen stehe ich auf und gehe geradewegs zu dem kupferfarbenen Servierwagen mit dem ganzen Alkohol. Da sind so viele Flaschen und Karaffen, manche mit Etiketten. Jack Daniel's und Añejo-Tequila.

Der einzige Alkohol, den ich jemals getrunken habe, waren ein paar heimliche Schlucke Champagner bei einer Gesellschaftsparty. Ich weiß nicht, wie teuer diese Flaschen sind, aber das ganze Haus ist teuer. Und ich vermute, ein paar dieser Flaschen bestehen nicht nur aus farbigem Metall, sondern aus echtem Gold und Platin. Eine davon hat einen Verschluss voller kleiner Diamanten. Wirft er das einfach weg, nachdem er sie geleert hat? Die Ausschweifungen der Reichen haben mich manchmal gestört, aber jetzt, da ich pleite bin, wirkt es fast schon grausam.

Ausschweifend oder nicht, auf keinen Fall werde ich seinen übertrieben teuren Alkohol trinken. Gut möglich, dass er mir jeden 1000-Dollar-Schluck in Rechnung stellt. Er ist zwar nicht wirklich so kleinlich, besonders nicht, wenn man berücksichtigt, wie beiläufig er es auf sich genommen hat, eine Krankenschwester für meinen Vater zu besorgen. Trotzdem würde ich mich seltsam dabei fühlen, diese Flaschen überhaupt anzufassen, fast wie ein kleines Kind, das heimlich mit dem Schmuck seiner Mutter spielt.

Am Ende des Wagens, versteckt hinter ein paar Weinflaschen, entdecke ich eine schlicht aussehende Flasche mit einer klaren Flüssigkeit darin. Es gibt ein Etikett, aber es ist handgeschrieben, unleserlich und die blaue Tinte ist verblasst. Ich konzentriere mich, versuche die Worte zu entziffern. Das Datum ist von vor ungefähr zehn Jahren – wahrscheinlich der jüngste Alkohol auf dem ganzen Wagen. Und eindeutig der billigste. Sie ist fast voll. Er wird es nicht merken, wenn ich mir einen kleinen Schluck genehmige. Es wird ihm egal sein.

Zumindest rede ich mir das ein, während ich zwischen den Gläsern nach dem kleinsten suche. Es ist klein, quadratisch, mit dickem Boden. Ich drehe den Verschluss der Flasche auf, schenke mir etwas ein. So wenig.

»Augen zu und durch«, murmle ich, bevor ich den Alkohol hinunterstürze, wie ich es schon in Filmen gesehen habe.

Die Flüssigkeit frisst sich meine Kehle hinab, dann brennt sie sich ihren Weg durch meinen Körper, breitet sich wie ein Lauffeuer aus und ich ringe hustend um Atem. Grundgütiger, das schmeckt wie Reinigungsbenzin, während es brennt. So soll Alkohol doch nicht schmecken, oder doch? Kein Wunder, dass die Flasche so weit hinten versteckt stand.

Aber ich kann nicht bestreiten, als das Brennen nachlässt, bin ich ein wenig entspannter. Ich nehme an, das bedeutet, er tut, was er tun soll. Wenn das die Wirkung von Alkohol ist, ist es kein Wunder, dass die Leute trinken.

Flüssiger Mut. So nennt man ihn und ich nutze diesen Mut und hebe den silbernen Telefonhörer ab. Sieh mal einer an, die Wählscheibe dreht sich tatsächlich. Ich habe die Nummer von der Schwester nicht, die angeblich jetzt bei uns zu Hause ist. Und als alles langsam den Bach runtergegangen ist, war unser Festnetzanschluss eine der ersten Ausgaben, die wir eingestellt haben.

Stattdessen wähle ich Justins Nummer, weil er dort ist, wo ich ihn brauche. Fast schon süß, hätte er mich nicht im Stich gelassen, als ich ihn am meisten gebraucht habe.

»Hallo?« Seine Stimme klingt wie gewohnt. Als würden wir uns auf einen Kaffee verabreden oder zu einem Bummel durch die Stadt. Oder er begrüßt jemanden auf einer Party, während ich lächelnd neben ihm stehe.

Bedauern setzt einen spürbaren Stich in meine Brust. »Ich bin es.«

»Avery, Mensch, ich habe versucht, dich anzurufen. Was zur Hölle ist los?«

Ich trinke noch einen Schluck und finde, dieses Mal brennt es nicht mehr ganz so schlimm. Der Schmerz ist beinahe angenehm. »Bist du noch bei mir zu Hause? Ist eine Krankenschwester aufgetaucht?«

»Ja, ungefähr zur selben Zeit wie ich. Sie hat so was wie einen Krankenhauskittel getragen und sie hatte einen Schlüssel, aber sie hat gesagt, ich muss draußen in meinem Auto warten.«

Zumindest hat Gabriel nicht gelogen, was die Krankenschwester für meinen Vater angeht. Wenn die Zeitangaben stimmen, ist sie sogar noch vor Ende der Auktion aufgetaucht. Vielleicht hat Damon das veranlasst, um dem vorzugreifen, was bestimmt gefolgt wäre. Er hätte nicht gewollt, dass irgendwas seinem Anteil in die Quere kommt.

»Ich bin eine Weile weg. Einen Monat.«

»Einen Monat? Wovon redest du, Avery? Und wo zur Hölle bist du?«

Die Verzweiflung in seiner Stimme lässt mich zusammenzucken. Früher hätte ich mir ein Bein ausgerissen, um ihn zu beruhigen, um ihm zu versichern, dass seine Bedürfnisse an erster Stelle stehen. Stattdessen trinke ich noch etwas. »Das ist eine lange Geschichte.«

»Du klingst seltsam. Du … du trinkst doch nicht etwa.«

»Es ist so gut, Justin«, flüstere ich, als würde ich ihn in ein Geheimnis einweihen. »So schlecht, aber auch so gut.«

Er flucht, benutzt Worte, die ich noch nie von ihm gehört habe. *»Bist du bei einer Veranstaltung?«*

Die Spendengala des Museums. Eine Wohltätigkeitsveranstaltung, die 1000 Dollar pro Teller kostet. Davon redet er und ich muss kichern. Es fühlt sich nicht mehr schrecklich an, nur noch irgendwie komisch. »Als du aufgehört hast, mit mir zu reden, haben auch alle anderen damit aufgehört. Wir werden nicht mehr eingeladen, und selbst wenn, könnten wir es uns nicht leisten.«

Mir kommt ein Bild in den Sinn, wie ich das Krankenhausbett meines Dads wie einen Rollstuhl herumschiebe, jedem zulächle, während wir die Hamburger essen, die ich in meiner Handtasche mitgebracht habe. Was auch immer in dieser Flasche ist, es schmeckt wie Batteriesäure, aber es fühlt sich *fantastisch* an.

»Avery, hör mir zu«, sagt er mit seiner verzweifelten Stimme, was bedeutet, er musste sich wiederholen. Darauf trinke ich noch etwas. *»Sag mir, wo du bist, und ich komme und hole dich ab.«*

Würde er das wirklich tun? Ich weiß nicht einmal, wohin uns die Limousine gebracht hat, aber wenn er Gabriel Millers Adresse finden würde, würde er dann auf einem weißen Hengst angeritten kommen? Ich weiß nicht, ob ich ihm glaube, dass er wieder mit mir zusammen sein will oder dass er das noch wollen würde, sobald er das Innere von unserem Zuhause gesehen hat. Diese ganzen leeren Zimmer. Wir könnten einen dieser Flash Raves veranstalten, bei denen man den Raum mit Seifenschaum füllt und sich danach einmal das Putzen sparen kann.

»Justin.« Ich hoffe, ich klinge ernst. Ich dehne das *N*, nur um sicherzugehen. »Hättest du für mich geboten? Hast du überhaupt eine Million Dollar?«

»*Wovon redest du?*« Er wird lauter.

Als könnte ich ihn nicht hören, was ich aber kann, laut und deutlich. Ich trinke noch einen Schluck, dieses Mal einen größeren. Das ist mein neues Trinkspiel – jedes Mal, wenn er wütend wird, einen Schluck. Wenn ich das bei unseren letzten paar Auftritten gemacht hätte, hätte ich *viel* mehr Spaß gehabt.

Und warum ist mir nie aufgefallen, dass er unsere Verabredungen immer als Auftritte bezeichnet hat?

»Ich rede von sozialem Aufstieg.« Ich sehe auf den Grund des Glases. Alles weg. »Du bist ein sozialer Aufsteiger. Und ich bin ein sozialer Absteiger.«

Dann breche ich in unkontrolliertes Kichern aus. Irgendwie landet der silberne Telefonhörer auf dem Beistelltischchen, baumelt vor sich hin, während Justins Stimme wie das Summen in einem Zeichentrickfilm klingt. Ich stelle ihn mir als den winzigen Mann auf meiner Schulter vor, wie wenn einem ein Engel und ein Teufel auf den Schultern erscheinen, um einem Ratschläge ins Ohr zu flüstern. Wäre er der Engel? Candy wäre auf jeden Fall der Teufel.

Der Lüster ist so groß. Der muss bestimmt acht Tonnen wiegen. Ich bemerke, dass ich auf dem Boden liege und hinaufstarre. Was, wenn er gerade jetzt auf mich runterfällt? Aus die Maus. Genau das würde passieren. Kein Labyrinth, kein Schwert. Kein Zurücksegeln mit einer weißen Fahne an meinem Schiff.

Das war die Vereinbarung, die Theseus mit seinem Vater getroffen hat. Wenn er den Minotaurus getötet hat, würde bei seiner Rückkehr eine weiße Fahne an seinem Schiff wehen. Nur dass er das in seiner ganzen Aufregung vergessen hat. Sein Vater hat das näher kommende Schiff gesehen und sich aus lauter Trauer das Leben genommen.

Das war schon immer der traurigste Teil der Geschichte gewesen. Es war alles umsonst gewesen. *Ich werde die weiße Fahne schwenken, Daddy.* Und ich werde ihm nie verraten, was ich getan habe, um das Haus zu retten. Ich will nicht, dass er stirbt.

»Himmel«, höre ich eine Stimme sagen. Ganz und gar nicht wie der winzige Engel Justin.

Gabriels Gesicht schwebt über mir, versperrt mir die Sicht auf die Million Lichter des Lüsters.

»Oh, hi.«

Er sieht mich ungläubig an. »Du bist betrunken.«

»Ich kann gar nicht betrunken sein. Ich hatte bloß ein Glas. Und keine Sorge, ich habe mir von dem billigen Zeug genommen.«

Das kleine Glas ist wohl vom Teppich gerollt. Er hebt es auf, riecht daran. »Du hast Mondschein getrunken?« Er knurrt leise. »Das war die letzte Flasche, die mein Vater vor seinem Tod gebrannt hat.«

Mein Mund klappt auf. »O mein Gott, die weiße Fahne.«

Er starrt auf das Telefon. »Wen hast du angerufen?« Er wartet nicht auf eine Antwort, stattdessen stapft er rüber, nimmt den glänzenden, baumelnden Hörer. »Wer ist da?«

»Magst du keine Anrufererkennung?«, frage ich neugierig. Das silberne Wählscheibentelefon ist hübsch, aber nicht praktisch. Andererseits hat er gerade eine Million Dollar dafür gezahlt, mit mir zu schlafen. Vielleicht ist ihm Praktisches nicht besonders wichtig.

Er schmettert den Hörer geradezu auf die Gabel. Er strahlt irgendein intensives Gefühl aus. »Wen. Hast. Du. Angerufen?«

Ich bin unter wichtigen Männern aufgewachsen. Mächtigen Männern. Wütenden Männern.

Ich habe gelernt, leise zu sprechen, vorsichtig zu sein. Sie anzulächeln und ihren Arm zu berühren, als wäre alles, was ich tue, nur dafür da, damit sie sich wohlfühlen. Nicht weil ich sie für etwas Besseres als mich halte. Es macht das Leben nur einfacher. Danach flüchte ich mich zwischen meine Bücher, in die Mythen, die eine fantastische Welt beschreiben, die ganz und gar nichts mit meiner eigenen gemeinsam hat.

Allerdings bin ich irgendwie in diese Welt gestolpert – ein Ort voller Götter und Monster. Mein diplomatisches Geschick könnte mir jetzt gute Dienste leisten, allerdings hat der Mondschein alles davon weggebrannt.

»Ich habe meinen Verlobten angerufen, du neugieriger Schlingel.«

Sein Blick verfinstert sich. »Er ist nicht mehr dein Verlobter.«

»Er sagt, er will wieder mit mir zusammen sein.«

Gabriel kommt zu mir, ragt über mir auf und starrt zu mir runter. »Das wird nicht geschehen. Ich habe dich gekauft. Du gehörst verflucht noch mal mir. Verstanden?«

Ich kichere. »Wenn er das herausfindet, wird er so wütend werden. Männer sind immer so wütend.«

»Wenn er damit ein Problem hat, darf er sich gerne bei mir beschweren.«

Mit den Fingern forme ich vor meinen Augen einen Rahmen, durch den ich ihn betrachte. »Für ein Monster siehst du ziemlich gut aus.«

»Danke«, zischt er durch zusammengebissene Zähne. »Willst du jetzt vom Boden aufstehen?«

Ich schaffe es, mich aufzusetzen, aber dann dreht sich die ganze Welt. »Ich habe Durst. Ich will mehr von dem Mondschein.«

»Nein.«

»Hebst du ihn auf«, frage ich flüsternd, »weil es der letzte Mondschein ist, den dein Daddy gebrannt hat?«

»Das war der Plan«, bestätigt er trocken.

Ich nicke. »Ich kann stattdessen auch den Crown Royal trinken. Oder den Tequila. Ich habe noch nie Tequila getrunken.«

»Du kriegst nichts mehr. Zeit zum Schlafengehen.«

»Was? Das ist *so* unfair.« Seit meinem High-School-Abschluss hat mich niemand mehr ins Bett geschickt. Und dass ich im College normalerweise pünktlich zum Zapfenstreich ins Bett gegangen bin, muss er ja nicht wissen. »Ich bin nicht mal müde.«

Noch während mir die Worte über die Lippen kommen, spült eine Welle aus Müdigkeit über mich hinweg. Irgendwie ist das mehr als die normale Müdigkeit, die man am Ende eines Tages spürt. Die fühlt sich mehr so an, als wäre ich tagelang durch die Wüste gewandert. Sie zieht meine Lider nach unten, bis ich Gabriel aus halb geschlossenen Augen ansehe.

Er schüttelt den Kopf. »Komm jetzt bloß nicht auf die Idee, dich zu übergeben.«

Ich verstehe nicht, bis er eine Hand unter meine Beine schiebt, die andere legt er auf meinen Rücken. Und schon bin ich in der Luft, von nichts als seiner Kraft gehalten. Ich kuschel mich gegen sein Leinenhemd, sauge seinen Moschusduft in die Nase. »Du riechst gut.«

»Du riechst wie eine Schnapsbrennerei.«

Er bringt mich irgendwohin nach oben und ich schließe die Augen. »So wird es weniger wehtun.«

»Es wird gar nicht wehtun«, widerspricht er leise. »Ich bringe dich ins Bett.«

»Weil du eine Jungfrau besitzen willst«, zitiere ich ihn.

Er antwortet nicht, stattdessen schiebt er eine Tür auf. Ich sehe mich um, erkenne schwere Brokatvorhänge und ein hohes Bett mitten im Zimmer. Die dicke Steppdecke ist mit Lavendelblüten verziert, die sich von den blassgelben senkrechten Streifen auf den Wänden abheben. Hübsch.

»Zu hübsch für dich«, murmle ich.

»Damit hast du wahrscheinlich recht.« Er klingt amüsiert.

»Ich werde dich töten.«

»Ach, wirklich?« Nun klingt er nicht mehr ganz so amüsiert.

»Mit einem Schwert.«

»Und wo willst du ein Schwert herbekommen?« Er legt mich ins Bett, das sich auf meiner heißen Haut unerhört kalt anfühlt. Dann zieht er die Decke hoch. Ich befürchte, mir wird zu heiß werden, aber nachdem die Decke auf mir liegt, ist alles in bester Ordnung.

»Das weiß ich noch nicht«, gebe ich mit einem Seufzen zu. Es ist ein Rätsel, so viel steht fest. »Aber ich will dich nicht töten. Ich will nur nicht sterben.«

Er schweigt einen Moment lang und ich schiele zu ihm hoch. Er sieht mich mit einem seltsamen Gesichtsausdruck an. Ich würde ihn fast als liebevoll bezeichnen, wenn er nicht den Kopf eines Stiers hätte.

»Gib mir mein Jackett«, bittet er sanft.

Erst dann erinnere ich mich, dass ich das Jackett um mich gewickelt habe. Seit der Auktion. Vermutlich ist das seine

Methode, mich als seinen Besitz zu beanspruchen, mich zu markieren. Also warum will er es zurück? Ich weiß, er hat die Auktion gewonnen, aber das Jackett fühlt sich wie meine Trophäe an.

»Muss ich wirklich?«

»Du wirst es bequemer haben.«

»Alles fühlt sich so gut an. Du solltest auch etwas von dem Mondschein trinken.«

»Ich denke darüber nach«, erwidert er barsch. »Das Jackett?«

»Nicht gucken«, warne ich ihn.

Einen Moment später dreht er sich um und sieht zur Tür. Erst dann schiebe ich die Schultern aus dem großen Jackett. Er muss riesige Schultern haben, um da reinzupassen. Und seine Oberarmmuskeln. Meine Güte, ich kann sie durch sein Hemd erkennen. Fast schon obszön. Würde ein *Playboy*-Heft ausgebreitet auf dem Bett liegen, wären seine Unterarme offenherziger.

Ich lege das Jackett auf die Bettdecke und kuschel mich wieder darunter, bis nur noch mein Kopf zu sehen ist. Das ist das weichste Bett, in dem ich je gelegen habe. »Fertig.«

Er dreht sich um, nimmt sich das Jackett. Dann steht er da, betrachtet den Stoff in seinen Händen, als hätte er Schwierigkeiten, etwas zu verstehen. Als hätte er Schwierigkeiten, *mich* zu verstehen, auch wenn ich doch so schlicht bin. Ein schlichtes Mädchen mit schlichten Träumen. College, Heirat, Kinder. Eine Familie – eine richtige Familie, nicht nur einen Dad, der an den meisten Tagen bis nach dem Abendessen arbeitet. Er ist hier das Mysterium.

Ich sehe zur anderen Seite des Betts. »Wirst du … du weißt schon? Da drüben schlafen?«

Er sieht grübelnd zur freien Fläche auf dem Bett. »Nein.«

Das macht Sinn, denn das kann gar nicht sein Zimmer sein. Viel zu hübsch. Viel zu feminin. Wahrscheinlich schläft er irgendwo, wo es Glas und glatte schwarze Linien gibt. Mit einem Fernseher an der Wand und echtem Fell auf dem Bett. Vielleicht gibt es da auch Geweihe an den Wänden.

»Avery.« Er hält das Jackett noch immer fest, als wäre es etwas Wertvolles.

Ich blinzle, während mich der Schlaf langsam überwältigt. »Ja?«

»Sei vorsichtig. Ich bin gefährlicher, als du ahnst.«

Eine Winzigkeit Aufmerksamkeit schleicht sich wieder in meinen Verstand, zusammen mit einem kalten Gefühl. Ich zittere unter der Bettdecke. Ich spüre, wie gefährlich er ist, aber dieses Wissen nützt mir nichts. Ich bin hier gefangen. Ich gehöre ihm. »Hast du meinem Dad wehgetan?«

»Er hat alles verdient, was ich mit ihm gemacht habe.«

Unter der Decke balle ich die Fäuste. »Warum sagst du mir das?«

»Weil ich auch nicht will, dass du stirbst.«

Er sieht mich einen Augenblick lang an, bevor er geht. Es wird dunkel und in meinem Verstand verschwimmt alles. Ich weiß, das ist wichtig, er hat mir etwas Wichtiges gesagt, aber der Mondschein hat Matsch aus meinem Gehirn gemacht. Als der Schlaf mich verschlingt, ist er kohlrabenschwarz.

Sei vorsichtig, hat er gesagt, aber noch während ich davondrifte, habe ich vergessen, warum.

KAPITEL 17

Am nächsten Morgen wache ich mit den schlimmsten Kopfschmerzen aller Zeiten auf. Mit Beinen wie Gummi stolpere ich über den weichen Teppich, trage nichts außer einem String, was belegt, dass letzten Abend durchaus etwas geschehen ist. Allerdings fehlt mir für Anstand die Kraft und ich bin sowieso alleine. Gott sei Dank, auf der Kommode liegt eine nagelneue Zahnbürste. Nachdem ich mir die Zähne geputzt und das Gesicht gewaschen habe, fühle ich mich so, als hätte ich zumindest zehn Prozent meiner Menschlichkeit zurückbekommen. Genug um wieder einen Blick zurück ins Zimmer zu werfen. Noch immer niemand da.

Auf dem Toilettentisch bemerke ich etwas Weißes. Es ist ein Notizzettel mit der Telefonnummer der Einrichtung, für die die Krankenschwestern meines Vaters arbeiten. Ich erkenne den Namen als den einer der besten Privatagenturen wieder, die ich auch angerufen habe, als ich auf der Suche war.

Ich konnte sie mir nicht leisten.

Auf dem Stuhl neben dem Toilettentisch liegt meine Handtasche. Ich krame darin herum, finde mein Handy. Als Erstes wähle ich die Nummer. Sobald ich meinen Namen nenne, stellt man mich sofort zu einem Mr. Stewart durch, dem Direktor der Einrichtung. Vorher bin ich nicht einmal an der Empfangsdame vorbeigekommen.

»*Unsere allerbesten Schwestern arbeiten bei ihm*«, versichert er mir. »*Zusammen haben sie über 30 Jahre Erfahrung, hervorragende Referenzen. Natürlich mit äußerster Diskretion.«*

»Danke«, hauche ich, mehr bekomme ich nicht heraus.

»Sie stehen mit seinem Arzt in direktem Kontakt – natürlich haben wir auch Ihre Einverständniserklärung. Um sicherzustellen, dass er es während Ihres vorübergehenden Aufenthalts so angenehm wie möglich hat.«

Vorübergehender Aufenthalt? Das ist eine neue Art, Prostitution zu umschreiben.

Mr. Stewart gibt mir noch seine private Telefonnummer und bittet mich eingehend, ihn zu jeder Tages- und Nachtzeit anzurufen, wenn ich etwas über meinen Vater wissen will. Das ist unerhört viel Service, selbst für den Preis, den man mir genannt hat. Bestimmt zahlt Gabriel mehr als das, um diese Menge an Aufmerksamkeit zu bekommen. Oder vielleicht ist es sein Name auf dem Scheck, der diesen Respekt verlangt.

Ein unangenehmes Gefühl verknotet mir den Magen. Ich sollte beruhigt sein, da man sich um meinen Vater kümmert. Diese Krankenschwestern können sich bestimmt besser um ihn kümmern als ich. Aber ich werde das Gefühl nicht los, jetzt in Gabriel Millers Schuld zu stehen. Und, wie mein Vater erfahren musste, das will man auf gar keinen Fall.

Im Kleiderschrank hängt fein säuberlich der Großteil meiner Kleidung. Wie fest habe ich denn bitte geschlafen? Dieser Mondschein ist ein echtes Teufelszeug. Und sein Dad hat das selbst gebrannt? Irgendwie muss ich an eine Badewanne voll mit Schnaps denken, aber während ich in Gabriels geräumigem Bad aus Marmor stehe, fällt es mir schwer, an dieser Vorstellung festzuhalten.

Brühend heißes Wasser färbt meine Haut rot. Ich erinnere mich nicht an viel vom letzten Abend. Da war ein Anruf bei Justin. Ich erinnere mich vage, dass ich unten auf dem Boden gelegen habe, habe aber keine Ahnung, warum. Ich würde etwas spüren, wenn er mich entjungfert hätte, oder? Irgendwie anders, irgendwie wund? Aber außer meinem Kopf tut mir nichts weh.

Ich stehe eine Ewigkeit unter dem breiten Duschkopf, spüle den Rest meines Katers den Abfluss runter. Dann ziehe ich mir Jeans und ein T-Shirt an. Wenn er es sexy will, dann muss er mir schon etwas Entsprechendes zur Verfügung stellen.

Aber unten kann ich Gabriel nicht finden. Stattdessen treffe ich eine korpulente Frau, die pfeifend in der Küche steht und Teig knetet. Als sie mich sieht, lächelt sie. Ihre Wangen sind rosig und ich weiß nicht, ob ich jemals zwei so perfekte Kreise in einem Gesicht gesehen habe, aber sie hat sie. Ihre Arme sind mit Mehl bedeckt.

»Hallo, Miss Avery. Haben Sie Hunger?«

Kaum dass sie fragt, knurrt mein Magen. Ich bin mir nicht ganz sicher, ob ich es wagen kann, etwas zu essen. Dieser Mondschein lauert noch immer irgendwo da drin, droht mir den Verstand zu vernebeln. »Vielleicht eine Kleinigkeit.«

»Ich kann Ihnen etwas zubereiten. Eier. Waffeln.«

Ich lege die Hände auf den Bauch. »Ich weiß nicht.«

Sie lächelt mitfühlend. »In der Speisekammer sind auch gezuckerte Cornflakes.«

Ich sehe sie mit großen Augen an, weil ich gezuckerte Cornflakes schon immer geliebt habe. Sie sind einfach und nichts Besonderes, erinnern mich aber an die sonntäglichen Morgen mit meinem Dad.

Unsere Haushälterin hatte sonntags frei, also haben wir die Speisekammer durchstöbert und uns Zeichentrickfilme angesehen. Die Hälfte der Zeit war er am Telefonieren, aber mir war das egal.

Woher hat Gabriel Miller gewusst, dass ich gezuckerte Cornflakes mag?

Wie ist er an den Schlüssel zum Haus gekommen, damit die Krankenschwester reinkann?

Wo hat er eine Einverständniserklärung mit meiner Unterschrift für die Agentur her?

Er bricht das Gesetz auf jede nur vorstellbare Weise und es sind nicht einmal 24 Stunden vergangen. Aber er tut das, um mir zu helfen. Alles mit der Absicht, mir zu helfen. Das ist sogar noch verwirrender.

Vor der Auktion hat er gesagt, der Käufer würde für die Krankenschwester aufkommen, damit er mich voll und ganz für sich alleine haben kann. Dass der Mann reich genug sein würde, sodass es kein Problem darstellt.

Die gezuckerten Cornflakes sind nicht teuer. Sie ändern nichts daran, wie viel Zeit er mit mir verbringen kann, aber es ist aufmerksam. Sogar süß. Und das ist mir wichtiger, als ich zugeben will.

Ohne ein weiteres Wort gehe ich in die Speisekammer, von wo ich eine ganz frische Packung gezuckerte Cornflakes hole. Ich kippe Milch drüber. Mit der Schüssel in der Hand setze ich mich an einen massiven, rustikalen Holztisch.

Beim ersten Löffel schließe ich genießerisch die Augen.

»Mrs. Burchett«, sagt die Frau gut gelaunt. »Und ich soll Ihnen auf jede erdenkliche Weise behilflich sein. Also, wenn Sie etwas brauchen, zögern Sie nicht, nach mir zu rufen.«

Sie spricht ein wenig gedehnt, was ich nicht so recht einordnen kann. »Wie lange arbeiten Sie schon für Mr. Miller?«

»Ach, lange genug, um zu wissen, dass er es nicht mag, wenn ich zu viele Fragen beantworte.«

Ich nehme noch einen Bissen. Damit hat sie ohne Zweifel recht. »Wo ist er?«

Sie macht sich daran, den Teig in eine Kuchenform aus Porzellan zu drücken. »Er musste weg. Geschäftlich.«

In meinem Magen macht sich ein hohles Gefühl breit. Ich habe mich so sehr an Angst gewöhnt, an den nagenden Schmerz, der mich seit Dads Verurteilung nicht mehr losgelassen hat, dass ich es erst gar nicht erkenne.

Enttäuschung. Aber das macht keinen Sinn. Ich will keine Zeit mit Gabriel Miller verbringen. Ich will nicht, dass er mir meine Jungfräulichkeit nimmt. Meine Erinnerungen an letzte Nacht sind verschwommen, aber ich denke, ich wüsste, wenn er Sex mit mir gehabt hätte.

Nachdem ich mit Essen fertig bin, spüle ich die Schüssel aus.

»Nebenan ist ein Fernseher«, erklärt sie. »Jede Sendung und jeder Film, den Sie sich nur wünschen können.«

»Oh«, sage ich etwas überrascht bei dem bloßen Gedanken fernzusehen, wenn man mich schließlich für Sex gekauft hat.

»Oder Sie können in die Bibliothek gehen.« Gleichzeitig holt sie eine Schüssel mit etwas heraus, das wie Füllung für Hühnerpastete aussieht. Ich hoffe, ich werde später dazu kommen, etwas davon zu essen.

Sie erklärt mir den Weg und ich folge den überdimensionierten Fluren in ein noch größeres Zimmer. Ich mache große Augen, als ich bemerke, der Raum ist zweistöckig, mit einer Wendeltreppe, die nach oben führt. Unter der Decke sind kleine Putten mit Trompeten in das Mahagoniholz geschnitzt. Unten am Boden greifen Hände durch Flammen.

Okay, das ist beunruhigend.

Noch beunruhigender ist, dass ich das Gefühl habe, dieser Raum ist für mich. Im Kamin brennt bereits ein leise und angenehm knisterndes Feuer. Mitten auf dem Tisch steht ein glänzendes, rustikales Schachspiel.

Auf dem Tisch neben dem Kamin liegt ein Stapel Bücher – *Märchen aus dem Mittelmeerraum, Die Offenbarung des Mythos des Homer*. Bestimmt verbringt Gabriel seine Abende nicht damit, über griechische Mythologie zu lesen. Die sind für mich.

»Bereit für eine Partie?«, fragt eine tiefe Stimme.

Ich fahre herum, lasse das Buch aus meiner Hand fallen. *Märchen aus dem Mittelmeerraum* landet aufgeklappt auf dem Boden. Hastig hebe ich es auf, bevor es noch Schaden nimmt, drücke das dicke Buch gegen meine Brust. »Partie?«

Er kommt hinter der Wendeltreppe hervor. Hat er dort auf mich gewartet? »Schach.«

Was würden Sie mit ihr tun?, hat Damon gefragt.

Eine Partie Schach spielen, war Gabriels Antwort, mit der er mich zum Gespött gemacht hat.

»Nein danke.«

»Glaubst du, du kannst Nein sagen?«

Trotz brennt in meinen Adern. In meinem Verstand, in meiner Seele. Darin liegt meine Kraft, hat Candy gesagt, und ich habe nicht vor, einfach klein beizugeben. »Sie haben meinen Körper gekauft, sonst nichts.«

»Ich habe dich komplett gekauft.«

»Sie können mich dazu zwingen, die Figuren zu bewegen. Wollen Sie das?« Einen leeren, hirnlosen Spielautomaten. Mehr würde ich ihm nicht geben, so leer wie die Bauern auf dem Spielbrett. Mein Daddy hat mir Schach beigebracht, er hat es jede Woche mit mir gespielt. Und das hier ist der

Mann, der ihn ruiniert hat. Mit ihm zu spielen käme einem Verrat gleich.

Er sieht das Schachbrett irgendwie … bedauernd … an. »Dann lasse ich dich lesen. Ich muss noch etwas fertig machen.«

»Klasse.« Ich muss das Wort fast herauswürgen.

Ich finde es unheimlich, was Gabriel alles über mich weiß. Justin hat mir zu unserem letzten Jahrestag ein Tennisarmband geschenkt, glänzend und nichtssagend. Das hier aber ist das Süßeste, was jemals jemand für mich getan hat. Ausgerechnet der Mann, den ich am meisten hasse.

Ich finde es unheimlich, aber nicht genug, um zu gehen. Ich setze mich und fange an zu lesen.

KAPITEL 18

Ich bringe es fertig, mich den restlichen Morgen mit der brutalen Dichtung von *Ilias* abzulenken. Es gibt Krieg und Hungersnot, aber es scheint so unwirklich. Ich kann mich in den fremden Ländern verlieren. Als ich wieder aufstehe, tut mir der Rücken weh. Ich suche mir ein freies Stückchen auf dem Teppich in der Nähe der Wendeltreppe und mache ein paar Yogaübungen. Ich trage meine bequemen Lieblingsjeans. Sie sind weich, trotzdem schränken sie meine Bewegungsfreiheit ein. Aber ich schaffe es, mich durch die einfacheren Übungen zu konzentrieren.

Wenn man die Umstände bedenkt, fühle ich mich beinahe gelassen. Mrs. Burchett bringt mir mein Mittagessen auf einem Silbertablett. Ein großes Stück von der Hühnerpastete, außen knusprig, innen kocht sie noch.

Erst während der rastlosen Nachmittagsstunden schlage ich den Minotaurus nach.

Jeder Mythos basiert zu einem gewissen Teil auf Fakten, darum ist es auch so wichtig, etwas über Geschichte zu lernen. Archäologie kann ein paar der Geheimnisse lüften. Mythen geben flüsternd den Rest dessen, was wir wissen, weiter. Auf diese Weise bieten Mythen mehr Raum für Fehler, aber auch für Entdeckungen.

Uralte Schulden, Krieg. Sogar Menschenopfer. Das alles basiert auf Fakten.

Das Labyrinth war aller Wahrscheinlichkeit nach der Palast von Knossos, einem aufwendigen, architektonischen

Triumph, über 600 Quadratmeter groß und fünf Stockwerke hoch. Wahrscheinlich gab es an die 1000 Zimmer, ein wahrer Irrgarten.

Es gibt einige Hinweise darauf, dass auf Kreta Menschenopfer dargebracht wurden, ein morbider Aspekt der Mythologie, mit dem ich mich nicht so gerne befasse. Insbesondere in meiner derzeitigen Situation.

Es ist der Minotaurus, der mich fasziniert.

Das Kind von Pasiphae, Minos' Ehefrau, die sich in einen wunderschönen weißen Bullen verliebt hat. Ihre Verbindung hat zu einem Kind geführt. Da der Minotaurus im wahrsten Sinne des Wortes ein Monster war, hat man ihn ins Labyrinth verbannt und mit nichts als Menschenopfern gefüttert. War der Minotaurus irgendeine wilde, mythologische Figur, verzerrt von der Linse des Aberglaubens und der Dichtkunst? Oder war er eine Umschreibung für König Minos selbst, für die dunkle Seite eines Bastards, der aus Eifersucht und Gier hervorgegangen ist?

Das sind die Fragen, mit denen ich mich beschäftige, während ich mich in dem riesigen Armsessel zusammenrolle und das Kaminfeuer dunkler wird. Hinter mir schlägt etwas zu – eine Tür? Ein Zug saugt die Luft aus dem Raum. Die schwach züngelnden Flammen auf dem Holzscheit erlöschen, lassen mich alleine in der Dunkelheit zurück.

Das Buch rutscht von meinem Schoß, landet auf dem Teppich.

Ich stehe auf, fahre zur Tür herum. »Wer ist da?«

»Guten Abend«, höre ich Gabriel sagen, während er näher kommt.

Ich bin mir nicht sicher, wann er mir so vertraut geworden ist, aber ich erkenne seine tiefe Stimme, ohne ihn zu sehen. Im Schatten kann ich seine breiten Schultern ausmachen. Er wirft sein Jackett über den Sessel, in dem ich gerade noch gesessen habe, und mir steigt sein maskuliner Geruch in die Nase.

»Was haben Sie vor?«

»Was ich gestern Abend schon hätte machen sollen. Diesen … wie hat er dich bezeichnet? Den reifen Pfirsich … kosten.«

Ich ziehe mich einen weiteren Schritt zurück, aber da ist der Kamin. Darin verlöschen gerade die letzten Flämmchen. »Jetzt?«

»Ich denke, eine Kirsche wäre ein besserer Vergleich gewesen, findest du nicht?«

Ich kann mich nicht weiter zurückziehen, weiche zur Seite aus, folge der Wand, versuche, Abstand zu ihm zu halten. Ihn scheint das nicht im Geringsten zu stören. Er folgt mir weiter.

»Warten Sie.« Ich brauche einen Plan. Ich weiß, er hätte mir die letzte Nacht nicht gewähren müssen. Das war eine Galgenfrist, die ich mir nicht verdient habe, die ich ihm bereits schulde, aber das bedeutet nicht, dass ich bezahlen kann. »Warten Sie einfach.«

Er lacht. »Fast 24 Stunden, und ich habe dich noch nicht einmal angefasst.«

»Sie wollen mich als Jungfrau behalten«, erinnere ich ihn verzweifelt, während ich nach einer Möglichkeit suche, ihn aufzuhalten. Ich bin fast in der Ecke des Zimmers, auf dem weichen, kräftig orangefarbenen Teppich, auf dem ich meine Yogaübungen gemacht habe.

»Ich habe nicht gesagt, dass ich dich ficken werde.« Seine Stimme klingt düster, verheißungsvoll. »Ich will dich schmecken.«

Dann kann ich nicht mehr weglaufen. Es ist zu spät, um zu fliehen. Er steht direkt vor mir und im Rücken habe ich die Treppe, Holzstufen bohren sich in meine Wade. Ich kann ihn sehen, riechen, aber noch stärker ist dieses überirdische *Fühlen,* diese Ausstrahlung, die mich wie angewurzelt vor ihm stehen bleiben lässt. Es ist stabiler als Ketten.

»Mich schmecken ... wo?«

Eine Fingerspitze berührt meine Lippen. »Hier fange ich an.«

Dann liegen seine Lippen auf meinen, heiß, weich und beharrlich. Ich kann mich seiner Forderung nicht widersetzen, öffne mich ihm, ein akzeptierendes Seufzen kommt über meine Lippen von meinem Mund in seinen. Ich weiß, was hier geschieht, ist unausweichlich, fast schon Schicksal, aber es tut nicht weh. Es ist beinahe angenehm, wie seine Zunge über meine streicht. Wie eine sinnliche Warnung knabbern seine Zähne an meiner Unterlippe.

Seine Hände legen sich an mein Gesicht, meinen Hals. Meine Brüste.

»Hier«, verspricht er mit rauer Stimme.

O Gott, meine Brüste. Ich ziehe mich etwas zurück, aber die Stufen lassen mich nicht entkommen. Er packt mein Oberteil, zerrt daran, entblößt mich. Mein Büstenhalter wird beiseitegeschoben. Das Ausziehen hat nichts Zärtliches an sich. Es ist kein Striptease, es ist Besitzanspruch. Er legt die Hände auf meine Brüste.

»Kleiner, als sie ausgesehen haben«, stellt er fest. Ich spüre das Blut über meine Brust bis in mein Gesicht hinaufkriechen.

Ich möchte gerne vergessen, wie ich auf dieser Plattform gestanden, wie mich so viele Männer angegafft haben, aber ich weiß, das werde ich nie können. Es ist in meinen Verstand gebrannt – die Begutachtung und die Begierde, die

Scham und die Kontrolle. »Sie haben für mich geboten.« Ich weiß, ich klinge entschuldigend.

»Das war keine Beschwerde«, murmelt er, drückt meinen Nippel zwischen Daumen und Zeigefinger. »Du bist verflucht noch mal hinreißend.«

Das unerwartete Kompliment lässt mich blinzeln. Dann liegen seine Lippen über meinem Nippel, ersticken das Brennen, heiß und andauernd. Seine Zunge streicht darüber, vor und zurück, vor und zurück, und ich quengle erschrocken. Meine Hand tastet suchend herum – und ich bekomme eine der Hände zu fassen, die aus den geschnitzten Flammen hervorgreifen, eine Hand aus der Hölle. Ich brenne.

Er küsst sich über meine Brust, ich fühle mich erobert. Als würde er jeden Flecken meines Körpers erkunden, mich in Besitz nehmen. Was, wenn er jeden Winkel bedeckt? Was bleibt dann noch von mir?

Sein heißer Mund schließt sich um meinen anderen Nippel und meine Lider fallen flatternd zu. »O Gott«, hauche ich.

»Ganz genau«, murmelt er auf meine Haut, das Gefühl seiner Lippen ist kaum zu ertragen. »Gestatte dir, dass du dich gut fühlst.«

Dieser Forderung wohnt ein Gedanke inne – etwas von Menschenopfer. Von Begehren. Warum glaubte er, ich würde das nicht tun? Aber dann spannt sich die Erregung wie ein Lichtbogen von meinem Nippel zwischen meine Schenkel und ich vergesse alles außer seinem Körper an meinem, seine heiseren Worte, die so viel versprechen.

»Leg die Ellbogen auf die Stufen«, fordert er.

Ich befolge seinen Befehl, ohne darüber nachzudenken. Ich spüre Erleichterung und Scham, zu gleichen Teilen.

Durch die Haltung recke ich meine Brüste vor. So bin ich noch verletzlicher, eine lebendige Statue, die er berühren, lecken und an der er saugen kann. Damit er meinen Nippel drohend knurrend zwischen die Zähne nehmen kann.

»Nein.« Ich stöhne. »Bitte.«

Sein teuflisches Lachen wabert um mich herum, so wild und belebend wie der Mondschein letzte Nacht. Was auch immer er mit mir tut, es sorgt dafür, dass ich wie betrunken bin, macht mich zur Gefangenen seiner Begierde.

Dann legt er die Hand zwischen meine Schenkel.

Er übt Druck aus. »Und hier.«

Ich schüttle den Kopf, weil das anders ist. Meinen Mund küssen, meine Brüste. Das ist eines. Was er will, ist zu intim und ich widersetze mich ihm. Er zieht an meinen Jeans und ich winde mich aus seinem Griff. Er platziert seine Beine zu meinen Seiten, nimmt mir jede Fluchtmöglichkeit.

Meine Hände krallen sich in meine Jeans. »Nein, nein. Nicht hier.«

»Ellbogen«, sagt er einfach. »Stufen.«

Zwei atemlose Augenblicke lang bedecke ich mich, zittere voller Zweifel. Nur – ich bin gefangen, zwischen geschnitztem Mahagoni und Muskeln. Was habe ich für eine Wahl? Ich schiebe die Ellbogen wieder auf die Stufe hinter mir, halte ihm meine Brüste ins Gesicht. Die Erniedrigung färbt meine Wangen rot.

»Ja, Sir«, verlangt er sanft.

»Ja, Sir«, flüstere ich.

Seine Hände öffnen methodisch die Knöpfe meiner Jeans. Ein paar grobe Bewegungen später hat er sie mir ausgezogen und wirft sie zur Seite. Dann folgt das Höschen. Vielleicht ist es egal. Er hat schon alles von mir gesehen und es ist dunkel. Dunkel bis auf die Glut, die mir aus dem Kamin zuzwinkert.

Allerdings kann ich nicht aufhören zu zittern. Diese Haltung, die er mir befohlen hat, macht mich so verletzlich. Ich bin nackt, weil er es so will. Das bedeutet es, das Eigentum von jemandem zu sein.

Er schiebt meine Beine auseinander. Nicht nur ein wenig, damit er mich berühren, mich betrachten kann. Er schiebt so lange, bis ich die Stufen berühre. Ich bin ihm vollkommen ausgeliefert, geöffnet, um zu tun, was immer er will.

Fingerspitzen berühren meinen Spalt – der eine Million Dollar wert ist. Nichts ist jemals dort eingedrungen. Kein Mann. Keine Finger. Nicht einmal ein Spielzeug. Er trödelt nicht herum, befasst sich stattdessen mit höher gelegenen Regionen meines Körpers.

»Hast du dich angefasst?«, fragt er murmelnd.

Ich sehe zu den erloschenen Flammen. »Ja.«

»So?« Er nimmt meine Klitoris zwischen Daumen und Zeigefinger. Genau so, wie er es mit meinen Nippeln getan hat. Zuerst fühlt es sich zu grob an, fast schmerzhaft, bis die Hitze unter meiner Lust dahinschmilzt.

Es fällt mir schwer zu sprechen, wenn er mich so berührt. »Nicht so … mehr kreisend.«

Er zeichnet einen Kreis um meine Klitoris, ich drücke mich seiner Hand entgegen. »Gabriel«, stöhne ich.

»Ich bin hier.« Seine Stimme ist so düster wie der Raum. »Ich werde dich genau hier schmecken, deine Klitoris auf meiner Zunge, dich mit meinem Mund ficken, bis du schreist. Willst du das, kleine Jungfrau?«

Ich kenne die richtige Antwort. Nicht nur weil er will, dass ich es sage. Weil ich will, dass er diese Dinge tut. *Ich will leben.* »Ja, Sir.«

Er senkt den Kopf. Die erste Berührung seiner Lippen zwischen meinen Schenkeln lässt mich zusammenzucken.

Nur seine großen Hände an meinen Hüften verhindern, dass ich den Boden unter den Füßen verliere, während er an meiner Klitoris knabbert. Er geht tiefer, ein paar kräftige Zungenschläge, die dafür sorgen, dass ich die Zehen verkrampfe.

»Du schmeckst nicht süß.« Er zögert. »Du schmeckst, als würde ich beschissen noch mal sterben und du bist das einzige Wasser weit und breit. Du schmeckst wie gottverfluchte Luft.«

Er legt die Lippen wieder zwischen meine Schenkel, was mir unweigerlich einen schrillen Schrei entlockt. Herrgott, was macht er mit mir? Ich dachte, vielleicht will er mich heute Abend – vielleicht würden wir zu Abend essen, irgendwas, das zumindest Ähnlichkeit mit einer Verabredung hat. Vielleicht würde er in mein Schlafzimmer kommen. Ich hätte nie erwartet, dass er in der Bibliothek zu mir kommen würde, dass er auf den Stufen einer handgeschnitzten Treppe über mich herfallen würde.

Jedes Zucken seiner Zunge trägt mich höher, verstärkt die Anspannung in meinem Inneren, bis ich mich ihm entgegenbewege. Ich stöhne leise, stimme in die tierische Atmosphäre mit ein, die uns umgibt. Ich bewege mich auf eine Klippe zu, aufgehalten von einer unsichtbaren Mauer, die ich nicht verstehe, die ich nicht benennen kann. Ich hatte schon einmal einen Orgasmus durch meine eigene Hand, aber das hier fühlt sich ganz anders an – es ist eine seltsame und unkontrollierbare Bestie.

Wimmernd nähere ich mich der Klippe und er wird langsamer, dringt mit der Zunge zwischen meine Schenkel, zieht sie wieder heraus und dringt wieder ein. Ich greife in sein Haar, drücke ihn dorthin, wo ich ihn brauche. »Bitte.«

»Muss ich dich fesseln?«, fragt er mit belegter Stimme.

»Das würde ich gerne, kleine Jungfrau. Denk daran, was ich darüber gesagt habe, sich mir zu widersetzen.«

»Dass es Ihnen zu sehr gefallen würde.« Noch während ich das flüstere, schiebe ich die Ellbogen zurück auf die Stufen.

»Mhm, und darum musst du warten. Du musst warten, bis ich fertig bin.«

Ich ächze, weil ich so kurz davor bin, ich stehe wortwörtlich an der Schwelle. Ich brauche nur noch ein paar wenige Berührungen seiner herrlichen Zunge. Ich werde platzen. Ich weiß es genau.

Er kommt aus der Hocke hoch, zieht sich selbst aus. Er ist so methodisch und effizient, wie er es bei mir war. Es ist nichts als Stoff, der dem, was er will, im Weg steht. Dann steht er vor mir, wie eine atemberaubende Statue, wie David, vollkommen unbefangen. Aber anders als bei David ragt sein Geschlechtsteil hervor.

Er packt sein Glied. »Hast du jemals an einem Schwanz gelutscht?«

Ich schüttle den Kopf. »Nein, Sir.«

»Angefasst?«

»Nein.«

Mit der anderen Hand greift er in mein Haar, hebt meinen Blick. »Hast du jemals einen Schwanz gesehen, kleine Jungfrau?«

Noch während ich mich gegen ihn wehre, weiten sich meine Augen. Er packt fester zu, bis ich quietsche. »Nein, Sir. Habe ich nicht.«

»Du wirst meinen heute Abend schmecken, verstanden?«

Er setzt eines seiner Knie neben meinem Ellbogen auf eine der Stufen. Er beugt sich zu mir, die Spitze seines Schwanzes ist nur Zentimeter von meinen Lippen entfernt.

Er zögert, wartet. Worauf? Ich begreife, er will, dass ich mich ihm entgegenbewege. Er will, dass ich so ein wenig Kontrolle übernehme – und ich tue es, recke den Hals, platziere einen verschüchterten Kuss auf die weiche, glatte Spitze seines Schwanzes.

Ich höre, wie er stoßweise atmet. »Mehr, kleine Jungfrau.«

Meine Zunge streicht über die Spitze, so wie ich seinen Mund zwischen meinen Schenkeln gespürt habe.

Er stöhnt leise. »Du bringst mich noch um.«

Da ist etwas Feuchtes in meinem Mund, von ihm. Dick und salzig. »Du schmeckst wie das Meer.«

»Scheiße«, murmelt er, packt wieder mein Haar. Dieses Mal wartet er nicht darauf, dass ich ihm entgegenkomme. Stattdessen hält er mich fest, während er sich mir entgegenbewegt, mir seinen Schwanz in den Mund schiebt. Er überwindet meine Lippen, schiebt sich an meiner Zungenspitze vorbei, bis mein Mund beinahe unerträglich von ihm gefüllt ist.

»Alles in Ordnung?«, fragt er heiser.

Mit vollem Mund blicke ich zu ihm auf, nicke.

Dann schiebt er sich weiter, tiefer, als ich es für möglich gehalten habe. Seine Schwanzspitze füllt meine Kehle, Tränen steigen mir in die Augen. Mein Körper widersetzt sich ihm, versucht, ihn wegzuschieben, dort hat er nichts zu suchen. Er zieht sich zurück, bevor er wieder tief eindringt.

Sein Mund war wie ein Eindringling, aber das war nichts im Vergleich hierzu. Ich bin gegen die Stufen gedrückt, von seinem Schwanz festgenagelt, dazu gezwungen, ihn zu schmecken, zu riechen. Während er sich zurückzieht, streicht seine Schwanzspitze über meine Zunge und ein kleiner Spritzer von irgendwas landet in meinem Mund. Ich lasse es über meine Zunge rollen, als wäre es ein erlesener

Wein, als könnte ich an seinem Geschmack feststellen, woraus er besteht. Der Geschmack ist so komplex wie er, genauso unergründlich und scharf.

Noch bevor ich alles schlucken kann, dringt er wieder tiefer. Er keucht hart, begierig. »Ich will ganz rein«, murmelt er, klingt unschlüssig.

Er ist nicht ganz drin? O Gott, er würde mich bis in mein Innerstes aufspießen. Ich nuschle panisch, versuche den Kopf zu schütteln, sein Glied in meinem Mund hindert mich daran.

Er lacht zittrig. »Ich werde sanft sein.«

Wenn das sanft ist, will ich gar nicht wissen, wie sich hart anfühlt.

Seine Hüften verfallen in einen Rhythmus, denselben, mit dem er meine Klitoris gereizt hat. Er dringt in mich, tief genug, um ihn in meiner Kehle zu spüren, bevor er sich wieder zurückzieht. Die Gleichmäßigkeit hat etwas Hypnotisierendes an sich, wie ein Schiff, das von Wellen geschaukelt wird. Ich kann mich nicht widersetzen, mich nicht wehren. Ich kann mich nur treiben lassen. Ich lasse zu, nach vorn und zurückgeworfen zu werden, gedrückt und geschoben. Benutzt.

Er bewegt sich schneller, sein Atem wird zu einem abgehackten Keuchen. Der Klang seines Verlangens löst etwas in mir aus und ich spüre, wie sich meine Muskeln anspannen. Seltsam, während er meinen Mund fickt, kann er mich noch immer zwischen den Beinen berühren.

Sein Knurren setzt leise ein, fast wie ein Donnern. Es mündet in einen Ton voller Wildheit, der durch die ganze Bibliothek hallt. Ich bin wie betrunken, mein Mund steht ihm offen. Ich warte auf das, was als Nächstes kommen muss – mehr von diesem salzigen Geschmack.

Stattdessen zieht er sich zurück. Mir bleibt nur ein Augenblick um zu erkennen, dass mein Mund leer ist, mein Kiefer schmerzt, bevor ich auf meinen Brüsten die Hitze spüre. Er spritzt auf meine Brust, meine Nippel. Ein Spritzer trifft meine Wange.

Mit den Fingerspitzen verteilt er seinen Samen auf meiner Haut, reibt ihn hinein. Ich fühle mich gezeichnet. Sein. Meine Haut spannt sich unter seinen samenbedeckten Fingern an. *Sein, sein, sein.*

Die andere Hand legt er auf meine Klitoris, kneift sie heftig. Feuer verschlingt mich, Flammen lecken über meine Haut. Ich drücke mich gegen seine Hand, gebe unzusammenhängende Laute von mir, bettle. Das ist zu viel, zu heftig. Zu gut. Er zeigt kein Mitleid, stattdessen reibt er vehement meine Klitoris, saugt mich aus. Ein Orgasmus windet sich heran, die Anspannung wächst, bis meine Muskeln schmerzen und mein Mund in einem lautlosen Schrei offen steht.

KAPITEL 19

Er trägt mich nach oben, hält mich auf den Armen, als wäre ich etwas Besonderes. Ich weiß, ich bin nur hier, weil er eine Million Dollar gezahlt hat. Ich weiß, er ist nur deswegen nicht in mir gekommen, damit ich eine Jungfrau bleibe. Aus irgendeinem Grund fühle ich mich in seinen Armen geborgen, als könnte die Kraft seines Willens die Realität von mir fernhalten. Wir sind in etwas Weiches, etwas Blasses gewickelt, vor der Welt verborgen. Er lässt ein Bad ein, hilft mir in die Wanne.

Als ich nach der Seife greife, platziert er meine Hände auf dem geschwungenen Wannenrand. Seine Fingerspitzen, seine schwieligen Handflächen verteilen die Seife auf meiner Haut. Er reinigt jeden Teil von mir, lindert das Brennen meiner Nippel, rutscht zwischen die feuchten Lippen zwischen meinen Schenkeln. Meine Augen sind halb geschlossen. Ich bin noch immer an diesem Ort, an den er mich mit meinem Höhepunkt geschickt hat. Ein Ort voller Vergnügen und Frieden.

Nachdem er fertig ist, hilft er mir aus der Wanne. Ich werde mit einem dicken weißen Handtuch abgetrocknet, während ich mich selbst im Spiegel betrachte. Wie oft habe ich in meinem Leben geduscht? Wie oft lagen meine feuchten Haarspitzen auf meiner Haut? Hunderte, gar Tausende Male, und trotzdem sehe ich anders aus. Ich bin noch immer eine Jungfrau – seiner Definition nach. Aber trotzdem anders. Eine Frau.

Als er mich auf die kühlen, lavendelfarbenen Laken legt, drehe ich den Kopf auf dem Kissen und schließe die Augen. Ich erwarte, dass er wie letzte Nacht geht.

Das Bett bewegt sich. Er legt sich hinter mich, legt mir einen Arm über die Taille, seine Beine schieben sich zwischen meine. Die schwere Steppdecke bedeckt uns beide und ich muss dankbar seufzen.

»Schlaf«, sagt er mit tiefer Stimme.

Irgendwas daran, wie er das sagt, verrät mir, er wird nicht schlafen. Also, was tut er hier? Mich halten? Das gehört nicht zum Sex gegen Bezahlung. Das ist keine Vergeltung. Irgendwas anderes sorgt dafür, dass er mich an sich zieht, das Gesicht in mein feuchtes Haar drückt.

»Danke«, flüstere ich.

Er verkrampft sich hinter mir. »Warum sagst du das?«

»Es hat nicht wehgetan.« Das ist nicht alles, es hat sich unglaublich angefühlt. Belebend. Nach Monaten, in denen mein Leben vor meinen Augen auseinandergefallen ist, stellt er mich wieder her. Wenn auch nur für ein paar Minuten.

»Himmel«, murmelt er, wobei er meinen Arm fester packt, den Griff wieder lockert. »Du verdienst mehr, als dass man dir nicht wehtut. Verstehst du das nicht? Du verdienst etwas Besseres als das hier.«

Ich bin mir nicht sicher, ob ich es verdiene, wie Vieh verkauft zu werden, aber genauso wenig habe ich die schicken Kleider und die Eliteschulen verdient. Im Leben geht es nicht darum, was man verdient, es geht darum, das Beste aus dem zu machen, was man hat. Und ich habe einen starken, freundlichen Mann, der mich festhält. »Dann lass mich gehen.«

Er lacht leise. »Ich habe nie behauptet, das Richtige zu tun.«

Das war möglich. Aber sein Geld würde mich retten. Genug, um das Haus meines Vaters zu retten, nach diesem Monat weiter für seine Pflege aufzukommen. Vielleicht sogar genug, damit ich wieder aufs College kann. Hat er an das alles gedacht, als er sein Gebot gemacht hat? Oder hat er sich nur dafür interessiert zu gewinnen? Ich bin mir nicht einmal sicher, ob dieser Unterschied von Belang ist, wichtig ist nur das Ergebnis.

Ich kuschel mich in seine Umarmung. »Was hat dein Vater gemacht? Abgesehen vom Schwarzbrennen?«

»Meinst du das Petroleum? Ich kann immer noch nicht glauben, dass du das Zeug getrunken hast.«

Meine Wangen röten sich, als ich an das Gefühl zurückdenke, wie es war, betrunken zu sein. »War das reiner, 100-prozentiger Alkohol?«

»Es war hundertprozentig leichtsinnig«, murmelt er. »Bei jemandem wie mir darfst du nie unaufmerksam sein. Das bedeutet zum Beispiel, nüchtern zu bleiben. Mit einem Messer unter dem Kopfkissen zu schlafen kann auch nicht schaden.«

Ich denke an Candys Warnung. Dein Verstand, deine Seele – darin liegt deine Kraft.

Natürlich habe ich nicht daran gedacht nachzufragen – Kraft für oder gegen was? Vielleicht hat sie nur davon gesprochen, während der bevorstehenden Auktion meinen Verstand zu bewahren, meine Würde. Aber vielleicht hat sie auch etwas Schlimmeres gemeint. Etwas Heimtückischeres. Dass ich vorsichtig sein sollte. Als wäre ich in Gefahr.

»Du hast mich ins Bett gebracht«, erinnere ich ihn. Er hatte die perfekte Gelegenheit, mir wehzutun. Ich wäre ihm hilflos ausgeliefert gewesen, aber er hat die Situation nicht ausgenutzt.

Einen Moment schweigt er. »Er war ein Lügner. Ein Dieb.«

Ich blinzle, weiß, er sagt die Wahrheit. Etwas, das wertvoll genug ist, um es nicht jedem zu sagen. »Du hast ihn gehasst.«

»Ich habe ihn bewundert, was völlig hirnverbrannt war.«

Jeder kleine Junge bewundert seinen Vater. Auch kleine Mädchen.

»Du warst ein Kind«, nehme ich ihn vor sich selbst in Schutz. Ich mag nicht, wie er sich selbst verurteilt. Ich erkenne eine Gemeinsamkeit zwischen ihm und mir, aber ich gehe dem Gedanken nicht weiter nach.

»Er hat nie die Wahrheit gesagt, fast schon aus Prinzip. Er hat einfach so viele Leute wie möglich aufs Kreuz gelegt, hat versucht, Geld heranzuschaffen, das meine Mutter dann geschnupft, gespritzt oder versoffen hat.«

Mein Magen zieht sich zusammen. »Sie war abhängig?«

»Wenn man nach etwas süchtig werden konnte, war das ganz nach ihrem Geschmack.«

Ich schlucke schwer, froh, dass er das Mitgefühl in meinem Gesicht nicht sehen kann. Harpers Mutter ist auch abhängig. Den Großteil der Zeit weigert sie sich, darüber zu reden, aber ein paarmal, nachts in unserem Zimmer im College, hat sie in der Dunkelheit ihre Ängste, ihre Befürchtungen geflüstert. Sie hat sich nachts unter ihrer Bettdecke verkrochen, während ihre Mutter durchs Haus getobt ist und Sachen durch die Gegend geworfen hat.

»Tut mir leid, dass ich den letzten Mondschein deines Vaters getrunken habe. Und wenn es dich gestört hat, mich in diesem Zustand zu sehen.«

»Ich behalte ihn nicht, um ihn zu trinken«, erklärt er barsch, »sondern um mich an ihn zu erinnern. Um mich daran zu erinnern, *nicht* wie er zu sein.«

Ein Lügner. Ein Betrüger. »Darum stört es dich so sehr, wenn dich jemand bestiehlt.«

Darum hat er meinen Vater ruiniert. Es ging nicht nur darum, für den Rest der kriminellen Unterwelt ein Exempel zu statuieren. Es ging vor allem um ihn selbst. Um jedes Mal, wenn ihn sein Vater belogen hat.

König Minos hat sein Bastardkind ins Labyrinth gesteckt. Nicht um es zu töten, sondern um es einzusperren. Das Labyrinth, durch das Gabriel streift, ist nicht greifbar, trotz des großen Anwesens, in dem er lebt. Es sind die emotionalen Mauern, die ihn dazu bringen, nach Leuten zu schlagen, die ihm zu nahe kommen.

»Und du bist so weit von jeder Sucht entfernt, wie es nur sein kann«, flüstert er.

Das ganze Zimmer scheint mit mir zusammen den Atem anzuhalten. Die dicken, geschnitzten Bettpfosten, die sonnig gelben Streifen an den Wänden. Alles wartet. »Was bin ich dann?«

»Du bist unschuldig. Und ich werde dich verderben.« Die Überzeugung in seiner Stimme lässt mich frösteln.

Er hat meinen Vater zugrunde gerichtet. Er hat ihm sein Vermögen genommen. Und durch diese Auktion gibt es Gabriel Miller zurück – an mich.

Im Austausch wird er mir meine Jungfräulichkeit nehmen. Nicht heute Nacht oder morgen. Irgendwann während der nächsten 30 Tage. Und er denkt, es wird schlimm genug sein, um mich zu verderben. Schlimmer als mittellos zu sein, von allen geächtet zu werden. Was auch immer er mit meinem Körper tun wird, wird ausreichen, mich zu brechen.

Du kannst meinen Körper haben, denke ich. *Aber du kannst mein Herz nicht berühren.*

KAPITEL 20

Als ich aufwache, bin ich alleine.

Ich weiß es, noch bevor ich die Augen öffne, bevor ich die kühlen Laken hinter mir berühre. Es liegt in der Luft, eine Ruhe. Eine Einsamkeit, an die ich mich so sehr gewöhnt habe, dass ich sie schon fast nicht mehr bemerke. Daddy hat versucht, sich für mich Zeit zu nehmen, trotzdem habe ich den Großteil meiner Zeit alleine verbracht. Und nachdem man ihn überfallen hat, nachdem ich alle Möbel verkaufen musste, war das Haus schmerzhaft leer.

Aber selbst dann hätte ich mich nicht beklagt. Es hat geholfen zu lächeln, wenn er wach war, ihm zu sagen, dass alles gut wird. Vielleicht war ich eine so gute Lügnerin geworden, dass ich es selbst geglaubt habe, als ich mir gesagt habe, dass es mich nicht wirklich stört. Dass es wieder bergauf gehen würde.

Ich hätte weiter daran glauben können außer in den kurzen Momenten in Gabriel Millers Armen. Diese kurzen und unerklärlichen Situationen, wenn er mich festhält.

Kein Sex. Keine hintergründigen Motive.

In diesen Augenblicken verband uns nicht einmal Geld. Wir waren nichts weiter als zwei Menschen, die sich auf einem Floß aneinanderklammern, während sich der Ozean in alle Richtungen erstreckt.

Dann wacht er auf, verlässt das Floß und lässt mich alleine dort zurück.

Ich ignoriere die Enttäuschung, das Gefühl von Verlust,

und klettere aus dem Bett. In den letzten Wochen ist es kühl geworden, aber die Böden in diesem Haus sind beheizt. Ich bewege die Zehen auf dem handgearbeiteten Holz, suche nach Wärme. Ich suche immer nach Wärme.

Ich dusche nicht und versuche noch nicht einmal, mein Haar zu bändigen. Ich ziehe mir nur ein Oberteil über und schlüpfe in eine Yoga-Hose. Ich sehe katastrophal aus. Dazu hat er mich gemacht. Und ich habe dieses dringende Bedürfnis, ihn zu sehen, zu bestätigen, dass letzte Nacht nicht nur ein Traum war.

Er sitzt an seinem Schreibtisch, als wäre es ein ganz normaler Morgen. Als hätte sich letzte Nacht nichts für mich verändert. Als hätten seine Hände, seine Lippen und sein Schwanz aus mir nicht eine Frau gemacht.

Obwohl ich ihm gegenüberstehe, sieht er Akten durch, die sich auf seinem Schreibtisch stapeln. Haben Geschäftsleute in seinem Alter überhaupt noch Akten? Mein Vater hat seinen Drucker sehr oft benutzt – er hat sich nie an einen Bildschirm gewöhnt. Aber Gabriel ist jünger, intelligent genug, um mit der modernen Technologie zurechtzukommen. Der Aktenordner scheint wie ein Schwindel.

»Gabriel.«

Er blickt kurz auf, lediglich ein knappes Flackern der Flammen in seinen goldfarbenen Augen, bevor er wieder auf die Akten sieht. »Ja, Miss James?«

In mir schrumpft etwas, wird kalt. Ich will, dass er mich Avery nennt. *Ich will, dass er mich wieder kleine Jungfrau nennt.* »Du bist verschwunden.«

»Ich muss arbeiten.«

Präsens. Es ist nicht nur eine Erklärung, warum er gegangen ist. Er schickt mich weg. Egal ob ich eine Yoga-Hose oder einen Rock für 1000 Dollar von Versace trage, ich bin geboren und gottverflucht noch mal aufgewachsen, um Aufmerksamkeit zu bekommen. Vielleicht habe ich mir keines dieser Privilegien verdient, aber genauso wenig verdiene ich eine solche Behandlung. »Kannst du mich wenigstens ansehen, nachdem ich an deinem Schwanz gelutscht habe?«

Damit bekomme ich seine Aufmerksamkeit. Sein Blick zuckt zu mir hoch. Er verengt die Augen, allerdings kann ich nicht behaupten, dass er wütend aussieht. Nein, er sieht hungrig aus. Wie ein Raubtier. Er steht auf und ich weiche einen Schritt zurück.

»Ja, Avery. Ich habe dein hübsches, jungfräuliches Fötzchen geschmeckt. Meine Finger haben dich kommen lassen. Das ist weniger als …«, er tut so, als würde er nachzählen, »… zwölf Stunden her. Glaubst du, ich hätte das vergessen?«

Ich hebe das Kinn, obwohl ich noch einen Schritt zurückweiche. »Du verhältst dich zumindest so.«

Er umrundet den Tisch langsam, würdevoll. »Ich verhalte mich wie ein Mann, der bekommen hat, wofür er bezahlt hat. Hervorragenden Service. Möchtest du eine Bewertung auf Yelp? Fünf Sterne.«

Ich zucke zurück. »Schön, schieb mich weg. Weil du Angst vor dem hast, was passiert ist.«

»Angst?« Er sagt es, als würde er sich das Wort auf der Zunge zergehen lassen. »Ich habe es langsam angehen lassen, kleine Jungfrau. Aber wenn du bereit für mehr bist, kann ich dir sicher Dinge zeigen, die du Furcht einflößend finden wirst.«

»Nicht der Sex. Wie du mich danach festgehalten hast.«

»Du hast gezittert«, entgegnet er beinahe zärtlich.

»Wie du meinst«, zische ich mit zusammengebissenen Zähnen. »Uns verbindet nur Sex.«

»Nein, kleine Jungfrau. Uns verbindet nur Geld.« Er greift hinter sich, um sich den Aktenordner zu nehmen. Nach einem überlegenden Blick gibt er ihn mir.

Es ist, als würde er mir eine eingerollte Schlange anbieten und ich muss sie annehmen. Ich muss sie annehmen oder zugeben, dass ich mehr will, als dass uns nichts weiter als Sex, als Geld verbindet. Natürlich tue ich das nicht. Nicht von *ihm*. Er hat meinen Vater ruiniert. Er ist ein Verbrecher. Er stellt das Gegenteil von allem dar, woran ich glaube, aber es wäre nett gewesen, wenn es während der 30 gemeinsamen Tage zumindest Zuneigung geben würde. Nur noch 28 Tage.

Ich klappe den Aktenordner auf, blinzle, während die kleinen schwarzen Zahlen vor meinen Augen tanzen. Seit dem Angriff auf meinen Vater habe ich gelernt, Investmentkonten und Kontoauszüge zu lesen. Gott weiß, ich habe gelernt, Rechnungen zu entziffern. Aber ich bin mir nicht sicher, was das hier ist.

»Ein Treuhandkonto«, erklärt er. »Dort liegt dein Anteil von der Auktion.«

Mein Herz verkrampft sich. Ich starre das Papier zwar an, aber ich kann nichts erkennen. Genauso habe ich mich bei der Urteilsverkündung gefühlt, als mich die Polizei wegen Daddy angerufen hat. Als ich den wunderschönen silbernen Anhänger mit dem Geburtsstein meiner Mutter, einem Smaragd, verkauft habe. Daddy hatte ihn ihr zum letzten Geburtstag vor ihrem Tod geschenkt.

Ich halte den Ordner so krampfhaft fest, dass ich erstaunt bin, dass ich ihn nicht kaputt mache. Irgendwie schaffe ich es, ihn zuzuschlagen und die Hand sinken zu lassen. Meine Stimme klingt wie ausgehöhlt. »Danke.«

Er hat gesagt, uns verbindet nur Geld, aber er ist ein beschissener Lügner. Zwischen uns herrschen Wut und

Rachegelüste, Verrat und Lust. Vielleicht bin ich, wie er sagt, unschuldig, aber ich weiß, was ich empfinde.

»Du darfst gehen«, verkündet er mit harter Stimme. »Ich rufe dich, wenn ich dich benutzen will.«

Als wäre ich irgendeine Bedienstete. Als wäre ich ein *Zimmermädchen,* das immer gerufen wird, um hinter ihm aufzuräumen. Als wäre ich ein Zimmermädchen, das für seinen *Schwanz* zuständig ist, nichts weiter als ein warmer Körper, an dem er sich reiben kann.

KAPITEL 21

Es ist in Ordnung, sage ich mir selbst. Es ist besser so.

Denn wenn ich meine Lügen verliere, was bleibt mir dann noch? Gabriel hat mich daran erinnert, wie die Dinge zwischen uns stehen. Ich habe ihm zu dienen, er hat mich gekauft. Ich kann ihn auf Abstand halten, egal was er mit meinem Körper macht, solange er mich nicht in die Arme schließt, als wäre ich plötzlich wieder etwas, das er behalten möchte.

Ich sollte mich ohnehin auf Daddy konzentrieren. Er ist der Grund, warum ich das hier tue. Ich rufe Mr. Stewart von der Pflegestelle unter seiner Handynummer an. Er versichert mir, meinem Vater gehe es hervorragend, was wie eine Lüge klingt, bis er eine Telefonkonferenz mit der Tagesschwester in die Wege leitet.

»Hallo, Lausemaus.« Die Stimme meines Vaters klingt rau, müde, aber ohne Zweifel aufmerksam.

»Daddy, geht es dir gut?«

»Ich arbeite daran, dass es mir wieder besser geht.« Er lacht heiser. *»Die haben ziemlich gute Medikamente. Und dann ist da noch dieser Mistkerl von einem Physiotherapeuten, der jeden Tag vorbeikommt. Ich habe ihn alles Mögliche genannt, aber gestern habe ich es geschafft, mich aus eigener Kraft aufzusetzen.«*

Mir stockt der Atem. »Wirklich?«

»Mach dir um mich keine Gedanken. Konzentrier du dich aufs Lernen.«

Bedrückt wird mir klar, er denkt, ich bin im College. »Oh, stimmt.«

Als sich Mr. Stewart wieder meldet, kann ich nichts gegen die seltsame Traurigkeit tun, die sich in meine Stimme schleicht. »Er klingt klasse.«

»Das ist nichts Ungewöhnliches«, erwidert er mitfühlend. *»Das erleben wir immer wieder. Die Familie möchte sich um ihre Angehörigen kümmern, aber das ist eine riesige Belastung, und dann noch ohne die entsprechende Ausbildung. Unser Ernährungsberater hat mit einem Privatkoch zusammengearbeitet, um Mahlzeiten zu erstellen, die das Beste für ihn sind. Und der Physiotherapeut ist der beste, den wir haben.«*

Irgendwie fühle ich mich jetzt nur noch schlechter, obwohl ich weiß, das ergibt keinen Sinn. Ich habe mir die größte Mühe gegeben, um sicherzustellen, dass mein Vater die richtigen Medikamente bekommt, dass seine intravenöse Leitung funktioniert, dass er es bequem hat und sauber ist. Und das alles hat seinen Zustand nur verschlimmert, weil ich verflucht noch mal nicht gewusst habe, was ich da eigentlich mache. Diese ausgebildeten Leute wissen genau, was sie tun. Und ich kann sie mir nur leisten, solange ich mich von Gabriel Miller ficken lasse.

Erst nach dem Auflegen bemerke ich die mit jeder Zeile dringlicher klingende Textnachricht von Harper.

Ich bin's, was ist los?

Justin hat mich gerade angerufen. Kann sein, dass er geheult hat. Er ist sehr betrunken. RUF MICH AN.

Warst du Teil einer Auktion? Schreibe ADHS für Ja oder n für Nein.

Brieftauben. Flaggen. Flaschenpost. Alles akzeptable Kommunikationsformen in diesem VERDAMMTEN NOTFALL.

Das Ende der Nachricht lässt mich lächeln, weil es so perfekt zu Harper passt. Und dass Justin herausgefunden hat, was ich getan habe, bedeutet, ich kann darüber nur lachen oder weinen.

Und so wie es aussieht, lässt er es alle wissen.

In Tanglewood bin ich ruiniert. Natürlich wusste ich das von dem Moment an, in dem ich Damon Scotts Angebot angenommen habe. Selbst wenn die Auktion irgendwie ein schmutziges kleines Geheimnis geblieben wäre, ich könnte der vermögenden Oberschicht der Stadt nicht mehr unter die Augen treten.

Aber ich hatte gehofft, es würde nicht zu bekannt werden. Wie eine winzige Explosion unter einer Stahlkuppel in einem Zeichentrickfilm. Boom! Und kreisförmige Brandflecken sind alles, was übrig bleibt.

Nur, wenn Justin davon weiß, wenn Harper davon weiß, dann werden es noch mehr erfahren. Ich glaube nicht, dass Harper über mich tratschen wird, aber so ein Scheiß breitet sich wie ein Lauffeuer aus. Nur einer muss es weitererzählen.

Sie geht beim ersten Klingeln ran. *»Erzähl mir alles, von Anfang an.«*

Schulden. Rechnungen. Eine Auktion und eine Million Dollar auf einem Treuhandkonto. Ich sage ihr alles, weil ich dringend einen Rat brauche. »Also, so bin ich die erste Nutte des Smith Colleges geworden.«

Sie schnaubt. *»Du bist definitiv nicht die erste, aber das erzähle ich dir ein anderes Mal. Jetzt musst du mir von diesem Wichser Gabriel Miller erzählen. Ist er alt? Hat er einen Goldzahn?«*

Ich lächle. »Nicht ganz. Eigentlich ist er …«

Ich bin mir nicht sicher, wie ich seine goldfarbenen Augen beschreiben soll, wie sie mich von der anderen Seite des Zimmers aus durchbohren. Wie soll ich erklären, dass mir seine breiten Schultern und großen Hände das Gefühl geben, zerbrechlich zu sein? »Er sieht ganz gut aus. Das ist nicht das Problem.«

»O weh. Wütende Ehefrau?«

»Mensch, bist du abgebrüht. Nein, er ist nicht verheiratet.« Glaube ich zumindest. »Er war es, der meinen Vater angezeigt hat. Er hat der Staatsanwaltschaft alle Beweise gegeben, die das Verfahren überhaupt erst ins Rollen gebracht haben.«

»Oje. Ein Weltverbesserer?«

»Es ging um Rache. Mein Vater hat ihn betrogen.«

»Gott sei Dank.« Sie klingt tatsächlich erleichtert.

»Nein, wir danken Gott nicht. Er hasst mich.«

»Er hasst deinen Dad.«

»Er hasst meine *Familie.* Meinen Vater hat er schon ruiniert. Finanziell, sein Ansehen, sogar körperlich. In gewisser Weise hat mein Vater alles verloren.«

»Außer seiner hübschen Tochter.«

Ich zucke zusammen. »So in etwa.«

»Und du glaubst, er hat dich gekauft, um es deinem Vater heimzuzahlen.«

Mit den Fingerspitzen folge ich den geschnitzten Lavendelblüten auf dem Bettpfosten. »Ich weiß nicht, was er denkt. Reicht es ihm als Rache, wenn er mich kauft, oder hat er noch etwas Schlimmeres geplant?«

»Schlimmer als … Sex. Die Auktion war vor zwei Tagen, oder?«

»Stimmt, aber bisher hat er nicht mit mir geschlafen.«

»Er hat dich nicht angefasst?« Sie klingt skeptisch.

»Er hat mich angefasst.« Die Erinnerung an seine Berührungen, an seine Zunge setzt meine Wangen in Flammen.

»Aber er hat mir nicht meine Jungfräulichkeit genommen. Und wie er darüber redet … es macht mir Angst. Als hätte er vor, es schlimm zu machen. Ist das verrückt?«

Ich will, dass sie mir sagt, dass das verrückt ist, dass ein Mann wie Gabriel Miller sich nicht zu so etwas herablassen würde. Dass es zu grausam wäre, zu pervers, zu *irgendwas*, um echt zu sein.

»Das ergibt Sinn«, sagt sie grübelnd. *»Wie viel hat dein Dad ihm gestohlen?«*

»Keine Ahnung.« Viel mehr, als ich jemals zurückzahlen könnte, selbst mit dem Geld von der Auktion – was ja mal seines war. »Und es geht ihm mehr ums Prinzip. Er mag keine Lügen.«

»Wirklich? Nun, denkst du, du kannst ihn zum Reden bringen? Wenn er keine Lügen mag, könnte er ehrlich zu dir sein.«

Ich bin mir nicht sicher, ob es besser oder schlimmer ist, mit Gewissheit zu wissen, ob er etwas Schlimmes vorhat. »Ich kann es versuchen. Aber hör mal, du musst ehrlich zu mir sein. Angeblich tut das erste Mal weh. Stimmt das?«

»Ich glaube, das ist bei jeder anders.« Sie weicht der Frage aus.

»Harper.«

»Mein erstes Mal war mit dem Gärtner. Ich war 14. Er 19.«

Ich zucke zusammen, weil ich das nicht gewusst habe. Das ist ein ziemlicher Altersunterschied. »Wow.«

»Ich habe so heftig geblutet, dass Mom es für nötig gehalten hat, dieses peinliche Gespräch über die Periode zu führen, während sie zu wie eine Haubitze war. Ich habe es nicht über mich gebracht, ihr zu sagen, dass ich meine Periode schon seit einem Jahr hatte.«

Mein Herz verkrampft sich. »Ach Liebes.«

»Ich glaube, du solltest Folgendes tun: Wenn du denkst, er wird es durchziehen, nimm eine Pille. Oder trink etwas. Irgendwas, um dich zu betäuben, verstehst du?«

Ungeachtet meiner Angst vor dem tatsächlichen Eindringen lächle ich. »Das habe ich schon versucht. Am ersten Abend. Am Ende hat er mich ins Bett gebracht.«

»Für einen Wichser ist das ziemlich niedlich.«

»Ja.« Mein Lächeln verblasst. »Er kann in einem Moment niedlich sein. Im nächsten schickt er mich aus dem Zimmer und lässt mich wissen, er wird mich rufen, wenn er mich benutzen will. Das hat er so gesagt.«

Sie klingt empört: *»Für wen hält der sich?«*

»Für meinen Besitzer.« Zumindest für die nächsten 28 Tage.

KAPITEL 22

Ich muss nicht lange warten, um herauszufinden, wann er mich benutzen will.

Nach meinem Telefonat mit Harper verlasse ich mein Zimmer, streife durch die großen Flure und sehe in leere Zimmer, als würde sich in einem von ihnen der Schlüssel befinden, um Gabriel Miller zu enträtseln. Als würde er alle seine Geheimnisse in einer Art Trophäenzimmer aufbewahren, idealerweise mit Neon-Pfeilen und Hinweisschildern, um mich in die richtige Richtung zu weisen.

Ich finde nichts als endlose Flure zwischen gemütlichen, teuer eingerichteten Zimmern – Wohnzimmer, Schlafzimmer. Wie viele Leute hätten hier eigentlich Platz? Es gibt sogar einen kleinen Kinosaal mit drei kurzen Reihen aus Ledersesseln und einer Leinwand, die die ganze Wand einnimmt. Einen großen Fitnessraum mit angeschlossener Sauna. Im oberen Stockwerk entdecke ich sogar eine kleine Kunstgalerie, in der wertvolle Werke örtlicher Künstler ausgestellt sind, darunter auch ein besonders schönes Gemälde von Sargent, das eine Frau neben einem Klavier zeigt.

Sein Büro meide ich. Durch die offene Tür ist seine Stimme zu hören, während er mit jemandem telefoniert.

Nur ein Raum bleibt ein Geheimnis. Abgesperrt.

Der Messingtürknauf lässt sich nicht drehen. Die Zimmer sind mit antiken Möbeln und Skulpturen gefüllt. Nicht einmal die wertvollen Gemälde in der Galerie sind gesichert.

Am Ende meiner Erkundungsreise weiß ich nicht viel mehr über Gabriel Miller als bei ihrem Anfang. Und mir tun die Füße weh. Ich brauche 15 Minuten, um mein Zimmer wiederzufinden.

Als ich es betrete, sehe ich ein Tablett mit meinem Mittagessen und einen weiteren Notizzettel, auf dem etwas in seiner kantigen, schlampigen Handschrift geschrieben steht: *Wir gehen um sieben aus. Im Schrank hängt etwas zum Anziehen für dich.*

Als ich in den Kleiderschrank sehe, fühle ich mich wie auf einer Schnitzeljagd. Vor meinen Kleidern hängt ein bodenlanger Kleidersack aus schwarzem Vinyl. Ich ziehe den Reißverschluss auf und keuche. Ein atemberaubendes Kleid von Oscar de la Renta aus einem schimmernden weißen Material, geschichtet, um den auf Wadenhöhe endenden Rock aufzubauschen. Die Mitte der Taille ist mit goldenen Klecksen gesprenkelt, was dem Kleid das Aussehen einer Skulptur verleiht. Und das, obwohl es noch flach im Schrank hängt. Ich kann mir nur vorstellen, wie es getragen aussieht.

Auf einem Podest im Schrank steht eine schwarze Schachtel mit champagnergoldenen Peeptoes von Jimmy Choo. In einer kleinen Samtschatulle befindet sich ein zierlicher Armreif mit eingearbeiteten Perlen.

Wow.

Daddy hat mir immer ein großzügiges Taschengeld gegeben. Und ich habe schon in jungen Jahren begriffen, dass mein Erscheinungsbild auf ihn zurückfällt. Wäre ich bei einem gesellschaftlichen Anlass in einem Kleid vom Wühltisch aufgetaucht, hätten Gerüchte die Runde gemacht, wir hätten finanzielle Schwierigkeiten. Bis vor sechs Monaten konnte ich in jeden Laden gehen und meine American-Express-Kreditkarte zücken.

Dieses Kleid allerdings, das bekommt man in keinem Laden. Dafür braucht man Verbindungen. Verbindungen und sehr viel Geld.

Das ist ein Kleid, wie man es auf dem roten Teppich trägt.

Wohin zur Hölle führt er mich aus?

Um Punkt sieben Uhr klopft er an meiner Schlafzimmertür. Ich habe die letzte Stunde damit verbracht, Make-up aufzulegen und wieder abzuwischen, entweder war es zu viel oder zu wenig. Ich brauche Candy, um mich hierfür vorzubereiten, aber sie war nur auf dem Ball meine gute Fee. Das muss ich selbst hinbekommen.

Als Frisur habe ich mich für lose, dicke Locken entschieden und mich auf klassischen roten Lippenstift beschränkt.

Als ich die Tür öffne, schüttelt er sacht den Kopf, als könnte er nicht glauben, was er da sieht. Natürlich ist es das Kleid: subtil, dennoch atemberaubend. Aufwendig und doch schlicht. Obwohl ich das weiß, werde ich rot.

Er zögert, betrachtet mich von Kopf bis Fuß. »Das Kleid steht dir.«

»Danke.« Natürlich sieht er in seinem Smoking, der garantiert maßangefertigt ist, lächerlich gut aus. Aber das werde ich ihm nicht ins Gesicht sagen. »Du siehst gut aus.«

Der Hauch eines Lächelns huscht über sein Gesicht. »Ich gebe mir Mühe.«

»Wohin gehen wir?«

Es ist falsch, aufgeregt zu sein. *Das ist keine Verabredung!* Das muss ich mir immer wieder in Erinnerung rufen, weil es sich wie eine anfühlt. Besonders als er sagt: »Wir könnten runtergehen und eine Partie spielen.«

Schach. Kraft. Irgendwie habe ich ein seltsames Verlangen, mit ihm zu spielen, das schönste Kleid, das ich jemals anhatte, zu tragen, während ich mit ihm in einer Bibliothek mein Lieblingsspiel spiele. Das wäre die perfekte Verabredung. Nur mit dem falschen Mann.

Ich würde alles dafür geben, noch einmal mit meinem Daddy zu spielen.

Gabriel hat dafür gesorgt, dass es nie mehr dazu kommen wird. Nein, meinen Verstand bekommt er nicht. Er hat für meinen Körper bezahlt. Ich schüttle den Kopf.

»Ah«, sagt er, als hätte er damit gerechnet. »In dem Fall gehen wir ins Theater.«

Oh, ich liebe das Theater. Ich schaffe es, vor Freude nicht auf den Absätzen zu wippen. »Was sehen wir uns an?«

»My Fair Lady.«

Die Geschichte basiert auf Pygmalion, dem Mythos über einen Bildhauer, der sich in sein Kunstwerk verliebt. Die Götter gewähren ihm seinen Wunsch und verwandeln Marmor in Fleisch und Blut. »Ich wusste nicht, dass es aufgeführt wird.«

Er wirkt grüblerisch. Erkennt er die Gemeinsamkeiten? Der Mann mit all der Macht. Die Frau, die durch seine Liebe lebendig wurde. Natürlich liebt er mich nicht. Und noch wichtiger ist, er verändert mich nicht. *Außer sexuell.*

»Premiere.«

Mir wird übel. Premiere. An jedem herkömmlichen Abend wäre es kein Problem, in der Masse von Leuten zu verschwinden. Wir würden zu unseren Plätzen gehen, das Licht würde ausgehen. Wir würden die Aufführung nebeneinander in der Dunkelheit ansehen. Aber die Premiere ist etwas ganz anderes. Für gewöhnlich gehen die Sitzplätze an Saisonkarteninhaber, wenn es denn noch welche gibt, nachdem sich die Geldgeber ihre gegriffen haben. Oder sie stellen sie für einen höheren Preis zur Verfügung, nur auf Einladung, und der Ertrag kommt irgendeiner gemeinnützigen Organisation zugute. Was auch immer davon der Fall ist, ein paar Dinge sind garantiert: Nur die Reichsten und Mächtigsten werden dort sein. Und auf alle Fälle gibt es vor der Vorstellung Getränke und Gespräche.

Er geht mit mir nicht ins Theater, damit wir einen schönen Abend haben. Das ist keine vorgetäuschte Verabredung, bei der wir beide so tun, als würde er nicht für meine Gesellschaft zahlen. Das ist eine Show, ein Exempel, genau wie der Absturz meines Vaters. Er wird mich vorführen wie einen Vogel in einem goldenen Käfig.

»Ich verstehe«, erkläre ich tonlos.

Er wirkt beinahe so, als würde er es bedauern. »Du wirst das schaffen.«

Sein Mitleid brennt wie Säure. Wenn ich schon in diesem Käfig sitzen muss, wenn ich schon dazu gezwungen werde zu singen, dann werde ich wenigstens hübsch dabei klingen. Irgendwie schaffe ich es zu lächeln. »Natürlich.«

Als er mich nach unten führt, liegt meine Hand in seiner Armbeuge, als wäre ich nicht auf dem Weg zur Guillotine. Während der Fahrt in der Limousine zum Theater verziehe ich keine Miene, als würde mein Herz nicht eine Million Mal in der Minute schlagen. Da werden so viele Leute sein. Die Männer, mit denen Daddy befreundet war. Sie wissen alle, was Gabriel Miller meinem Vater angetan hat. Was werden sie wohl denken, wenn sie mich zusammen mit ihm sehen?

Ein paar werden von der Auktion wissen.

Dann kommt mir ein schlimmerer Gedanke. Ein paar waren möglicherweise auch dabei.

KAPITEL 23

Wir haben den Raum kaum betreten, da geht auch schon das Getuschel los.

Es folgt uns, während wir stehen bleiben, damit man an der Treppe Bilder von uns machen kann, und es bleibt ein anhaltendes Hintergrundgeräusch am Ende des Teppichs – kein roter, sondern lilafarben. Es folgt uns die Prunktreppe hinauf. Es folgt uns auch bis zur Getränkeausgabe, wo Gabriel für mich ein Glas Champagner und einen Whiskey pur für sich bestellt.

»Hätte ja sein können, dass ich auch einen Whiskey will«, murmle ich, hauptsächlich um irgendwie aufsässig zu sein. Und ich kann die alten Schachteln nicht anbrüllen, die immer wieder stehen bleiben und auf mich zeigen, die Männer, die mir ständig auf den Hintern gaffen.

»Ich habe dich betrunken erlebt«, erklärt Gabriel sanft. »Kein Whiskey.«

Ja, und wahrscheinlich sollten wir das nicht in aller Öffentlichkeit wiederholen. Aber ich kann nicht abstreiten, dass es mir gerade sehr recht wäre, mich mit etwas Alkohol zu betäuben, da ich ein paar der Freunde meines Vaters auf uns zukommen sehe. Einem gehört eine große Siedlungsbaufirma, dem anderen ausgerechnet eine Tamponfabrik. Ich habe sie immer nur zusammen gesehen. Daddy hat mit ihnen ständig gepokert.

Sie lächeln freundlich, während der Barkeeper unsere Getränke zubereitet. »Miller! Schön, Sie hier zu sehen.«

Gabriel reicht mir eine Champagnerflöte und ich nehme einen Schluck, um mich zu wappnen – dann, als mich die Blasen kitzeln, rümpfe ich die Nase. Ich höre die Belustigung in Gabriels Stimme, als er antwortet: »Ebenso, Bernard. Was macht die Arbeit?«

»Sehr anstrengend«, lautet die ernste Antwort. »Aber wir haben Pläne, zu expandieren.«

Nicht lachen, Avery. Ich verziehe keine Miene, als er sich mir zuwendet.

»Und was macht der Unterricht? Sind Sie noch immer freigestellt, um Ihren Vater zu unterstützen?«

Technisch betrachtet, verzeichnet das College mein Fehlen als Freistellung, aber jeder weiß, ich habe nicht die Mittel, um zurückzugehen. Und ich stehe hier neben Gabriel Miller, was genau zeigt, wie akademisch mein Leben geworden ist. Nicht einmal das Geld von der Auktion wird reichen, damit ich wieder aufs Smith College kann, nachdem die Rechnungen für das Haus und das Pflegepersonal meines Vaters bezahlt sind.

»Ja.« Ich bemühe mich, höflich und distanziert zu klingen. »Es geht ihm sehr gut.«

»Gut, gut«, sagt der andere Mann. »Ich hoffe, wir können bald wieder pokern.«

Am liebsten würde ich ihm ins Gesicht schlagen, denn er lügt ganz eindeutig. Er war einer der Ersten, die nach dem Bekanntwerden des Skandals nicht mehr auf die Anrufe meines Vaters reagiert haben. Und selbst wenn Daddy an einem Pokertisch sitzen könnte, hätte er nichts, um das er spielen könnte.

Ich habe diesen Scheiß schon immer gehasst, aber es ist noch ein wenig schlimmer, wenn es sich gegen meine eigene Familie richtet.

»Natürlich«, antworte ich mit zusammengebissenen Zähnen. Sieht so aus, als wäre das mittlerweile meine Standardantwort, wenn ich eigentlich *Fahr zur Hölle, Arschloch* sagen will.

Gabriel lächelt, als wüsste er, was ich wirklich denke. »Wenn Sie uns entschuldigen würden, meine Herren. Ich möchte Miss James etwas zeigen.«

Mit fester Hand an meiner Taille führt er mich tiefer ins Atrium. Wir sind keinen Meter weit gekommen, als ich diese beiden Bastarde gackern höre, was mir Gabriel wohl *zeigen* wird.

»Ich hasse sie«, flüstere ich mit stechenden Tränen in den Augen.

Gabriel zieht mich weiter, er klingt fast amüsiert, als er sagt: »Beschissene Arschkriecher.«

Ich sehe ihn überrascht an. »Ich dachte, das wären Freunde von dir.«

»Die sind von niemandem Freunde. Wenn dein Vater das gedacht hat, war das sein Fehler.«

Ich knirsche mit den Zähnen, weil er recht hat. Ich hasse es, wenn er recht hat.

Damon Scott löst sich aus einer Gruppe Männer und kommt in einem Bogen zu uns rüber. Er strahlt lässiges Selbstbewusstsein aus. Er trägt einen anderen Dreiteiler als bei unserer letzten Begegnung. Der blaue Stoff von diesem war mit winzigen goldenen, heraldischen Lilien bestickt. »Guten Abend. Und ich habe schon befürchtet, ich müsste mir Sorgen um Sie machen, Miss James. Aber Sie sehen strahlend aus.«

Strahlend? Ich lächle zaghaft. »Danke.«

Damon lehnt sich näher heran. »Wie behandelt Gabriel Sie? Seien Sie ehrlich.«

Das Funkeln in seinen Augen verrät, die Frage entspringt eher schmutziger Neugierde als Besorgnis um mich. Gabriel knurrt leise, was Damon kichern lässt. Mir wird klar, sie sind Haie. Scharfe Zähne. Ein Geschmack für Blut. Und ich bin das verletzte Opfer.

»Ist Candy hier?« Ich hoffe, Ivan Tabakov geht gerne ins Theater. Ich könnte noch ein paar ihrer Ratschläge brauchen. Diese Männer sind vielleicht Haie, aber sie hat gelernt, sie zu bändigen.

»Nein.« Damon grinst anzüglich. »Ich glaube, es ist bereits nach ihrer Schlafenszeit.«

Eine Frau winkt Gabriel zu – eine große, langbeinige Blondine, die ich nicht kenne. Ich würde ihr Make-up gerne als nuttig und ihr Kleid als zu offenherzig bezeichnen, aber sie sieht perfekt aus. Ich hasse es, als sich Gabriel mit einem knappen »Entschuldige mich einen Moment« davonstiehlt, bevor er zu ihr geht.

Ich versuche, sie nicht mit meinen Blicken aufzuspießen. Ich habe kein Recht, eifersüchtig zu sein. Ich *will* nicht eifersüchtig sein. Das zwischen uns ist eine rein geschäftliche Beziehung, so kalt sich das auch anfühlen mag.

»Also, wie behandelt er Sie wirklich?«, hakt Damon sanft nach.

»Gut«, bestätige ich verkniffen, während ich so tue, als würde ich nicht beobachten, wie die Frau Gabriels Arm berührt. Stattdessen sehe ich zum Balkon hoch, bemerke, dass ich von ein paar Leuten angegafft werde.

»Sagen Sie nicht, dass ich zu Ihrer Rettung eilen muss. Ich wäre nur ungern gezwungen, meinen Anteil zurückzugeben. Und meine Rüstung ist völlig verrostet.«

Mein Lachen fühlt sich rau an, ich spüre ein Stechen in den Augen. »Nein, es geht mir gut. Ich denke, ich sollte

Ihnen danken. Hätten Sie das alles nicht in die Wege geleitet, hätte ich mein Familienanwesen verloren.«

Er neigt den Kopf, wirkt beinahe wie ein kleiner Junge. »Ich würde ja sagen: jederzeit wieder, aber ich denke, die Champagnerflasche ist schon entkorkt.«

Ich lache überrascht. Was für ein Vergleich. Wenn ich schon Champagner sein muss, dann aber mindestens eine Flasche Moët et Chandon, derselbe, den Daddy für meine Abschlussparty besorgt hat.

Natürlich wurde die Flasche technisch gesehen noch nicht entkorkt.

Diese Erkenntnis lässt meine Wangen heiß werden.

»Ich muss zugeben, ich war etwas nervös, als Gabriel die Auktion vorgeschlagen hat. Und ganz besonders als er für Sie geboten hat. Aber so wie es aussieht, läuft es ganz gut.«

Warum war er meinetwegen und wegen Gabriel nervös? Noch jemand dreht sich nach mir um, nur um schnell wegzusehen, als ich Augenkontakt herstelle. »Alle gaffen mich an.«

Er sieht sich um. »Um ehrlich zu sein, das würden sie bei jeder machen, die mit Gabriel herkommt.«

»Aber sie wissen es doch. Zumindest ein paar müssen von der Auktion wissen. Es waren so viele Leute da. Und dann sind da noch die Bilder.«

Er hebt eine Augenbraue. »Bilder?«

»Sie wissen schon, die Bilder, die Sie haben machen lassen, um das Interesse für die Auktion anzuregen. Der Fotograf in der Höhle.«

Er schweigt längere Zeit, sieht zweifelnd aus. Er spricht leise, nachdenklich: »Es gab keine Bilder, Miss James. Gabriel hat gesagt, Sie hätten gekniffen, dass Sie das nicht könnten. Stimmt das?«

Mein Herz pocht besorgt. Warum hat er gelogen? Niemand hat diese Bilder gesehen. Ich versuche, mir die Erleichterung nicht anmerken zu lassen. Niemand außer Gabriel Miller. »Ja.«

Er zieht einen Mundwinkel hoch. »Nein, ich glaube, ich muss mir keine Sorgen um Sie machen.«

In dem Moment gesellt sich Gabriel mit steinerner Miene wieder zu uns.

Damon nutzt die Gelegenheit, um sich mit einem fröhlichen Winken zu entfernen. »Ich muss mich noch mit ein paar Leuten unterhalten, mit Männern, die verzweifelt ihr Geld loswerden wollen.«

Während er davonstolziert, winkt er einer anderen Gruppe zu. Für ihn ist das hier eine Geschäftsveranstaltung.

Für Gabriel auch? Nur dass er nicht den Eindruck macht, mit irgendwem außer mir reden zu wollen. *Und er hat wegen der Bilder gelogen.*

»Du musst mich nicht mitnehmen, wenn du dich unter die Leute mischen willst.«

Er zieht eine Augenbraue hoch. »Warum sollte ich mich unter die Leute mischen wollen?«

»Ich weiß nicht. Für Geschäftliches.« Ein Schulterzucken. »Aus demselben Grund, warum Damon hier ist.«

»Er ist hier, weil er auf eine der Tänzerinnen scharf ist. Und im Theater mache ich keine Geschäfte.«

»Und wo dann? In einer dunklen Gasse?«

Kaum dass mir die Worte über die Lippen gekommen sind, wünsche ich mir, ich könnte sie zurückholen. Ich wollte ihn nicht auf diese Weise angreifen. Und niemand kommt ungeschoren davon, wenn er Gabriel Miller auf diese Art beleidigt.

Er lacht leise. »Wie kommst du darauf, dass ich ein Krimineller bin?«

Andererseits ist er Gabriel Miller, für den Ehrlichkeit das Wichtigste ist. Und ich denke an das, was Harper mir gesagt hat, dass er auch zu mir ehrlich sein würde. Möglich, dass er der Frage ausweicht oder sich weigert zu antworten, aber was immer er sagen würde, es wäre die Wahrheit.

»Du bist mit Damon Scott befreundet.«

»Ah, das.«

»Und du bist ein Mitglied der Höhle.«

»Tatsächlich eines der Gründungsmitglieder. Aber dein Vater hat Geschäfte mit mir gemacht. Wie schlimm kann ich also sein?«

Sein Tonfall ist unbeschwert, weil wir beide wissen, dass mein Vater in eine Menge zwielichtiger Geschäfte verwickelt war. Ich hätte es nie geahnt, aber vor Gericht ist alles ans Licht gekommen. Die Bestechungsgelder, die Scheinfirmen. Himmel. Natürlich hat es Gabriel Miller geschafft, seinen Namen aus allen Dokumenten rauszuhalten, er hat nur die Beweise vorgelegt, die die Staatsanwaltschaft gebraucht hat, um die Ermittlungen einzuleiten.

Ich gehe einen Schritt vor, entziehe mich seiner Hand. Dann drehe ich mich dem Fenster zu, sehe zur Stadt hinaus. Ein Sturm hat sich über die Wolkenkratzer geschoben, umschlingt die Türme und die aufsteigenden Stufen in seinem grauen Netz. Wenn wir nach Hause gehen, wird es regnen.

»Ich kaufe und verkaufe Dinge«, sagt er schließlich. »Wie die meisten Geschäftsleute.«

»Was für Dinge?«

»Andere Firmen, weitestgehend.«

Aber nicht ausschließlich. »Drogen? Waffen?«

»Wenn der Preis stimmt, ist alles verkäuflich.«

»Menschen?«

»Ich habe dich gekauft, oder?«

Hinter mir spüre ich seine Ausstrahlung, warm und unnachgiebig. Ich kann nicht entkommen. Oder hält er alle anderen von mir fern? Ich bin mir nicht sicher, aber ich weiß, er ist nicht hier, um mir das Leben einfacher zu machen. Er ist hier, um mich zu benutzen, genau wie er es angedroht hat. Um jedem zu zeigen, wie tief mein Vater gefallen ist, dass sogar seine Tochter ruiniert ist.

»Was hat mein Vater überhaupt von dir gekauft?« In meiner Frage schwingt Verbitterung mit.

»Eigentlich habe ich ihm etwas abgekauft.«

Überrascht drehe ich mich zu ihm um, vergesse, meine Miene zu kontrollieren. »Wirklich?«

Ich habe nie die Details des Geschäfts erfahren, das alles ruiniert hat. Das war nicht Bestandteil der Verhandlung. Aber es war stadtbekannt. Gabriel hat dafür gesorgt.

»Seine Schifffahrtsgesellschaft. Sie ging den Bach runter und er hat nach einem Käufer gesucht. Ich habe mich ein paarmal mit ihm getroffen. Meine Anwälte haben sich mit seinen getroffen. Wir haben ein Angebot unterbreitet. Er hat akzeptiert.«

Ich reiße die Augen auf. »Nein.«

Daddy hat mehrere Firmen besessen, aber seine internationale Schifffahrtsgesellschaft war die größte. Seine Haupteinnahmequelle. Sie hat den Großteil seines Vermögens ausgemacht. Sie hat schon vor dem ganzen Schlamassel mit Gabriel Miller in Schwierigkeiten gesteckt? Das will ich nicht glauben, das hätte er mir sagen sollen. Das hätte ich wissen müssen.

Gabriel beobachtet die Wolken, in seinen goldfarbenen

Augen spiegelt sich die dahinwälzende Dunkelheit. »Erst nach Vertragsunterzeichnung habe ich herausgefunden, dass er die wertvollsten Bestandteile der Firma bereits insgeheim an andere Aktiengesellschaften verkauft hat. Dadurch war das, was ich bekommen habe, so gut wie wertlos.«

Mein Mund klappt auf. Nichts, was Daddy getan hat, sollte mich noch überraschen, aber trotzdem tut es das. Nach den ganzen Vorträgen über Integrität und Familienehre. Nach dem Chilisaft auf meinen Fingerspitzen. Ich habe mich daran gewöhnt, ihn als überlebensgroß zu betrachten, als ein moralisches Paradebeispiel.

»Wie?«, bringe ich fertig zu fragen.

Er zuckt mit den Schultern. »Ein Ramschverkauf hier. 25 Cent für ein mehrere Millionen Dollar teures Grundstück dort. Er ist nicht der Erste, der versucht hat, mich zu betrügen. Er wird auch nicht der Letzte sein, aber nachdem man gesehen hat, wozu das führt, werden es immerhin weniger versuchen.«

Ich schlucke schwer, will nicht darüber nachdenken, wie viele Leben dadurch ruiniert wurden. »Und du hättest nichts deswegen tun können?«

Er lächelt raubtierhaft, es ist schon fast ein Zähnefletschen. »Ach, es hätte einige andere Optionen gegeben. Ich hätte den Handel vor Gericht anfechten können – und gewonnen.«

»Und warum hast du das nicht getan?«

»Das hätte nicht ausgereicht. Für das, was er getan hat, hätte ich ihn töten lassen können.«

Mein Magen zieht sich zusammen. Jemand hätte ihn fast getötet, aber man hat ihn am Leben gelassen.

»Aber der Tod hätte ihn zu einem Märtyrer gemacht. Ich wollte, dass er lebt. Dass er lebt und leidet, damit jeder in der Stadt sieht, was mit jemandem passiert, der versucht, Gabriel Miller zu verarschen.«

»Hast du mich darum hergebracht?« Wir kennen beide die Antwort auf diese Frage: »Ja.«

Er lächelt sanft. Ich sehe seine Spiegelung im Fenster, mit den Sturmwolken im Vordergrund. »Du spielst Schach. Bestimmt kennst du die vielen Möglichkeiten, wie man einen Bauern nutzen kann.«

Ich zucke zusammen, weil ich genau weiß, was ich für ihn darstelle. Das ist meine Aufgabe in diesem Spiel: im richtigen Moment zu fallen, den König zu schützen, bis meine Zeit abgelaufen ist.

Mich im perfekten Augenblick zu opfern.

»Unter diesem Himmel sieht die Stadt wunderschön aus«, murmelt er.

Aber als ich wieder sein Spiegelbild ansehe, betrachtet er nicht die Stadt, sondern mich.

KAPITEL 24

Jede Hoffnung, dem Rampenlicht entgehen zu können, schwindet, als er mich die Treppe hinaufführt, weg von den Sitzen auf dem Balkon und hinauf zu den Logen. Von unseren Plätzen haben wir absolut freie Sicht auf die Bühne, der Traum eines jeden Theaterliebhabers. Unglücklicherweise kann uns auch jeder im Theater beobachten. Ich tue so, als würde ich nicht bemerken, wie sich die Leute den Hals verdrehen, um zu uns zu sehen.

Gabriel ist der perfekte Gentleman. Er wartet, bis ich in dem gepolsterten Samtsessel Platz genommen habe, bevor er sich neben mich setzt. Die Lichter werden gedimmt, aber das bringt das Flüstern nicht zum Schweigen. Ich kann die neugierigen Blicke spüren, wie sie über meine Haut kriechen.

Darum geht es schließlich.

Ich könnte genauso gut Eisenketten anstelle des Armreifs tragen. Er könnte mich genauso gut an den Haaren durch die Gegend zerren anstatt mit der Hand auf meinem Rücken. So deutlich führt er mich vor aller Augen vor. So klar ist seine Botschaft. Er besitzt mich.

Er hat deutlich gemacht, dass er mein Feind ist, als hätte ich daran noch irgendeinen Zweifel gehegt. Ich bin der Bauer und er ist mein siegreicher Eroberer. Aber dennoch sind da diese zärtlichen Augenblicke, die mich nicht loslassen. Wassertropfen, und ich dürste danach.

Wie die Bilder, die er nicht an Damon Scott weitergegeben hat.

Mit dem ersten Lied nimmt mich die Aufführung gefangen und kurz darauf verliere ich mich in der schmerzhaften Distanz zwischen Eliza und Henry. Sie ist frech und schön, ihr Akzent fremdartig und liebenswert. Natürlich beseitigt er ihn, versucht sie zu einer begehrenswerteren Frau zu machen. Und irgendwann begehrt er sie selbst. Nur was bleibt von der Frau, die sie mal war? Wenn man sich verbiegen muss, um geliebt zu werden, welchen Wert hat diese Liebe dann?

Ich weiß nicht, wer mein Professor Higgins wäre – Justin, der die perfekte Gesellschaftsdame zur Ehefrau wollte? Oder Gabriel Miller, der eine Sexsklavin will?

Letztendlich passt keiner in die Rolle, da mich keiner von beiden liebt. Sie können mich wollen, sie können mich ficken. Aber sie lieben mich nicht.

Der Vorhang schließt sich für die Pause.

Gabriel steht auf, bietet mir seine Hand an. »Komm. Ich wollte dir ja etwas zeigen.«

Ich verkneife mir die sarkastischen Kommentare – dass ich keinen Wert darauf lege, wie eine Siegestrophäe herumgezeigt zu werden, dass ich kein Interesse daran habe, was er mir zeigen will. Stattdessen lege ich meine Hand in seine.

Als er mich dieses Mal ins Atrium hinunterführt, ignoriert er die Hände, die sich in seine Richtung heben, die Leute. Die versuchen, ihn in ein Gespräch zu verwickeln. Dieses Mal lässt er mich nicht zu den Fenstern gehen.

Ich keuche, als ich es entdecke, nicht mehr als die rechte obere Ecke von Ölfarbe auf einer Leinwand.

Während wir näher kommen, lese ich die Tafel, die an dem Samtseil steht. Ein Gemälde von Jean-Léon Gérôme, das Pygmalion und Galatea zeigt. Eine Leihgabe des

Metropolitan-Kunstmuseums, nur für die Premiere. Einen Moment lang vergesse ich, dass ich Gabriel Miller und seine öffentliche Zurschaustellung, dass er mich besitzt, verabscheue.

»Können wir hineingehen?«

In seinem Blick erkenne ich Belustigung. »Ich dachte, du würdest dich weigern, mich während der Pause zu begleiten.«

Weil ich gedacht habe, er hätte irgendwas Schmutziges vor. Nicht *so was*. »Bitte.«

Er nickt dem Mann zu, der die Kette des Samtseils aushakt. Vor uns teilt sich die Menge, als wir den Raum betreten. Ich weiß nicht, warum wir uns das Gemälde beinahe ungestört alleine ansehen dürfen, aber ich werde es nicht hinterfragen.

Auf beiden Seiten des Bilds stehen Wachmänner, bestimmt hat das Museum das verlangt. Aber sie halten Abstand, jenseits der Absperrung. Gleich neben dem Gemälde steht eine Frau in Chino-Hosen und einer Bluse. Ziemlich leger für die Premiere, aber ihre Haltung macht deutlich, mit den Händen in den Taschen, dass sie kein Gast ist. Sie ist hier, um über das Gemälde zu sprechen, ist aber keine Dozentin.

»Hallo«, sagt sie höflich. »Bitte lassen Sie mich wissen, wenn Sie Fragen haben.«

Ich will alles wissen. »Können Sie mir etwas über die Entstehungsgeschichte sagen?«

Sie strahlt, während sie vom Schaffensprozess des Gemäldes spricht, wie Gérôme es gemalt hat – tatsächlich sogar eine ganze Serie von Gemälden, die die Umarmung zwischen Pygmalion und seiner Statue aus verschiedenen Blickwinkeln zeigen. Ein Händler hat es 1892 vom Künstler gekauft und es dann an eine Privatperson in den Vereinigten Staaten weiterverkauft, wo es bis 1905 geblieben ist.

»Warum hat er so viele gemalt?« Ich wusste nicht mal, dass es die Gemälde gibt. Nur von seinen Skulpturen.

»Seiner Meinung nach war das Thema Pygmalion und Galatea ziemlich ausgelutscht, er wollte ihm neues Leben einhauchen, etwas Neues darüber entdecken. Alle Gemälde konzentrieren sich auf den Augenblick, als sie zum Leben erwacht ist.«

»Also hat er seine eigene Skulptur gemalt?«

Sie lächelt. »Sie wissen, dass er auch eine Skulptur von ihr angefertigt hat?«

Ich werde rot, da ich vor einem Jahr noch erwähnt hätte, dass Geschichte des Altertums mein Hauptfach ist. Jetzt bin ich nur ein Mädchen, das viele Bücher gelesen hat. »Ich interessiere mich für Mythologie.«

Aus ihrer Hosentasche holt sie eine Visitenkarte. »Ich auch. Wenn Sie sich darüber unterhalten möchten, schreiben Sie mir einfach eine E-Mail.«

Ich bekomme große Augen, als ich die Karte lese. *Professor für Altertum* an der staatlichen Universität. »Wow.«

Ihr Schulterzucken ist alles andere als bescheiden, was wiederum liebenswürdig ist. »Ich konzentriere mich mehr auf die Geschichte, die auf dem Gemälde dargestellt wird, als auf die europäische Kunst des 19. Jahrhunderts.«

Ich entwickle plötzlich einen Heißhunger auf alles Wissen, das sie mir vermitteln kann. Ich habe von einem Wasserfall intellektueller Stimulation im College zu einer wahrhaftigen Wüste in einem großen Haus gewechselt. »Woran arbeiten Sie im Moment?«

»Ich bin gerade aus Zypern zurückgekommen. Dort habe ich das Moos von Nikosia auf Hinweise, was Ernährung und

Krankheiten der Vergangenheit angeht, untersucht. Wir gehen im Labor noch die Proben durch.«

»Sie sind ab sofort meine neue Lieblingsperson.« Ich klammere mich an die Visitenkarte, als wäre sie ein Rettungsanker. »Ich werde Ihnen schreiben. Und Nachforschungen über Sie anstellen und alles lesen, was Sie jemals veröffentlicht haben.«

Sie lacht. »In meinem Büro habe ich ein paar Stapel, die ich Ihnen geben kann, wenn Sie wollen.«

»Dafür würde ich meine Seele verkaufen«, sage ich recht ernst. Ich versuche, nicht darüber nachzudenken, dass ich die bereits – oder zumindest meinen Körper – für eine Million Dollar verkauft habe. Oder an die Tatsache, dass der Käufer gerade mal einen halben Meter hinter mir steht und die ganze Unterhaltung mit anhört.

Lacht er mich insgeheim aus wie die Männer bei der Auktion? Als wären meine Neugierde und meine Leistungen für die Männer um mich herum nichts als ein einziger Witz?

Und ich kann noch nicht einmal dagegen argumentieren, denn ich stehe auf dieser Plattform. Ich bin es, die verkauft wurde.

Die Professorin erzählt von der unglückseligen Begegnung eines Kollegen mit einer wilden Ziege während ihrer letzten Reise. Das reicht, um mich von meiner eigenen Schande abzulenken.

KAPITEL 25

Als wir die Treppe hinaufgehen, bemerke ich, er nimmt einen anderen Weg zurück zur Loge. Nur dass wir nicht zur Loge gehen.

»Gabriel?«

Er schiebt eine Tür zu einem dunklen Raum auf und sieht mich an. »Nach dir.«

Mit großen Augen sehe ich die seltsam geformten Schatten im Inneren an. Requisiten. Das ist irgendein Lagerraum für Theaterausrüstung. Wir haben hier nichts zu suchen. Und es gibt nur einen Grund, warum mich Gabriel Miller an einen so abgeschiedenen Ort bringen würde.

Ich zittere, dieses Zittern ist nur für *ihn,* nur für Sex. Ich weiß, es wird geschehen. Tausend verschiedene Stellungen, eine Million unterschiedliche Arten und Weisen. Und das noch bevor er mir meine Jungfräulichkeit nimmt, genau betrachtet. Zu wissen, dass es unausweichlich ist, hilft nicht gegen die Furcht. Wie sehr wird es wehtun? Wie schmerzhaft wird er es *machen,* absichtlich, um mich zu erniedrigen?

»Hinein, kleine Jungfrau.«

Er legt eine unerschöpfliche Geduld an den Tag, obwohl die Pause nur 15 Minuten dauert. Wie lange haben wir vor dem Gemälde gestanden? Fünf Minuten? Zehn? Aber er wirkt nicht, als hätte er es eilig. Er wirkt wie ein Mann, der sich seiner Macht bewusst ist, ein König, der weit hinter den Linien steht, während seine Untergebenen die Schlacht ausfechten.

Ich gehe hinein, rieche Zedernholz und Leinen. Und noch etwas anderes, etwas Metallisches. Vielleicht Rost. Hier drin stehen viele seltsame Dinge. In einer Ecke erkenne ich den Umriss einer Eiche mit ausladenden Ästen. Auf der anderen Seite steht eine kleine Tribüne, wie man sie bei Football-Spielen an der High School sieht. Ein Tipi der amerikanischen Ureinwohner und ein Limonadenstand.

Gabriel schließt die Tür, sperrt den letzten Rest Licht aus.

Er steht hinter mir, unnachgiebig.

»Dieses Mal keine Treppe«, flüstere ich.

Er schiebt mich vorwärts, als könnte er in der Dunkelheit sehen. Ich bin blind, blinzle in die Finsternis, Staub sticht in meine Augen. Was, wenn wir gegen etwas stoßen? Was, wenn wir stolpern und fallen? Aber sein Griff an meinen Armen ist fest, selbstsicher, seine Bewegungen haben nur ein einziges Ziel.

Als ich mit der Hüfte gegen etwas Kompaktes, Weiches stoße, bleibt er stehen. Eine große Hand legt sich auf meinen Rücken. Dann drückt er mich nach vorne. Ich beuge mich über etwas Abgerundetes. Mit den Händen berühre ich glattes Leder und plüschige Knöpfe. Ein Sofa. Die geneigte Art, wie man sie in psychiatrischen Praxen findet.

Mein Hintern ist in die Höhe gereckt, ihm ausgeliefert, was noch deutlicher wird, als er mein Kleid hochschlägt. Große Hände streichen über mein Höschen, bevor sie es nach unten ziehen.

Das passiert so schnell, zu schnell. Mein Atem wird immer schneller. Der Staub füllt meine Lunge. So werde ich noch ersticken. *O Gott.*

»Atme«, sagt er, während seine Hände über meine Seiten streichen.

Ich bin ein Pferd und er berührt meine Flanken. Es ist peinlich, wie gut das funktioniert, wie leicht ich mich bei seinen Berührungen beruhige. Ich habe gehört, manche Leute haben eine solche Wirkung. Irgendein Instinkt sagt uns, man kann ihnen vertrauen. Mein ganz eigener Jungfrauenflüsterer.

Allerdings ist dieser Instinkt eine Lüge. Dieser Mann hat mich aus einem einzigen Grund auf einer Auktion gekauft: um mich zu brechen.

Mein Atem hat sich beruhigt, ich lege die Wange auf das kühle Leder.

»So ist es gut«, murmelt er. »Es wird nicht wehtun. Du hast große Angst vor Schmerzen, nicht wahr? Warum rechnest du immer mit dem Schlimmsten, kleine Jungfrau?«

Weil du ein Monster bist.

Aber ist er das? Auf der Wendeltreppe hat er mir nicht wehgetan. Vielleicht wird jedes Mal so sein – intim und schmutzig. Und angenehm, ja. Er hat mir einen so heftigen Orgasmus beschert, dass ich ihn noch Stunden später gespürt habe. Die ganze Nacht.

Aber er hebt sich meine Jungfräulichkeit bis zum Schluss auf. Und wie er gesagt hat, ich spiele Schach. Ich weiß, wie ich die Figuren auf dem Spielbrett bewegen muss, wie ich den letzten Schlag planen und vorbereiten muss. Wie man seinen Gegner in falscher Sicherheit wiegt. Oder wie er es so wortgewandt ausgedrückt hat: wie man einen Bauern benutzt. Am Ende wird es wehtun. Nur so kann er gewinnen. Und ein Mann wie Gabriel Miller verliert nie.

Er streichelt meinen nackten Hintern, zärtlich, selbstsicher. »Der Chilisaft. Das ist der Grund, warum du Sex mit Schmerz gleichsetzt.« Er lacht heiser. »Und ich habe gedacht, ich wäre pervers.«

In der Dunkelheit zucke ich zusammen, denn was Daddy getan hat, war nicht pervers. Es kann gar nicht pervers gewesen sein, denn es hat mit seiner Tochter zu tun gehabt. Er hat es mit mir getan. »Er hat versucht, mich zu beschützen.«

Zwei Finger schieben sich zwischen meine Schenkel, suchen nach der Feuchtigkeit. »Und was war das Ergebnis?«

Schrecklich, nun kneift er meine Klitoris. Ich presse die Lippen aufeinander, unterdrücke ein Stöhnen. Aber seine Finger sind gnadenlos und wissen genau, was sie tun müssen, damit ich wimmernd keuche. »O mein Gott!«

»So ist es gut«, flüstert er. »Es muss nicht wehtun. Du musst es nur zulassen.«

Ich kann das nicht zulassen. Das würde bedeuten, im Labyrinth zu leben, zu verlieren, hier zu *sterben*. Es bedeutet, meinen Faden, meinen Weg zurück nach draußen loszulassen. Vielleicht hat mich der Chilisaft negativ beeinflusst. Das Masturbieren. Damit ich bis zur Heirat warte. Aber seit der Auktion beeinflusst Gabriel Miller meinen Verstand, sorgt dafür, dass ich Dinge will, die ich nicht wollen sollte. »Bitte.«

»Dafür sollte ich dir den Hintern versohlen, dafür dass du dich mir widersetzt.«

»Ich widersetze mich nicht«, widerspreche ich mit zusammengebissenen Zähnen. Natürlich hat er recht. Ich wehre mich, aber nicht mit Schlägen und Tritten. Ich kämpfe, um nicht den Verstand zu verlieren.

»Das würde dir gefallen, oder nicht? Eine Tracht Prügel? Ich könnte dafür sorgen, dass du es tagelang spürst. Dann könntest du in mir den großen bösen Wolf sehen.« Hinter mir höre ich einen Reißverschluss, aber seine Hand an meiner Klitoris wird nicht langsamer. »Stattdessen muss ich dich nur kommen lassen.«

Eine Glocke, weit entfernt, das Zeichen, dass die Pause fast vorbei ist.

»Wir müssen gehen«, keuche ich und versuche mich aufzurichten.

Er muss mich nicht einmal festhalten. Seine Finger an meiner Klitoris reichen völlig, um mich auf das Sofa zu nageln. Er bewegt sie gnadenlos. Nicht zu heftig, nicht zu schmerzhaft. Er weiß, das würde zu nichts führen. Stattdessen ist er geduldig, so unendlich geduldig, während sich mein Körper immer weiter anspannt. Alle meine Muskeln verkrampfen sich, drücken mich auf die Armlehne des Sofas, bewegen mich seiner Hand entgegen. Trotz allem will ich das, und sein leises Baritonlachen verrät mir, genau darum geht es.

Ich spüre noch etwas anderes, ein Schaukeln im selben Rhythmus wie meine eigenen Bewegungen. Seine Hand. Er holt sich einen runter, während er meine Klitoris streichelt, mit derselben Geschwindigkeit. *So wird es sein, wenn er in mir ist.*

Selbst dadurch kann ich nicht kommen, mein Körper steht kurz vor dem Bersten. Es schmerzt und ich würde am liebsten kommen, um es zu beenden. Meine Muskeln verkrampfen sich, mein Mund ist in einem lautlosen, hilflosen Schrei geöffnet.

»Komm, kleine Jungfrau«, sagt er erstickt.

Ich spüre etwas Heißes auf meinem Oberschenkel. *Seinen Samen.*

Der Orgasmus schwemmt wie eine Springflut über mich hinweg, wirbelt um mich herum, füllt meine Nase mit Salzwasser, lässt alles dunkel und verschwommen erscheinen. Ich taumle, ohne zu wissen, wo die Oberfläche ist, meine Lunge brennt nach Luft verlangend.

Als ich an die Oberfläche komme, ist Gabriel über mir zusammengebrochen. Er keucht in mein Haar, murmelt: »Himmel. Himmel.«

Meine Hände liegen zu Fäusten geballt auf dem von unserem Schweiß feuchten Leder, der Geruch nach Sex liegt in der Luft wie Meerwasser und Dark Spice. Wir bleiben so liegen, wie Lehm miteinander verschmolzen, atmen zusammen, sammeln gemeinsam unsere Kräfte.

Er drückt sich hoch, benutzt etwas – ein Taschentuch? –, um seinen Samen von meinem Schenkel abzuwischen. Auch nachdem ich mich wieder aufgerichtet habe, spüre ich die trocknenden Reste auf meiner Haut. Ich bin gezeichnet.

Ich habe nur ein paar hektische Sekunden, um mein Höschen hochzuziehen und den Rock runterzuschieben.

Dann öffnet er die Tür.

Ich verlasse den Raum wie ein neugeborenes Rehkitz, auf wackligen Beinen, den Blick blinzelnd zur Sonne gerichtet. Ohne seine Hand an meiner Hüfte und der anderen an meinem Ellbogen würde ich auf dem dünnen, lilafarbenen Teppich zusammenbrechen.

Wir kommen an einem Mann vorbei. Ich senke den Blick, versuche, ihm nicht in die Augen zu sehen.

Bis ich seine seltsam vertraute Stimme höre. »Nun, Gabriel, sieht so aus, als würden Sie Ihre Investition gut nutzen.«

Ich hebe den Blick, sehe den grauhaarigen Mann, der bei der Auktion in Begleitung einer hübschen Blondine war. Heute hat er eine andere Frau mit glänzendem, goldbraunem Haar dabei. Wie viele Frauen kauft er sich? Er lächelt mich an, wissend und grausam. Scham verdreht mir den Magen.

»Guten Abend.« Gabriel führt mich an ihm vorbei die Treppe hinauf.

Die Vorstellung hat bereits angefangen. Eigentlich sollte man uns nicht mehr reinlassen. Das ist gegen die Regeln. Aber er ist Gabriel Miller. Er besitzt seine eigene Loge. Ein Saaldiener öffnet mit einem höflichen Lächeln die Tür, als würde unsere Kleidung nicht unordentlich sein, als würden wir nicht keuchen und nach Sex riechen.

Ich nehme, so schnell ich kann, Platz, aber trotzdem gibt es starrende Blicke und Flüstern. Sie stören die schöne Ballsaalszene auf der Bühne. Ich sehe zu den herumwirbelnden Gestalten und dem riesigen Bühnenbild, als wüsste ich nicht, dass sich alle über uns das Maul zerreißen.

Schließlich bekomme ich die Gelegenheit, einen Blick zu Gabriel zu werfen. Er sitzt zurückgelehnt in seinem Sessel wie ein König, der seine Untergebenen betrachtet. Er sieht zufrieden aus und trotzdem gefährlich. Ein Löwe im Dschungel. Jeder, der ihn jetzt ansieht, weiß, er hat gerade Sex gehabt. Vielleicht keinen richtigen Sex, aber nahe dran.

Aber das wüssten sie auch, wenn sie mich ansehen würden. Einen kleinen Vogel in einem goldenen Käfig.

Warum sollte man sich so einen halten, wenn er nicht singt?

KAPITEL 26

Mein Haar ist noch immer feucht.

Ich liege erst seit ein paar Stunden im Bett. Natürlich habe ich geduscht, kaum dass wir aus dem Theater zurück waren. Mit brühend heißem Wasser habe ich die Stelle geschrubbt, an der mich sein Samen getroffen hat. Es ist nichts mehr übrig, aber ich kann es noch immer spüren, das Pochen intensiver Lust, das sein Samen bei mir ausgelöst hat.

Vielleicht würde ich mich nicht so schmutzig fühlen, wenn er mir meine Jungfräulichkeit gleich am ersten Abend genommen hätte. Ganz normaler Sex, ohne zu zögern. Sogar auf mich zu spritzen, so intim das auch sein mag, hätte ich ertragen.

Es sind die Orgasmen, die er mir abringt, die mir das Gefühl geben, missbraucht zu werden.

Darum steige ich um zwei Uhr morgens aus dem Bett, drehe das heiße Wasser bis zum Anschlag auf. Ich stehe Sekunden, Minuten, Stunden unter dem heißen Strahl. Ich brauche keine Seife. Ich muss nur seine Finger an meiner Klitoris vergessen, seinen Atem auf meinem Nacken.

Der Heißwasserboiler dieses riesigen Hauses hält lange durch, aber irgendwann gibt er auf. Oder vielleicht will er nur nicht miterleben, wie seine ganze Arbeit im Abfluss verschwindet. *Das wird nicht helfen,* sagt das kalte Wasser, während es meine Haut wie dünne Nadeln sticht. Ich bleibe, solange ich kann, darunter stehen, bis ich mit den Zähnen klappere und am ganzen Körper eine Gänsehaut habe.

Letztendlich verlasse ich die Dusche, trete auf die warmen Fliesen. Wow, sogar der Fliesenboden im Bad ist beheizt. Alles hier ist perfekt dafür ausgelegt, es seinem Besitzer so angenehm wie möglich zu machen. Um es Gabriel Miller angenehm zu machen.

Ich drehe das Wasser ab und trockne mich ab. Aus meinem Zimmer höre ich ein seltsames Geräusch. Meine Härchen stellen sich auf, nicht wegen der Kälte, sondern als Warnung. Tierischer Instinkt, das Gegenteil von Gabriels Händen an meinen Seiten.

Ich wickle mich in das Handtuch, schiele durch den Türspalt.

Nichts.

Vielleicht habe ich es mir nur eingebildet, wie ich mir einbilde, Gabriels Samen auf meinem Schenkel zu spüren, nachdem er ihn abgewischt hat. So wie ich noch immer das Flüstern und die Blicke des ganzen Theaters spüre.

Dann höre ich es wieder, ein Klopfen. Nicht an der Tür. Von der anderen Seite des Zimmers. Das Fenster. Ein bleiches Gesicht. Dunkle Augen. *Jemand sieht durch mein Fenster herein.*

Ich kreische, bevor ich es erkenne und sich mein Herzschlag allmählich beruhigt.

Dann bin ich am Fenster, schiebe es auf, flüstere verzweifelt: »Justin! Was machst du hier?«

»Ich hole dich hier raus«, erklärt er entschlossen. Er sieht anders aus als bei unserer letzten Begegnung. Er war nie dick gewesen, aber er hatte die rundlichen Wangen eines Jungen, der nie dazu gezwungen gewesen war, schwer zu arbeiten. Nicht einmal Rudern hat daran etwas geändert.

Jetzt sieht er abgemagert aus, mit Schatten unter den Augen.

»Durch das Fenster? Das ist doch irre.«

Seine Augen blitzen. »Irre ist, sich versteigern zu lassen.«

Sein Blick huscht über meinen Körper und mir wird schmerzlich bewusst, wie wenig das weiße Handtuch verdeckt. Als ich noch alleine im Zimmer war, war das nicht wichtig. Jetzt kann er die Wölbungen meiner Brüste und den Großteil meiner Beine sehen.

»Bitte.« Aber ich weiß nicht einmal, worum ich bitte. Dass er geht? Dass er mich versteht? Er wird es nie verstehen. »Ich habe keine andere Wahl.«

Einen Moment lang wendet er den Blick ab und ich begreife, er steht auf einer Leiter. Eine Leiter. Wo hat er die her? Aus einem Geräteschuppen? Oder vielleicht hat er sie mitgebracht. Das ist irgend so eine Art verrückter Rettungsversuch, aber ich muss nicht gerettet werden.

Nein, das ist gelogen. Ich muss gerettet werden, aber ich brauche das Geld auf diesem Treuhandkonto.

Seine Nasenflügel blähen sich. »Meine Güte, Avery. Warum hast du mich nicht angerufen?«

»Du hast Schluss gemacht!«

»Trotzdem«, sagt er wütend. »Gabriel Miller! Der Mann hat deinen Vater ruiniert.«

Meine Brust und Wangen werden heiß. »Ich weiß. Ich hatte keinen Einfluss darauf, wer die Auktion gewinnt.«

»Ich kann nicht glauben, dass du zulässt, dass er dich anfasst. Er hat dem Staatsanwalt gefälschte Beweise vorgelegt. Und dann hat er deinen Vater zusammenschlagen lassen! Er ist schuld daran, dass er Pflege braucht.«

Mein Herz verkrampft sich. »Nein. Er hat die Männer nicht geschickt.«

»Hast du ihn gefragt?«

Das habe ich, aber ich bin mir nicht sicher, ob ich ihm glaube. Und ich habe Angst nachzubohren. Ich habe Angst zu erfahren, dass er es doch war. Weil er die Auktion auf jeden Fall gewonnen hätte. Wir brauchen das Geld. Es ist krank und abscheulich wie der Chilisaft auf meinen Fingern. Aber manchmal tun wir kranke und abscheuliche Dinge, um denen zu helfen, die wir lieben.

»Das ist unwichtig«, erkläre ich. »Die Auktion ist vorbei. Er hat gewonnen.«

»Du verschwindest von hier«, bestimmt er geradeheraus.

»Und damit eine Million Dollar aufgeben? Daddy braucht das Geld.« Und ich brauche das Haus mehr denn je. Es ist alles, was ich von meiner Mutter noch habe. Sie hätte gewusst, was zu tun ist, was man sagen sollte, aber sie ist nicht da. Ich habe nur noch den Ort, an dem sie gelebt hat. Den Ort, den sie geliebt hat.

»Er muss es nicht von Gabriel Miller bekommen. Der Mann ist ein verfluchter Krimineller.«

»Das weiß ich.« Mir wird übel. »Aber Daddy war auch nicht unschuldig. Das ist bei der Verhandlung herausgekommen.«

Justin schnaubt. »Die Verhandlung. Das war doch von vorne bis hinten nichts anderes als ein beschissener Schauprozess. Miller hat die ganze Staatsanwaltschaft in der Tasche.«

Das kann nicht sein, oder doch? Daddy hat bis zum Schluss seine Unschuld beteuert. Bis zum Überfall, seit dem er fast nicht mehr sprechen kann. Aber es hat so viele Beweise gegeben.

Und Gabriel Miller hat Unmengen an Geld. Er kann alles bewerkstelligen.

Allerdings ist Ehrlichkeit das Wichtigste für ihn. Er hebt eine Flasche Mondschein seines Vaters auf, um sich zu ermahnen, wie wichtig ihm die Wahrheit ist. Er hätte keine fingierten Beweise vorgelegt. Er hätte mich nicht angelogen. Es sei denn, alles ist gelogen, sogar sein angeblicher Glaube an Ehrlichkeit.

Ich trete einen Schritt zurück. »Du musst gehen.«

»Hörst du mir eigentlich zu?« Er sieht mich aufgebracht an. »Der Mann ist ein beschissenes Monster.«

Das habe ich im Theater auch gedacht, aber irgendwie ist es anders, wenn Justin es sagt. Aggressiver. Weniger wahr. »Du kennst ihn nicht.«

»Ach du Scheiße.« Justin lacht. »Du verknallst dich doch nicht etwa in ihn?«

Die Luft wirkt dünn, weil ich fürchte, dass er recht hat. Der Gedanke ist schrecklich. Unmöglich. »Natürlich nicht. Aber eine Vereinbarung ist eine Vereinbarung. Und Kriminelle nehmen Versprechen sehr ernst. So ist Daddy überhaupt erst in diesen Schlamassel geraten.«

»Was glaubst du, wofür man dich belangen könnte? Für deine Jungfräulichkeit? Das hat sich ja beschissen noch mal erledigt. Nicht einmal Gabriel Miller würde seine Hure vor Gericht zerren.«

Ich zucke zusammen. Das war der Mann, den ich geheiratet hätte. *Hure.*

»Verschwinde, Justin.« Ich wickle das Handtuch enger um mich. »Jetzt.«

Er scheint zu begreifen, was er gerade gesagt hat. »Avery …«

»Nein. Ich weiß, du meinst es nur gut, aber das wird nicht funktionieren. Ich brauche das Geld von der Auktion. Daddy braucht es. Und wenn Gabriel dich hier findet, dann wird er verdammt sauer sein.«

»Sauer«, höre ich jemanden hinter mir sagen, »das ist noch untertrieben.«

Ich fahre herum, stehe einem wütenden Gabriel Miller gegenüber. Sein Gesicht ist zu einem Zähnefletschen verzogen. Wie von selbst hebe ich verteidigend die Hände. Ich glaube nicht, dass er mir wehtun wird, aber vielleicht Justin. Wie sehr er mich auch mit der Auflösung unserer Verlobung hintergangen hat, er verdient es nicht, verletzt zu werden.

»Bitte.«

Gabriel sieht mich ungläubig an. »Du bettelst um sein Leben?«

Panik macht sich in meiner Brust breit. Würde Gabriel ihn töten? »Er hat nichts getan.«

»Er hat meinen Besitz betreten. Er hat versucht, sich etwas zu holen, das mir gehört.«

Mich. Er meint mich. Mir wird schwindelig. »Ich bin noch hier. Bitte.«

Er packt mein Handgelenk, fest, unerbittlich. Er zieht mich aus dem Weg, ich drehe mich, als er mich loslässt. Das Handtuch rutscht herunter, ich bedecke mich mit beiden Händen.

Zwei Schritte. Mehr braucht es nicht, bis Gabriel bei Justin ist, ihn am Kragen packt, ihn mit hochrotem Gesicht anstarrt. Justins Halt auf der Leiter ist bestenfalls wackelig. Ich renne zu ihnen, vergesse Anstand und Sittlichkeit. Ich zerre an Gabriels Arm.

»Lass ihn los!«

Gabriel knurrt. »Ich würde ihn im Wald vergraben. Nein, ich würde ihn einfach irgendwo ablegen. Sollen sich doch die Wölfe um ihn kümmern. Niemand würde die Leiche jemals finden.«

Justin starrt ihn mit angstgeweiteten Augen an. »Stopp«, keucht er. »Weiß. Die. Wahrheit.«

»Die Wahrheit?«, fragt Gabriel drohend, tödlich leise.

Bemerkt Justin nicht, wie nah er dem Tod steht? Gabriel mit der Wahrheit zu drohen, wird ihn nur noch wütender machen. Egal was mit meinem Vater geschieht, ich weiß, Ehrlichkeit ist wichtig für Gabriel.

Und während das Leben aus ihm gequetscht wird, begreift Justin es ebenfalls. Seine Augen sind glasig. Gabriel muss ihn nicht einmal würgen. Er muss nur loslassen. Desorientiert, benommen würde Justin in den Tod stürzen.

»Ich werde brav sein«, verspreche ich leise, ernsthaft. Ich vergrabe die Finger in Gabriels weißem Hemd – ich bemerke, er hat sich nicht umgezogen, nachdem wir aus dem Theater zurückgekommen sind. Er trägt nach wie vor das Hemd seines Smokings. Es ist unwichtig, wie fest ich ziehe, ich kann ihn nicht bewegen. Er ist wie aus Stein gemeißelt.

Was kann ich tun?

Was kann ich ihm geben?

Den Faden. Meinen Verstand. »Ich spiele mit dir. Ich werde mit dir Schach spielen.«

Justin keucht entsetzlich, schlägt blind um sich. Einen schrecklichen Augenblick lang befürchte ich, er wird fallen, aber Gabriels erbarmungsloser Griff an seinem Hemd hält ihn auf der Leiter.

Offensichtlich hat er seinen Griff etwas gelockert, da Justins Blick klarer wird, aber sein Gesicht ist immer noch rot angelaufen. »Du Bastard«, keucht er.

Oje, er hat keinerlei Selbsterhaltungstrieb. »Verschwinde«, flüstere ich.

Er sieht von Gabriel zu mir und kommt zum richtigen Ergebnis. Auf unsicheren Beinen steigt er die Leiter runter. Ich beobachte, wie er über den Rasen rennt, in den Wald, wo er wohl auch hergekommen ist. Einen Moment lang mache ich mir wegen der Wölfe Sorgen, bis ich realisiere, dass bei mir ein ganz anderes Raubtier ist, mit dem ich mich befassen muss.

Gabriel dreht sich zu mir um. »Hast du ihn gerufen?«

»Was? Nein! Wenn du mir nicht glaubst, dann überprüfe doch die Verbindungsnachweise.«

»Oh, das habe ich«, erklärt er grimmig. »Mr. Stewart. Und Harper St. Claire, deine Schulfreundin. Du hättest ihm über sie eine Nachricht zukommen lassen können.«

Ich zittere vor Wut, als mir klar wird, er hat überprüft, mit wem ich telefoniere. Es könnte auch eine Kamera im Zimmer installiert sein. Ihm ist nichts heilig.

Was ist mit der Wahrheit? Ist ihm die heilig? Hätte er Beweise fingiert, um meinen Vater vor Gericht zu bringen? Hätte er Leute bestochen, damit mein Vater verurteilt wird?

Mein Vater könnte trotz allem unschuldig sein.

Gabriel schließt das Fenster, verriegelt es. »Wir spielen morgen.«

KAPITEL 27

Als ich aufwache, wartet ein Notizzettel auf mich: *drei Uhr nachmittags.*

Was bedeutet, mir bleibt der restliche Tag, um mir eine Spielstrategie zurechtzulegen. Ich würde lieber lesen oder einen Film sehen. Ich würde lieber dem Gras beim Wachsen zusehen, aber wie beim Treffen mit der Museumsdirektorin hungere ich nach Stimulation. Mein Hirn hat beschlossen zu gewinnen, egal was ich will.

Nun, ich würde nicht behaupten, dass ich verlieren will. Aber darum geht es nicht wirklich. Es geht darum, ihm einen Teil von mir zu geben, ihm mehr zu offenbaren als nur meinen Körper. Es gibt hundert Legenden darüber, wie Schach einem etwas über das wahre Wesen einer Person verrät – ein lange verschollener Sohn, der alleine durch eine ungewöhnliche Schachkombination wieder mit seinem Vater vereint wird. Nachrichten in Schwarz und Weiß, in einer unendlichen Möglichkeit von Zügen.

Ich werde mit Gabriel spielen. Ich werde spielen, um zu gewinnen, aber ich werde ihm nicht jedes meiner Geheimnisse verraten.

Als ich in die Bibliothek komme, sitzt er bereits in einem der Armsessel. Das Schachbrett ist aufgebaut, er hat Schwarz. Er steht auf, als ich den Raum betrete, eine althergebrachte Geste der Höflichkeit, die zu einem über tausend Jahre alten Spiel passt.

»Guten Tag«, begrüßt er mich.

Ich beäuge ihn misstrauisch, während ich um den ihm gegenüberstehenden Sessel herumgehe, frage mich, ob er noch wegen Justin wütend ist. Wahrscheinlich, aber er wirkt heute nicht wütend. Seine Miene zeigt den üblichen nichtssagenden, leicht bekümmerten Ausdruck, der all seine Gedanken verbirgt. Das perfekte Pokergesicht.

Ich lege die Hände ineinander. »Was Justin angeht.«

Seine Miene verändert sich keinen Deut, aber ich spüre seine Wut dahinter. »Was ist mit ihm?«

»Du musst mir versprechen, dass du ihm nichts tun wirst.«

Er antwortet mit gefährlich sanfter Stimme. »Was, denkst du, würde ich mit jemandem wie ihm machen?«

Ich sammle meinen Mut, weil ich nicht damit leben könnte, wenn Justin verletzt würde. Wenn er nun im selben Zustand wie mein Vater wäre. Den Männern in meinem Leben ging es schon schlecht genug. »Jemanden schicken, der ihn verprügelt.«

Er schweigt einen Moment und ich höre nichts außer dem leisen Knistern des Kaminfeuers. »Glaubst du, das habe ich mit deinem Vater gemacht?«

Der Mut verlässt mich, aber ich zwinge mich dazu, die Schultern zu straffen. »Hast du?«

»Ich schicke niemanden, um für mich die Drecksarbeit zu erledigen. Wenn ich will, dass jemand verprügelt wird, dann erledige ich das selbst.«

Was mir nicht sagt, ob er meinen Vater verletzt hat oder nicht. Allerdings hat mein Vater gesagt, er kannte keinen von ihnen. Dass es mehrere waren, mit Masken. War das die Wahrheit? Oder war es Gabriel Miller gewesen?

Er sieht mich ernst an. »Und ich habe kein Interesse daran, einen alten Mann zu schlagen.«

Meine Erleichterung ist unermesslich, da ich nun weiß, ich bin nicht im selben Raum mit dem Mann, der meinen Vater angegriffen hat. Das muss etwas mit Gabriel selbst zu tun haben. Mit meinen Gefühlen für ihn. »Du hast dem Staatsanwalt Beweise gegen meinen Vater vorgelegt.«

»Es war die publikumswirksamste Methode, um ihn zu ruinieren.«

Es hat ihn ruiniert. Es hat ihn genug geschwächt, dass sich jemand dazu ermutigt gefühlt hat, Männer zu schicken, die meinem Vater in einer dunklen Gasse aufgelauert haben. Vielleicht ist es unwichtig, dass Gabriel nicht selbst zugeschlagen hat. Er hat die Ereigniskette ausgelöst, an deren Ende mein Vater an gefühlt eine Million verschiedene Geräte angeschlossen in einem Bett liegt.

»Und um seine Tochter zu kaufen«, sage ich mit einem leichten Zittern in der Stimme. »Auf einer öffentlichen Auktion. Es war deine Idee, das weiß ich noch.«

»Eine meiner besten.«

Äußerlich lasse ich mir nichts anmerken. Innerlich ist mir regelrecht schlecht, dass ich Gefühle für einen Mann hege, der mich wie eine Schachfigur benutzt. Mein Vater? Gabriel? Das haben sie gemein, ihre starken Hände, die mich über das Spielbrett schieben.

Die Figuren sind aufgebaut, so geordnet und artig. Das Schlachtfeld, bevor das Blutvergießen beginnt. »Ich habe Weiß.«

»Du hast den ersten Zug gemacht.« Weil ich an dem Abend in die Höhle gegangen bin.

Damit hat er recht. Hätte ich das nicht getan, wäre ich Gabriel nicht begegnet, wäre nicht versteigert worden, wäre nun nicht bei ihm zu Hause. Würde ich daran etwas ändern, wenn ich könnte? Ich hätte das Haus verloren, die einzige

Verbindung zu meiner Mutter. Ich hätte Onkel Landons Antrag annehmen müssen, hätte mich selbst in einer Ehe mit einem Mann, den ich als Familienmitglied betrachte und der ein Betrüger ist, gefangen – einem Mann, der sich einen Monat lang eine Jungfrau gehalten hätte, während er gleichzeitig mit mir verlobt gewesen wäre.

Ich setze mich, betrachte das Spielbrett. Die Figuren glänzen, poliert, frei von Staub. Ganz offensichtlich handgemacht, teuer, aber nichts Übertriebenes für einen Mann, der so reich ist wie Gabriel. Er hat den Heimvorteil, aber ich kann noch mehr daraus schlussfolgern.

»Wann hast du das Spiel gekauft?«

Er lächelt kurz. »Am Tag vor deiner Ankunft. Ich habe es nach deinem Besuch in der Höhle in Auftrag gegeben. Na ja, ein paar Tage später. Nachdem Damon den Brief von deinem Schachlehrer hatte.«

Ich sehe ihn mit großen Augen an. »Das kann auf keinen Fall so schnell hergestellt worden sein.«

»Ich habe einen Sonderpreis bezahlt. Ich glaube nicht, dass der Künstler besonders viel Schlaf bekommen hat.«

Ich betrachte das Spiel mit neuen Augen. Wir sind die Ersten, die damit spielen. Die Symbolik berührt mich mehr, als mir recht ist. Ein jungfräuliches Spiel. Genau wie ich. »Warum?«

»Nenn mich extravagant.«

Er ist extravagant, aber er ist auch methodisch, intelligent. Strategisch. Alles, was er tut, verfolgt ein Ziel. In dem Moment, in dem er die Auktion vorgeschlagen hat, hat er schon geplant, dass er für mich bieten würde. Öffentliche Erniedrigung. Der ultimative Sieg über meinen Vater. Ich sollte ihn dafür hassen, aber das kann ich nicht, so wenig, wie ich meinen Vater dafür hassen kann, dass er verloren hat.

Ich ziehe meinen Bauern nach e4, eine direkte Eröffnung. Es verrät ihm nichts über mich, aber wenn ich gewinnen will, muss ich etwas über ihn erfahren.

Er denkt nur eine Sekunde lang nach, bevor er einen Bauern nach c5 zieht. Die Sizilianische Verteidigung. Das verrät mir nicht viel, außer: Er ist kein Anfänger. Hätte er mit dem Königsgambit reagiert, hätte ich ihn vielleicht lenken können, ihn glauben lassen, er hätte eine Chance, bevor ich ihm den Todesstoß versetze. Er weiß genug, um eine Herausforderung zu sein.

»Ein interessantes Spiel für jemanden, der Mythologie als Hauptfach hatte«, murmelt er, während er mich beobachtet. »Ein bisschen aggressiv. Mathematisch.«

Wenn er versucht, mich abzulenken, wird das nicht funktionieren.

Ich ziehe meinen Springer nach f3, gestatte ihm, seinen Zug zu beenden, bevor ich ihn überrasche. »Tatsächlich ist Schach tief in der Mythologie verankert. Seine vielen Entstehungsgeschichten, bis hin zu den Kriegen, die dadurch gewonnen und verloren wurden. Philosophen, Könige, Poeten. Menschen mit jedem nur denkbaren Hintergrund haben Schach benutzt, um etwas zu erklären.«

Er lächelt, zieht erneut. »Du glaubst also nicht, dass Moses es erfunden hat?«

Moses ist einer von vielen, denen man die Erfindung des Spiels nachsagt. Der griechische Krieger Palamedes hat es entwickelt, um Schlachtpositionen darzustellen. Ein indischer Philosoph hat es erfunden, um der Königin verständlich zu machen, dass ihr einziger Sohn Opfer eines Attentats geworden ist. Ich interessiere mich für die Wahrheit, aber die Geschichten verraten uns auch so viel über die Personen der Vergangenheit.

Ich ziehe wieder. »Es geht nicht nur um die Legenden, die es um Schach herum gibt. Schach selbst ist ein Mythos, weißt du? Ein Spiel der Hierarchie, des Kriegs. Es ist eine Geschichte, die die Leute seit Ewigkeiten benutzt haben, um komplizierte Konzepte zu erklären. Ja, auch Mathematik. Geometrie, Handel. Philosophie. Sogar Liebe.«

»Liebe.« Er spielt ein Springergambit. »In einem Kriegsspiel.«

Ich kann nicht sagen, ob er die Möglichkeit ablehnt oder darüber erstaunt ist. Wie dem auch sei, ich bin mir nicht sicher, ob ich mit einem Mann, der mich wie Vieh gekauft hat, über Liebe sprechen kann. Andererseits ist diese Tatsache, dass er mich besitzt, der perfekte Mythos, wie die Brutalität von Schach.

Ich schlage seinen Springer. »Und wenn du glaubst, Archäologen können nicht aggressiv sein, dann hast du noch nicht miterlebt, wie sie sich um eine Entdeckung streiten.«

Unsere nächsten Züge verlaufen schweigend, während wir um die Kontrolle über das Spielbrett kämpfen, in die Mitte greifen, unsere Stellung festigen, um die letzte Schlacht vorzubereiten.

KAPITEL 28

Gegen Mitte der Partie ist mein König sicher in einer Ecke platziert, gut geschützt durch die Königin, meine Türme, meine Springer und strategisch platzierte Bauern. Es ist eine gute Position, die die wichtigste Regel erfüllt: Schütze den König.

Im Gegensatz dazu tasten sich Gabriels Figuren vereinzelt in meinen Einflussbereich – seine Läufer, sein Springer. Sogar seine Königin steht auf g5, weit in meinem Bereich. Sie scheint verwundbar, aber ich kann sie nicht schlagen.

Sein König wird lediglich von einem Turm und einem Bauern geschützt.

So wenig Schutz würde mir Angst machen, aber Gabriel wirkt wie immer zuversichtlich und voller Selbstvertrauen. Es liegt auf der Hand, dass er das absichtlich getan hat. Und so schutzlos sein König auch ist, ich kann ihn nicht schlagen.

»Sollen wir das Spiel etwas interessanter gestalten?«, fragt er.

Er will einen Einsatz. Eine Wette. »Was könnte ich schon haben, das du willst?«

»Das weißt du, kleine Jungfrau.«

Mein Gesicht glüht vor Scham. »Du hast mich schon gekauft, erinnerst du dich?«

»Ich meine einen gewinnbringenden Tausch.«

Misstrauisch betrachte ich das Spielbrett. Habe ich irgendwas übersehen? »Meine Königin für deinen Turm?«

Er lächelt. »Nein, meine Königin für deinen Turm.«

Das würde seine Situation noch verschlechtern. »Warum solltest du das tun?«

»Dein Haus. Es ist dir wichtig.«

»Es ist mein Zuhause. Das Zuhause meiner Familie.«

»Das ist nicht alles. Verrate mir, warum.«

»Ich bin dort aufgewachsen. Mein Vater fühlt sich dort wohl und es könnten seine letzten Monate sein.« Aber das ist nicht die ganze Wahrheit, und Gabriel weiß es.

»Er kann sich auch woanders wohlfühlen.«

Ich starre das Spielbrett an, versuche einen Weg zu finden, seine Königin zu schlagen, ohne die Frage zu beantworten. Ich kann es nicht. Hilflos balle ich die Fäuste. Das ist, was ich vermeiden wollte, mich mit Gabriel Miller auf einen geistigen Wettstreit einzulassen. Ihm zu zeigen, wo ich am verwundbarsten bin. Andererseits geht es bei Schach um nichts anderes.

Das ist auch der einzige Sinn und Zweck an der Versteigerung einer Jungfrau.

»Meine Mutter hat sich umgebracht.«

Er holt hörbar Luft. »Das tut mir leid.«

»Mein Vater hat allen gesagt, es sei ein Unfall gewesen. Stürmische Nacht. Defekte Bremsen. Niemand hat es hinterfragt. Aber ich habe gehört, wie er damals mit dem Polizeichef gesprochen hat. Es hat keine Anzeichen dafür gegeben, dass etwas mit ihren Bremsen nicht gestimmt hat. Und die Spuren auf der Straße – die Forensiker sind zu dem Ergebnis gekommen, dass es Absicht war.«

Dein Verstand, deine Seele. Darin liegt deine Kraft.

Und ich gebe das im Austausch für die Wahrheit auf.

»Avery.«

»Man hat es unter den Teppich gekehrt, weil ihre Familie,

meine Großeltern, katholisch sind. Sie wollten sie in der Familiengruft beisetzen. Das hätten sie nicht tun können, wenn …« Wenn man wüsste, dass sie sich das Leben genommen hat.

»Avery, es tut mir so leid.«

Ich habe mich immer wieder gefragt, warum sie gestorben ist. Hatte sie Angst? War sie wütend? Ich bin jetzt erwachsen, aber ein Teil von mir wird immer das kleine gebrochene Mädchen bleiben, das sich fragt, warum seine Mutter fort ist, das sich einredet, es war nicht gut genug, um seine Mutter zum Bleiben zu bringen.

»Er hat dieses Haus für meine Mutter gebaut«, erkläre ich schließlich. »Sie hat sich mit den Architekten beraten, die es für sie entworfen haben. Ich weiß nicht … ich weiß nicht, warum sie es so haben wollte. Oder was es zu bedeuten hat, wenn überhaupt etwas. Aber es ist das Einzige, was mir von ihr geblieben ist.«

»Ihr Schachbrett«, sagt Gabriel leise, womit er mich überrascht. Er bewegt seine Königin, bringt sie in Bedrängnis.

»Ja.« Es stammt noch aus der Anfangszeit der Ehe mit Daddy, als sie noch voller Hoffnung und verliebt war. Das war ihr Eröffnungszug. Und ich kenne das Ende bereits. Aber der schwammige Mittelteil des Spiels, der Teil, der zu abstrus für wilde Theorien ist. Was ist dann mit ihr geschehen?

Ich nehme meinen Turm, halte ihn fest. Die Kanten drücken sich in meine Haut, der Schmerz ist tröstend. Dann schiebe ich seine Königin zur Seite, schlage sie mit seinem Einverständnis.

Ein paar Minuten lang spielen wir das Endspiel, untermalt von nichts anderem als dem Knistern des Feuers. Die Königin hat mir einen Vorteil verschafft, durch den ich möglicherweise ein Schachmatt erzielen kann. Allerdings ist er gut genug, um das noch eine Weile hinauszuzögern, vielleicht kann er sogar das Spiel herumreißen. Unwahrscheinlich.

Ich merke, dass ich den unfairen Vorteil ausgleichen möchte. Die Königin war kein fairer Handel.

»Ein gewinnbringender Tausch?«, schlage ich vor.

Er hebt die Augenbrauen. »Deine Königin?«

»Für deinen Turm. Warum wolltest du die Firma meines Vaters kaufen, wenn es so schlecht um sie stand?«

Seine Überraschung füllt den ganzen Raum, so laut wie das Feuer, wie das Klacken von Holz auf Holz. Sein Entsetzen ist greifbar. Seine Weigerung zu antworten. Aber er will meine Königin. »Ich habe dich gesehen«, gesteht er widerwillig. »Bei deiner Abschlussfeier.«

Meine Augen weiten sich. »Du warst dort?«

»Dein Vater hat mich eingeladen. Es würde weniger Verdacht erregen, wenn ich mich unter eine Menge mische. Hätte man uns dabei beobachtet, wie wir direkt miteinander zu tun haben, hätten die Leute angenommen, wir arbeiten zusammen.«

Ich erinnere mich an den Kuchen in Form eines Doktorhuts, an meinen Stolz nach vier Jahren in der Uniform der Akademie, meine Aufregung, endlich aufs College zu gehen. Ich war so voller Hoffnung. Ich hätte nie geahnt, dass ich mich zwei Jahre später versteigern lassen würde.

Und ich erinnere mich an den Mann auf der Treppe. »Ich habe dich gesehen.«

»Und ich wollte dich.«

Dieses Geständnis lässt mir den Atem stocken. Er offenbart sich. Das ist so viel wertvoller als meine Königin. »Was hast du getan?«

»Egal was du denkst, ich bin kein Monster. Ich hätte dich bekommen können. Ich hätte dich damals schon zum Handeln zwingen können. Aber ich wollte, dass du zu mir kommst.«

Oh, aber er *hat* mich zum Handeln gezwungen. Mit Geduld, mit Gerissenheit. Er hat die Schachfiguren bewegt, hat mir jede Rückzugsmöglichkeit versperrt, bis mir nur noch ein Ausweg geblieben ist.

Ich ziehe meinen Turm aus seiner Sicherheit heraus. »Darum hast du meinen Vater ruiniert«, flüstere ich.

»Wenn es sein muss, kann ich geduldig sein.« Er schlägt meine Königin, macht aus der Partie wieder einen Wettkampf. »Als die Firma deines Vaters in Schwierigkeiten geraten ist, hat er einen Käufer gebraucht. Es war seine Entscheidung, mich zu betrügen.«

»Das erklärt nicht, wieso er dich zu meiner Abschlussfeier eingeladen hat. Woran habt ihr gearbeitet? Was wollte er den Leuten verheimlichen?«

Gabriel betrachtet das Spielbrett. »Wie viel weißt du über deinen Vater?«

»Ich war bei der Verhandlung.« Auch wenn sie sich wie ein Magenschwinger angefühlt haben, jede düstere Enthüllung über ihn, jeder ehemalige Kollege, der in den Zeugenstand getreten ist und gegen ihn ausgesagt hat. So viele Geheimnisse. »Ich habe gehört, was er getan hat.«

»Nicht alles.«

»Was noch?«

»Dein Springer«, sagt er leise.

Ich sehe auf das Spielbrett, meine Hände, meine Arme weigern sich. Meine Brust ist wie zugeschnürt. Ich kann noch gewinnen. Ich weiß, dass ich es kann, und ich glaube, er weiß es auch. Nur wenn ich ihm meinen Springer überlasse, ist mein König schutzlos. Schachmatt in zwei Zügen. Ich werde verlieren. Wie viel ist mir diese Information wert?

Mein Herz rast, als ich meinen Entschluss fasse.

Ich ziehe den Springer.

»Ich habe deinen Vater schon seit Jahren gekannt. Wer er ist. Aber ich habe nicht mit ihm zusammengearbeitet. Er hat mich zu der Abschlussfeier eingeladen, um herauszufinden, ob ich mit ihm Geschäfte machen würde wie mein Vater vor mir.«

Eine eiskalte Hand schließt sich um mein Herz. »Was für Geschäfte hat dein Vater mit ihm gemacht?«

»Er hat Dinge gekauft. Dinge verkauft.« Mit seinem Springer schlägt er meine Königin. Nur noch ein Zug und er hat meinen König. »So wie es Geschäftsmänner tun.«

Doch sein Vater war ein Lügner, darum hasst Gabriel ihn so sehr. »Drogen? Waffen?«

Goldfarbene Augen blicken in meine. »Menschen.«

Ich atme scharf ein, entsetzt, ungläubig. »Nein.«

Er will damit sagen, sein Vater war im Menschenhandel tätig. Und mein Vater auch.

»Zieh«, fordert er leise.

Meine Finger sind taub, als ich einen Bauern nach vorne schiebe. Genauso gut könnte ich meinen König hinlegen. Ich weiß, was geschehen wird, aber ich muss es von ihm hören. Ich muss die Wahrheit wissen. Vielleicht bin ich letztendlich doch genau wie Gabriel Miller. Mythen können einem etwas über die Leute, die sie schreiben, verraten, über die Leute, die an sie glauben, aber am wichtigsten ist die Wahrheit.

Sein Turm zieht über das Spielbrett in die erste Reihe. *Schachmatt.*

Das Wort stammt aus dem uralten Persischen. Manche behaupten, es bedeutet, der König ist tot, aber die Übersetzung ist etwas weniger düster – je nachdem, wie man sie betrachten möchte. Der König ist hilflos. Der König ist besiegt. Wenn man keine Züge mehr machen kann, bleibt nur noch die Aufgabe.

»Ich handle nicht mit Menschen«, erklärt er. »Das habe ich mir geschworen, als mein Vater gestorben ist. Niemals. Auf gar keinen Fall. Und dann warst du da, verzweifelt und mittellos. Himmel, du hattest sogar abgenommen.«

»Du hättest mir helfen können!«

»So funktioniert das nicht.«

Die Auktion war brutal gewesen. Wie ein Objekt gekauft zu werden. Die kurzen, freundlichen Augenblicke, die er mir gewährt. »Du hast mich gekauft, aber du hast mich nicht gefickt.«

»Das nagt an dir, das Warten? Malst du dir in deinem hübschen, strategischen Verstand das schlimmste mögliche Szenario aus? Wäre es besser, wenn ich heute Nacht zu dir ins Zimmer kommen und dich entjungfern würde, kleine Jungfrau?«

Ja, Gott, hilf mir. Ich bekomme kein Wort heraus, lediglich ein Schluchzen. Die ganze Zeit ist mein Vater das Monster im Labyrinth gewesen. Für ihn habe ich meine Jungfräulichkeit verkauft, für jemanden, der Menschen gekauft und verkauft hat. Daher kam das Geld für meine Ausbildung, meine hübschen Kleider. Mir ist schlecht. Hat meine Mutter davon gewusst? Hat sie sich deswegen umgebracht?

Das Letzte, was ich vor meiner Flucht aus dem Zimmer sehe, ist mein König, der auf dem Spielbrett liegt.

KAPITEL 29

Ich drücke die Stirn gegen das kühle Glas, starre hinaus zu dem dunklen Wald. Um mich zu retten, hat Justin diesen Wald überwunden und vielleicht sogar Wölfe. Das war eigentlich ziemlich ritterlich, wenn auch nicht gut durchdacht. Gabriel hätte sich an ihm gerächt, in aller Öffentlichkeit und Gründlichkeit.

Und ich hätte eine Million Dollar aufgegeben. Vielleicht wäre das die Liebe wert gewesen. Aber als er mit mir Schluss gemacht hat, hat Justin bewiesen, dass er mich nicht liebt.

Also bin ich noch immer hier, in einem Turm eingesperrt, zusammen mit meinem ganz persönlichen Drachen.

Gabriel hat recht gehabt, als er gesagt hat, mein Verstand kann sich das Schlimmste ausmalen. Hundert Strategien, eine Million Möglichkeiten. All die Dinge, die er mit mir tun könnte.

Warum warte ich darauf, dass er zu mir kommt?

Er hat mir Weiß überlassen, weil ich den ersten Zug gemacht habe. Das sollte ich auch beim Sex tun. Es ist ein Vorteil – ein kleiner, aber ich brauche jeden Vorteil, den ich kriegen kann. In Schach sind wir uns ebenbürtig. Trotzdem habe ich verloren, habe die Partie geopfert, um Informationen zu bekommen, die mir das Herz gebrochen haben. Aber wenn es um Sex geht, da ist er der überlegene Spieler. Ich bin nicht einmal eine Anfängerin. Ich bin nichts.

Aber ich werde dieses Spiel zu Ende bringen, wie ich es begonnen habe – mit Mut.

Ich weiß genau, in welchem Zimmer ich ihn finden werde. Die einzige abgesperrte Tür. Wer sperrt in seinem eigenen Haus sein Schlafzimmer ab? Jemand, der etwas zu verstecken hat.

Der orientalische Läufer im Flur schluckt meine Schritte. Mein Klopfen hallt nach, unnatürlich laut. Es klingt aggressiv. Das hat er über Schach gesagt. Aggressiv und mathematisch. So fühle ich mich im Moment, als würde ich einen Handel mit dem Teufel eingehen.

Er öffnet die Tür, sieht mich ungläubig an. »Du.«

Seine Ärmel sind hochgekrempelt, er trägt eine Anzugshose und schwarze Socken. Das wirkt wie unerwartetes intimes Wissen, dass er schwarze Socken trägt. Ich habe schon so viel von seinem Körper gesehen – oder in der Dunkelheit an der Wendeltreppe gespürt –, aber diese simple Tatsache scheint monumental.

»Darf ich reinkommen?«

Er lacht, lässt die Tür offen, während er wieder reingeht. Dann erst bemerke ich, dass er betrunken ist. Auf dem Tisch an seinem Kamin steht eine Flasche. Ich erkenne die verblasste Tinte, die klare Flüssigkeit. Mondschein.

Ich folge ihm, schließe die Tür hinter mir.

Er hebt ein halb leeres Glas, prostet mir spöttisch zu. »Auch etwas?«

»Vielleicht ist es besser, wenn einer von uns nüchtern bleibt.«

Ich sehe die Bewegung seiner Kehle, als er einen großen Schluck nimmt. »So betrunken bin ich nicht. Nicht zu betrunken, um ihn hochzubekommen, falls du deswegen hier bist.«

Ich blinzle. Ich brauche eine, zwei, drei Sekunden, bis ich begreife, was er mit *ihn* und *hochbekommen* meint. Es ist peinlich, dass ich nicht wusste, dass man zu betrunken für Sex sein kann. »Gut.«

Ein raues Lachen. »Ach, kleine Jungfrau. Du bist so köstlich. Weißt du das?«

Meine Wangen werden warm und ich drehe mich von ihm weg. »Nicht mehr lange.«

Ein leises Klirren, er hat wohl sein Glas abgestellt. Die Luft bewegt sich, als er näher kommt. Seine Fingerspitzen berühren meinen Nacken wie ein Lufthauch. »Du wirst immer köstlich sein.«

Ich begegne seinem Blick. »Aber keine Jungfrau.«

»Nein«, stimmt er nachdenklich zu. »Ich glaube nicht, dass du das noch lange sein wirst. Bist du gekommen, um einen Handel zu machen? Einen gewinnbringenden Tausch?«

»Ich habe nichts mehr, womit ich handeln könnte.« Er hat meinen Körper auf jede Art genommen bis auf diese. Und er hat sich das genommen, wovon ich mir geschworen habe, er würde es nie bekommen: meinen Verstand, meine Seele. Die Garnrolle, mit der ich wieder hinausgefunden hätte. Ich habe nichts mehr.

Er holt etwas aus der Tasche, betrachtet es. Das Licht des Kaminfeuers tanzt über das glänzende, weiße Holz. Ein Bauer. Er muss ihn von unten mitgebracht haben. Ich erinnere mich an die Form, die glatte Oberfläche unter meinen Fingerspitzen.

»So klein«, sagt er mit belegter Stimme. »Warum kann ich dich nicht loslassen?«

Wenn er mit einem Stück Holz redet, muss er betrunkener sein, als ihm klar ist. Außer er redet über mich. »Ich bin hier.«

Sein goldfarbener Blick richtet sich auf mich. »Ja, kleine Jungfrau. Wirst du dich für mich ausziehen? Wirst du deine

Beine spreizen? Wirst du dich von mir ficken lassen, bis du wie eine gottverfluchte Märtyrerin blutest?«

Tief in meiner Brust setzt ein Zittern ein, das sich bis in meine Gliedmaßen ausbreitet. »Ich weiß, du kannst es schön für mich machen.«

»Du willst nicht *schön*«, sagt er, als wäre schon das Wort schmutzig. »Du willst gefickt werden. Darum bist du hier. Sag es.«

Meine Stimme ist nicht mehr als ein Flüstern. »Ich bin hier, um gefickt zu werden.«

Er deutet auf das Bett. »Setz dich.«

Ich setze mich auf die Bettkante. Erst als meine Füße über dem Boden baumeln, bemerke ich, wie groß es ist. Ich fühle mich klein und hilflos, was wahrscheinlich auch der Sinn und Zweck ist. Ich bin nervös. Ja, ganz eindeutig der Sinn und Zweck.

Dann erkenne ich, was er tut. Ich habe den ersten Zug gemacht. Er hätte darauf reagieren können, aber das wäre zu einfach. Stattdessen lenkt er das Spiel in eine andere Richtung, dehnt das Schlachtfeld aus. Die Sizilianische Verteidigung. Das hat er mit der Auktion getan und das tut er auch jetzt.

Er stellt sich vor mich, seine große Hand spielt mit den Rüschen meines Nachthemds. »Was ist das?«

Verlegen beiße ich mir auf die Lippe. »Meine anderen Pyjamas haben … nun, Bilder. Einhörner, Regenbogen.« Ich bin nicht wirklich so kindisch, aber ich finde sie witzig. Verspielt. Dieses Nachthemd ist blass cremefarben, mit einer kleinen rosafarbenen Schleife am Kragen. Zu züchtig, um jemanden zu verführen, aber besser als Affen mit Sonnenbrillen.

Er betrachtet die Rüschen, als hätte er so etwas noch nie gesehen. Genauso könnten sie ein neuer Zug in

Schachtheorie sein – die kleinen, flirrigen Stoffstücke, die zwei Zentimeter Schenkel darunter. So fasziniert betrachtet er es. »Weißt du, du tust mir weh.«

»Was?«

»Es tut weh, wann immer ich an dich denke.« Er legt eine Hand auf seine Brust. »Hier.«

Einen Moment lang glaube ich, er macht sich über mich lustig, wie es die Männer bei der Auktion getan haben. Es ist eine kalte Dusche auf meine Erregung, die es eigentlich nicht geben sollte. Aber er wirkt todernst.

Und er sagt immer die Wahrheit.

»Du bist betrunken.« Ich drücke die Knie zusammen.

Er streicht mit der Fingerspitze dort entlang, wo sie sich berühren. »Das ist das Erregendste, was ich jemals gesehen habe.«

Nicht meine Brüste oder mein Hintern. Der Spalt, an dem sich meine Beine treffen, die Linie, die ihn aussperrt.

Er will ein Schachspiel. Darum hat er mich gekauft. Darum hat er damit gewartet, mir meine Jungfräulichkeit zu nehmen. Ich weiß nicht, ob die anderen Männer meinen Körper oder meine Seele wollten, aber dieser Mann – er will die Herausforderung.

Das Spiel zu spielen ist Furcht einflößender, darum wende ich den Blick ab. *Widersetze dich ihm nicht, stelle dich ihm. Wecke in ihm das verzweifelte Verlangen nach mehr.* Das hat Candy zu mir gesagt. Ich erinnere mich an ihren wissenden Blick, die Herausforderung. Sie wusste, wie viel schwerer es sein würde mitzumachen, anstatt sich zu wehren. Zu versuchen zu gewinnen, obwohl ich weiß, dass ich wahrscheinlich verlieren werde.

Ich will die von ihm erwähnte Märtyrerin sein. Ich brauche das, weil es die einzige Möglichkeit ist, ihn zu hassen.

Lass mich bluten. Bring mich zum Heulen. Ich würde ihn von ganzem Herzen verabscheuen.

Der Freundlichkeit kann ich nicht vertrauen.

Mit dem Daumen an meinem Kinn hebt er meinen Blick zu sich. »Kleine Jungfrau.«

»Gabriel.«

»Mach die Beine breit.«

Mein Herz pocht. »Bring mich dazu.«

Da ist der Bauer wieder. Wie er mit dem Daumen darüberreibt, sollte nicht sinnlich sein, trotzdem ist es das. Immer wieder, bis der gewölbte Kopf einen Ersatz für meinen Körper darstellt. Jeder Daumenstrich sorgt dafür, dass ich die Muskeln anspanne. »Willst du das nicht?«, murmelt er.

Es wäre ein Leichtes für ihn, seine Hand zwischen meine Schenkel zu schieben, sie auseinanderzudrücken. Ich könnte ihn nicht davon abhalten. Ich würde es nicht versuchen. Aber er will, dass ich nachgebe. Er will seine Figuren in Stellung bringen, bereit, zuzuschlagen. Und dann will er, dass ich meine Königin in Bedrängnis bringe, weil er mich darum bittet.

»Nein.«

Er lacht leise, betrachtet den runden Kopf des Bauern. »So etwas Kleines. Aber stark. Findest du nicht?«

Er leckt seinen Daumen ab, dann streicht er wieder über den Bauern. Sein Speichel lässt ihn glänzen. Dann tut er etwas Obszönes, etwas Schockierendes – er hebt den Bauern an seine Lippen. Ein Kuss. Ein angedeutetes Lecken. »Los.«

Meine Beine zittern, ich zwinge mich, sie geschlossen zu halten. Meine inneren Oberschenkelmuskeln spannen sich an, entspannen sich, verkrampfen, während ich ihm zusehe, wie er an dem kleinen Kopf der Figur lutscht.

Mir stockt der Atem. »Ich kann nicht …«

Jede Zelle meines Körpers brüllt mich an, die Beine zu spreizen, aber nicht nur ein Daumen wird mich berühren. Nicht nur seine Lippen oder seine Zunge. Heute Nacht wird er mich ficken. Das Versprechen brennt deutlich in seinem Blick.

»Du musst, kleine Jungfrau. Es ist die einzige Möglichkeit, wie du dich besser fühlen kannst. Gib einfach nach.«

Begebe dich in Bedrängnis. Lass dich schlagen. So einfach und doch so schwer. *Ergib dich.*

Meine Fäuste greifen hinter mir in das Laken. Langsam, Zentimeter für Zentimeter, öffne ich für ihn meine Schenkel. Mit zwei Fingern hebt er die Rüschen am Saum meines Nachthemds an, begutachtet mich mit demütigender Unverfrorenheit.

»So eine schöne Pussy. Ist sie so schön, weil sie noch keiner gefickt hat? Oder ist sie so fickbar, weil sie so schön ist?«

Ich muss lachen. »Also jetzt weiß ich, dass der Alkohol aus dir spricht.«

Sein Grinsen ist düster, verspielt. Verführerisch. »Der Mondschein ist eine angenehme Entschuldigung, um zu sagen, was ich denke. Himmel, kleine Jungfrau. Wenn du gewusst hättest, woran ich gedacht habe, als ich dich in dem goldfarbenen Kleid gesehen habe, in diesen gottverfluchten Yoga-Hosen. Als du durch das Haus stolziert bist, als wärst du in Sicherheit. Ich will dich wie eine beschissene Gazelle in der Serengeti zur Strecke bringen.«

Ich spüre, dass ich ihn mit großen Augen ansehe, mein Atem geht schneller. Ich spreize die Beine noch etwas mehr.

»Lass die Hände auf dem Laken«, befiehlt er leise.

»Okay«, keuche ich.

»Ja, Sir.«

In mir regt sich Widerstand. *Der Faden. Halt den Faden fest!* Aber ich will mich so sehr ergeben. Ich muss es. Seufzend schließe ich die Augen. »Ja, Sir.«

Mit den Fingern schiebt er meine Schenkel noch weiter auseinander. Ich bin ihm so ausgeliefert. Verletzlich. Dann berührt er meine Klitoris, genau so, wie ich es will. Mein Körper bebt.

Allerdings fühlt es sich anders an. Härter. Kühler.

Ich sehe hinab, erkenne, wie er den Bauern gegen mich drückt. »O Gott«, flüstere ich.

»Diese lächerlichen Rüschen gefallen mir, aber jetzt muss ich dir das ausziehen. Es sei denn, du willst, dass ich es ganz einsaue.«

Es fällt mir schwer, mich zu bewegen, zu atmen, während er die Schachfigur gegen meine Klitoris drückt. Umständlich streife ich das Nachthemd ab. Ich schiebe es über mein gerötetes Gesicht, kümmere mich nicht einmal darum, dass ich dann vollkommen nackt vor ihm sitze, mit seinem hungrigen Blick auf meinen Brüsten. Das alles sammelt sich zwischen meinen Schenkeln, konzentriert sich auf diese schreckliche kleine Schachfigur. Die er gestreichelt hat. *Die er abgeleckt hat.*

Mein Körper reagiert auf das harte Holz, die Wölbung des Kopfs, aber ich will etwas anderes. Hitze. Samt. Seinen Körper, muskulös und haarig. Der Bauer fühlt sich unpersönlich an, erniedrigend und, verdammt, gerade deshalb noch erregender. Es ist eine düstere Verführung zu wissen, dass etwas zwischen uns steht. Der Bauer ist ein Werkzeug, genau wie ich. Ich lasse meinen Kopf in den Nacken fallen, sehe nichts, meine Hüften bewegen sich der Figur entgegen.

»So ist es gut«, murmelt er. »Komm auf den Bauern. Verströme deinen süßen Saft darauf. Ich will dich sauber lecken. Für das, was als Nächstes kommt, will ich dich schön feucht haben.«

Was als Nächstes kommt, was als Nächstes kommt. Die Worte hallen bedeutungslos in meinem Verstand wider. Bis ein Reißverschluss durch das Zimmer dröhnt. Mein Blick zuckt zu seiner Hose, er hat seinen Schwanz herausgeholt. Er streichelt ihn. Und er ist groß. Dick. Eine Million mal größer als der Bauer. Wie soll der in mich passen? Warum habe ich mich nicht mit dem kleinen Stück Holz an meiner Klitoris zufriedengegeben? Er hat eine Keule in der Hand.

»Warte.« Der bevorstehende Orgasmus verzerrt das Wort. »Warte, bitte.«

»Ungezogene kleine Jungfrau. Das Warten ist vorbei.« Er bewegt den Bauern schneller, fester, drückt ihn genau dorthin, wo ich ihn brauche. Dann schreie ich, schluchze, flehe, dass er aufhört, gib es mir, nein, mehr, *bitte*.

Meine Muskeln verkrampfen sich weiter, obwohl er die Schachfigur schon lange weggenommen hat. Er leckt mich nicht nur sauber. Er nimmt den Kopf des Bauern in den Mund, lutscht mich vom Holz, bevor er die Figur wegwirft.

Dann spüre ich etwas Dickes, Stumpfes an meiner Öffnung.

»Wie?«, frage ich fast schon panisch. Wie soll er passen? Wie bin ich nur in diese Situation geraten? Wie soll ich danach weiterleben, mit dem Wissen, dass ich meine Seele an den Teufel verkauft habe?

Er antwortet nicht, stattdessen stößt er hart in mich.

Der Schrei, der über meine Lippen kommt, ist urtümlich – Trauer darüber, etwas verloren zu haben. Schmerz wegen der Verletzung. »Gabriel.«

»Noch ein wenig mehr«, sagt er mit zusammengebissenen Zähnen.

Dann erst erkenne ich, er ist noch gar nicht ganz drin. »O Gott. Mehr verkrafte ich nicht.«

»Du hast gewusst, dass es wehtun wird«, murmelt er angespannt, die Augen geschlossen, als stünde er kurz davor, die Kontrolle zu verlieren.

Ich sollte ihn nicht mögen, sollte nicht genießen, was er mit mir macht. So sehr hat er mich gebrochen. Das ist viel schlimmer als der reißende Schmerz in meinem Körper. Es ist so viel schwieriger als zu wissen, dass wir uns trennen werden, sobald die Zeit abgelaufen ist. »Tu es«, flüstere ich.

Er nimmt die Einladung mit einem knappen Nicken entgegen. Seine Muskeln spannen sich eine Winzigkeit an. Ich kann es zwischen meinen Schenkeln spüren. Das ist die einzige Warnung, bevor er sich tiefer in mich drückt. Ich spüre ihn in meinem Innersten, wie er mich ausfüllt, *wie er mir wehtut*. »Wie halten Leute so etwas aus?«

Er lacht gequält. »Nur du bringst es fertig, mich in einer solchen Situation zum Lächeln zu bringen.«

Ich wimmere. »Ist es vorbei?«

Er legt seine Hand auf meinen Bauch, bewegt wie versprochen den Daumen, reibt über meine Klitoris wie über den glatten Kopf des Bauern. Immer im Kreis, in endlosen, seligen Bahnen. Ich kann mich etwas entspannen. Ich fühle mich immer noch zu voll an. Da ist die Erinnerung an das Brennen, als er in mich gedrungen ist. Aber meine Muskeln spannen sich beinahe genüsslich an.

Dann zieht er sich zurück, stößt in mich, trifft einen Punkt in meinem Inneren, was dafür sorgt, dass ich den Rücken durchdrücke, den Kopf in den Nacken lege. Meine Zähne schlagen aufeinander.

»So ist es gut, kleine Jungfrau.« Eine Silbe nach jedem Stoß.

Ich werde zu einem anderen Wesen, mit jedem Mal mehr, wenn er diesen Punkt in mir berührt. Mein ganzer Körper fühlt sich wie eine Flüssigkeit an, von innen nach außen gekehrt. Etwas baut sich auf, wie wenn er meine Klitoris berührt, aber trotzdem anders. »Ich bin keine … Jungfrau … mehr.«

Er ist in mir, so tief in mir.

Ein weiterer Stoß, und er hat mich gänzlich aufgespießt. Ich spüre seine groben Haare an meiner empfindlichen, ungeschützten Haut. Er lässt das Becken kreisen, ich verdrehe die Augen.

»Hast du wirklich gedacht, das wäre das Ende?«, murmelt er rau. »Hast du gedacht, ich ficke dich und dann bist du nicht mehr meine kleine Jungfrau?«

Ich antworte nicht. Ich kann nicht. Sein ganzer Körper reibt über meine Klitoris und er treibt mich über irgendeine Klippe. Ich grabe die Fersen in seinen Rücken, will mich verzweifelt an dieser Klippe festhalten.

»Nein, ich habe deine Jungfräulichkeit gekauft. Ich habe sie mir genommen. Sie gehört mir, kleine Jungfrau. Genau wie du, du gehörst mir.«

Ich öffne den Mund, atme abgehackt. Er drückt seine Hüften gegen meine, eine vulgäre Forderung, die mein Körper besser versteht als ich. Der Orgasmus überschwemmt mich und ich bin im freien Fall, schwindelig, taumelnd, den Wind im Gesicht. Ich sehe die hohe Kante, auf der ich gestanden habe, dann erreiche ich den Boden und schlage auf.

Gabriel packt mich im Nacken, die andere Hand schiebt er unter meine Hüften. Kraft, wird mir klar. Mein Körper, meine Seele. Einen, zwei, drei tiefe Stöße später, dann kommt er, stöhnt, als hätte er Schmerzen, murmelt immer wieder meinen Namen – *Avery, Avery. Scheiße, Avery.*

Er bricht über mir zusammen, rollt sich zur Seite, zieht mich mit.

Und dann, mit brechender Stimme, sagt er ein letztes Mal: »Scheiße.«

»Ich hatte keine Ahnung«, flüstere ich und es fühlt sich so ungerecht an, dass ich erst 20 werden musste, um zu erfahren, wie sich das anfühlt. Gleichzeitig ist es die perfekte Entdeckung. »Ich wusste nicht, dass du so tief kommen könntest.«

Als er sich aus mir zurückzieht, spüre ich eine seltsame Leere, dann Feuchtigkeit an meinem Schenkel. Ich liege auf ihm, japse auf seiner breiten Brust, staune über das, was gerade geschehen ist.

KAPITEL 30

Als er aufsteht, atme ich noch immer schwer.

Er berührt etwas auf dem Laken. Blut, hell und auf dem weißen Stoff verschmiert. Es sieht barbarisch aus. Das stammt von meinem Körper. Von seiner groben Eroberung.

Er ballt die Hände zu Fäusten.

»Gabriel?«

Ohne ein Wort geht er ins Bad. Ich rechne irgendwie damit, dass er ein Bad einlässt, wie er es schon für mich getan hat. Oder dass er mit einem feuchten Handtuch zurückkommt. Ich spüre ihn zwischen meinen Beinen.

Ich bin wund. Und natürlich blutig.

Der Schweiß auf meinem Körper kühlt ab und ich zittere im Bett. Alleine.

Ich fühle mich etwas desorientiert, als hätte ich eine ganze Flasche von dem Mondschein getrunken. Was ist gerade geschehen? Das war Sex. Ich habe gerade mit Gabriel Miller Sex gehabt. Ich habe meine Jungfräulichkeit an ihn verloren.

Als ich aufstehe, sind meine Beine wie Gummi. Ich stütze mich am Nachttisch ab, bis ich die Knie durchdrücken kann. Dann gehe ich zur aufgeschobenen Badezimmertür. Gabriel steht nackt da, unbefangen, auf den Rand des Waschtischs gestützt. Sein seltsamer, goldfarbener Blick starrt seinem Spiegelbild entgegen. Was sieht er?

»Gabriel?«

Er rührt sich nicht. »Was willst du?«

Die Schärfe in seiner Stimme verletzt mich. »Kommst du wieder ins Bett?«

Es hat mir gefallen, wie er mich das letzte Mal festgehalten hat, die Arme um mich gelegt, beschützend, während ich langsam eingeschlafen bin. Ich brauche das wieder, besonders bei diesem seltsam abwesenden Gesichtsausdruck, den er zeigt.

»Das ist mein Bett«, sagt er barsch. »Ich schlafe dort. Du nicht.«

Ich hole hörbar Luft. »Warum bist du so?«

»Wie?«

»Wie ein Arsch!«

»Tut mir leid, wenn Sie etwas anderes erwartet haben, Miss James. Ich habe Sie gekauft. Ich habe Sie benutzt. Jetzt bin ich fertig.«

Verletzt ziehe ich mich einen Schritt zurück. »Also soll ich jetzt in mein Zimmer gehen und dort warten, bis du mich wieder benutzen willst?«

Er wirbelt zu mir herum, kommt einen Schritt auf mich zu. »Nein, ich will dich nicht mehr benutzen. Ich habe dich gehabt und jetzt bin ich fertig mit dir. Du kannst gehen.«

Mein Mund klappt auf. »Aber … ein Monat …«

Sein Blick zuckt über meinen Körper, bewundernd und grausam. »Du bist hübsch, aber es gibt viele hübsche Frauen in der Stadt. Das Einzige, was dich zu etwas Besonderem gemacht hat, war deine Jungfräulichkeit, und die ist jetzt Vergangenheit.«

Der Schmerz sitzt wie ein Betonblock in meiner Brust, zieht mich runter, macht es mir unmöglich zu atmen. »Das meinst du nicht ernst.«

»Warum soll ich es nicht ernst meinen?«, fragt er spöttisch. »Hältst du dich wirklich für etwas so Besonderes?

Eine Kostprobe, und ich muss dich bis in alle Ewigkeit ficken? Du musst ja ein echtes Zauberfötzchen haben.«

Wut fühlt sich so viel besser an als der Schmerz. »Schön. Tu so, als gäbe es keine Verbindung zwischen uns. Tu so, als hätte dir das Schachspiel keinen Spaß gemacht und der … der Sex!«

Zwei Schritte und er steht direkt vor mir. Dann gräbt sich seine Hand in mein Haar. Er zieht meinen Kopf zurück, sodass ich zu ihm aufblicke. »Eines wollen wir mal klarstellen, Miss James. Das Schachspiel hat mir Spaß gemacht. Der Sex sogar noch mehr. Aber Sie waren nur ein Mittel zum Zweck. Ein Bauer.«

Ich blinzle, aber ich kann nichts gegen die Tränen tun. Sie füllen meine Augen und laufen mir in beschämenden Tropfen über die Wangen. Mit einem Schnauben lässt er mich los.

»Wir sind uns zu nahe gekommen.« Meine Stimme zittert. »Du hast Angst, weil …«

»Suche ruhig Entschuldigungen für mich. Weil Daddy einen Puff gehabt hat, habe ich nie lieben gelernt, oder? Sag mal, kleine Jungfrau, hast du dir eingebildet, du könntest mich ändern? Hast du gedacht, wenn du mich beim Schach besiegst, würde ich meine Lektion lernen? Aber ich habe das Spiel gewonnen, oder? Du hast verloren.«

Durch den Tränenvorhang sehe ich den beigefarbenen Bauern auf dem Teppich liegen. Weggeworfen. Er hat seinen Zweck erfüllt. Das bin ich hier – die Tochter meines Vaters, gekauft, um eine Botschaft zu übermitteln. Gefickt, um diese Botschaft unmissverständlich zu machen. Er ist sehr gründlich. Und mein Nutzen? Den habe ich erfüllt.

Während er ins Schlafzimmer geht, mich entlässt, starre ich seinen Rücken an.

Er nimmt die halb leere Flasche Mondschein vom Tisch.

Wie konnte ich nur etwas für ihn empfinden? Aber das ist egal. Ich empfinde noch immer etwas für ihn, selbst nachdem er sich als das Monster herausgestellt hat, das ich befürchtet habe. Das Herz ist der schlimmste Feind von allen.

Mit meinem Herzen in der Kehle wende ich mich zum Gehen. Ich bleibe mit dem Türknauf in der Hand stehen, versuche, es zu begreifen. Ich habe so lange darüber nachgedacht, wie ich den Minotaurus besiegen kann, dass ich nicht einmal daran gedacht habe, dass er mich gehen lassen könnte.

Ich habe nicht damit gerechnet, dass ich gerne bleiben würde.

Ein Teil von mir möchte zu ihm gehen, verlangen, dass er erklärt, warum er mich rauswirft, ihn dazu bringen zu erkennen, dass uns etwas Tieferes verbindet. Nur dass ich mir darüber selbst nicht so im Klaren bin. Mit Entsetzen erkenne ich, dass er mir etwas bedeutet, dieser Mann aus wertvollem Metall und Rache, aus geschnitztem Holz und Herzschmerz.

Eigentlich sollte ich ihn hassen.

Ein lautes Klirren von der anderen Seite des Zimmers lässt mich zusammenfahren. Ich drehe mich um, sehe die dicke Flasche mit Mondschein zerschmettert vor dem Eisengitter des Kamins liegen. Wie ein Schiff, das im Sturm gegen gefährliche Klippen getoßen ist.

Gabriel hat sie zerstört, diese letzte Erinnerung an seinen Vater.

Wie konnte ich seine Gewalttätigkeit vergessen? Was hat mich so sicher gemacht, er würde sie nicht gegen mich wenden? Angst fließt durch meine Adern, kalt und dünn.

Vielleicht hasse ich Gabriel Miller nicht, aber ich habe noch immer Angst vor ihm. Dann renne ich durch die Flure, versuche, mich an den Rückweg zu erinnern, versuche, einen Weg hinaus zu finden.

KAPITEL 31

Am liebsten würde ich mich still und heimlich davonstehlen, aber ich habe kein Auto. Ich habe auch keine Adresse, zu der ich ein Taxi rufen kann, ich denke darüber nach, die Position meines Telefons zu ermitteln, um mir eine Mitfahrgelegenheit zu rufen, aber ich bin mir ziemlich sicher, dass es einen Zaun um das Grundstück gibt. Ich brauche keine weitere Begegnung wie die mit Justin.

Also mache ich mich auf den demütigenden Weg nach unten.

Die Küche ist leer, aber ich finde Mrs. Burchett nebenan, wo sie ein Buch liest. Als sie mich sieht, steht sie auf. »Oh, hallo, Liebes. Haben Sie Hunger? Ich kann Ihnen etwas aufwärmen …« Dann bemerkt sie meine Miene. Sie schnalzt mit der Zunge. »Was brauchen Sie, Liebes?«

»Ich glaube … ein Taxi.« Ich werde rot, schäme mich, weil mein Haar und meine unordentliche Kleidung bestimmt verraten, was ich gerade getan habe. Wahrscheinlich rieche ich sogar nach Sex. »Er hat gesagt, ich soll gehen.«

Sie schüttelt den Kopf, als würde sie Gabriel tadeln. »Ich rufe einen Wagen.«

»Nein, einfach ein Taxi …«

Sie schürzt die Lippen. »Er wird sichergehen wollen, dass Sie sicher ankommen.«

»Darauf würde ich nicht wetten«, murmle ich.

Sie tippt etwas in ihr Handy. Offenbar kann sie mit einem iPhone genauso gut umgehen wie mit einem Nudelholz.

»Ich weiß, er kann ziemlich bärbeißig sein, aber Sie bedeuten ihm viel.«

Ich zucke zusammen. Er hat gerade erst unmissverständlich klargemacht, dass dem nicht so ist, aber ich möchte es nicht aussprechen. *Du musst ja ein echtes Zauberfötzchen haben.* »Das ist unwichtig.«

»Oh, und ob«, beharrt sie. »Er hat sichergestellt, dass man sich um Ihren Vater kümmert. Es hat ihn fast umgebracht, bis zu dem Abend zu warten, jemanden hinzuschicken, der Ihnen hilft.«

»Er musste es tun. Die Auktion …«

»Gabriel Miller muss überhaupt nichts. Er hat die Bedingungen festgelegt, weil er gewusst hat, Sie brauchen Hilfe. Darum hat er jemanden geschickt, der auf Sie aufpasst, nachdem er gehört hat, dass jemand Sie beobachtet.« Sie sieht besorgt in die dunkle Nacht hinaus. »Ich kann mir gut vorstellen, dass er jetzt dasselbe tun wird.«

»Sie irren sich. Der Aufpasser war von Damon, er hat seine Investition geschützt.«

Es ist deutlich, dass sie mir nicht glaubt. »Nun, passen Sie trotzdem auf sich auf. Die Welt ist voll von gefährlichen Leuten, Miss James.«

In der Auffahrt leuchten Scheinwerfer auf.

Das ist die Geschichte, wie ich mich zwei Stunden, nachdem ich meine Jungfräulichkeit verloren habe, in einer Limousine wiedergefunden habe.

Ich bin froh, dass der Fahrer keine Fragen stellt. Ich verschränke die Arme vor der Brust, schlinge sie um mich, als könnte ich so verhindern, in eine Million Stücke zu zerspringen.

Ich bin mir nicht sicher, zu wem oder was ich nach Hause zurückzukommen glaubte, als ich mich auf den Weg zur

Auktion gemacht habe. Die Möglichkeit auf ein normales Leben? College? Heirat? Das alles wirkt so weit weg. Unmögliche Worte. Irgendwo, irgendwann habe ich meine Garnrolle verloren. Ich gehe vielleicht nach Hause, aber ich bin noch immer im Labyrinth.

Außer meiner Handtasche habe ich nichts bei mir. Mrs. Burchett hat mir versichert, dass meine Kleidung und mein Besitz morgen nachgeliefert werden. *Er wird sichergehen wollen, dass Sie alles gleich wieder zu Ihrer Verfügung haben.* Oder er wird alles einfach ins Feuer werfen wie den Mondschein seines Vaters.

Ich hole mein Handy heraus, versuche, so zu tun, als würde ich nicht hoffen, seinen Namen auf der Anzeige zu sehen. Ich will, dass er mich anruft, mir sagt, dass es ihm leidtut. Aber das tut er nicht. Eine Menge entgangene Anrufe. Keiner von ihm.

Fast ohne nachzudenken drücke ich auf den letzten Namen. Harper.

»*Wo warst du?*«, will sie wissen.

»Ich …« Meine Stimme versagt, weil ich nicht weiß, wie ich es erklären soll. Ich verstehe es ja selbst nicht. Fast in jedem Mythos geht es um Liebe, um Verrat. Gebrochene Herzen. Allgemeingültige Wahrheiten, die ich schon tausendmal gelesen habe, aber noch immer nicht verstehe. Keine Geschichte kann den Schmerz erklären, der sich zu groß für meinen Körper anfühlt.

»Justin wird vermisst.«

Die Erkenntnis nähert sich wie die Flut, langsam, aber unaufhaltsam. »Was soll das heißen?«

»Das soll heißen, er ist nie nach Yale zurückgekommen. Ich kenne ein paar Leute dort. Einer davon ist mit ihm in der Rudermannschaft. Er fehlt unentschuldigt.«

»Er ist zu mir gekommen, um mich zu sehen, aber …«

Gabriel hat geschworen, ihn nicht zu verletzen. Oder hat er es doch getan? Ich kann mir nicht einmal sicher sein, ob er es mir versprochen hat. Wo könnte Justin hingegangen sein, wenn nicht zurück zur Universität? Möglich, dass er zu seinen Eltern nach Tanglewood gegangen ist, aber dann hätte er zumindest seinen Teamkameraden Bescheid gegeben. Sie rudern noch, obwohl der Winter naht.

Ich lasse das Handy auf den Sitz fallen. Während die Limousine anhält, rutscht es auf den Boden.

Als der Wagen am Tor stoppt, habe ich die Tür bereits geöffnet.

Im Haus ist das Licht an, obwohl die Abendroutine meines Vaters bereits erledigt sein sollte. Es dürfte niemand da sein. An der Vordertür sehe ich einen Mann im Anzug. Ich renne zum Haus, Angst lässt mein Herz rasen.

»Miss James?«, fragt er.

»Ja. Was ist los?« Ich versuche, mich an ihm vorbeizuschieben, aber er hindert mich daran. »Wo ist mein Vater?«

»Ich bin Mr. Stewart. Wir haben telefoniert.«

Das sorgt dafür, mich auf ihn zu konzentrieren. Ich schiebe die Panik beiseite, richte meine Aufmerksamkeit stattdessen auf ihn – auf seine ernste Miene. Er sieht genauso freundlich aus, wie er am Telefon geklungen hat. Und besorgt.

»O Gott. Nein.«

»Ihr Vater hatte heute Abend einen Herzinfarkt. Man hat ihn ins Krankenhaus von Tanglewood gebracht. Ich habe noch keine Einzelheiten, aber unsere Notfallbelegschaft arbeitet mit den Ärzten zusammen, um sicherzustellen, dass er die beste Pflege bekommt.«

Er steht vor der Tür und als ich nach links sehe, bemerke ich etwas Gelbes am dicken Holz. Es zieht mich an, fast als wäre ich hypnotisiert. Mr. Stewart sagt noch etwas von Komplikationen und Eingriffen, aber er ist nicht mehr als ein Hintergrundgeräusch.

Auf dem gelben Papier steht in fetten Buchstaben PFÄNDUNGSBEKANNTMACHUNG.

»Wie kann das sein?«, flüstere ich.

Das Haus ist im Besitz meines Treuhandfonds, der wiederum mir gehört. Onkel Landon hat gesagt, er sei sicher. Von Anfang an hat er mir das gesagt. Er sei vor den Verbrechen meines Vaters sicher. Die Auktion habe die Grundstückssteuer gedeckt, den Unterhalt – aber jetzt ist es zu spät.

Aus irgendeinem Grund bin ich zu spät.

Das Mitgefühl in Mr. Stewarts Gesicht ist das Schlimmste, was ich jemals gesehen habe. Schlimmer noch als Gabriels grausamer Gesichtsausdruck, als er *Zauberfötzchen* gesagt hat. »Wir haben gestern einen Anruf erhalten, dass Mr. James das Grundstück verlassen muss.«

»Hat Daddy davon erfahren?« Meine Stimme versagt. »Hat er gewusst, dass wir das Haus verloren haben?«

Ein grauenhaftes Zögern. »Ja.«

Es gibt nur noch eine Frage: »Wer?«

Hat Onkel Landon eine Möglichkeit gefunden, den Treuhandfonds zu umgehen, um sich dafür zu rächen, dass ich die Auktion seinem Antrag vorgezogen habe? Der Gedanke schmerzt, aber vielleicht ist das nicht die Antwort. Vielleicht ist sie sehr viel offensichtlicher – und sehr viel schmerzvoller.

Hat Gabriel Miller einen Weg gefunden, in den Besitz des Hauses zu kommen?

Ich sehe das in meiner Faust zerknüllte Stück Papier an. Ich entfalte es, glätte es wie eine uralte Schriftrolle. Da steht was von Gesetzestexten, was die Räumung des Geländes angeht – darauf wurde das Andenken meiner Mutter reduziert, Gelände.

Und dann sehe ich ihn, den Namen der Aktiengesellschaft mit einer Firmenadresse.

Miller Industries.

Das ist Gabriel Millers Firma. Was bedeutet, ihm gehört jetzt mein Zuhause. Hat er das alles eingefädelt? Eine skrupellose Übernahme, nur, es geht hier um kein Geschäft. Das ist persönlich. Als er mich weggeschickt hat, muss er gewusst haben, was mich erwarten würde.

Und er hat Mr. Stewart beauftragt. Kann sein, dass Gabriel auch vom Herzinfarkt meines Vaters gewusst hat. Hat er mich aus einer kranken Gefälligkeit nach Hause geschickt, in dem Wissen, mein Vater würde mich jetzt brauchen?

Aber ich habe das Spiel gewonnen, oder? Du hast verloren.

Ich klammere mich an die letzte Hoffnung, die mir noch bleibt. »Es muss doch etwas geben, was wir tun können. Dagegen vorgehen. Einspruch erheben. Das ist mein *Zuhause*. Das Haus meiner Mutter.«

Mr. Stewart schüttelt den Kopf. »Sie werden mit einem Anwalt sprechen müssen.«

Ein Anwalt wie die, die meinen Vater nicht retten konnten. Die sichergestellt haben, dass er jeden Cent, den er hatte, für Schadensersatzzahlungen und Bußgelder ausgibt. Die werden uns nicht helfen. »Was passiert jetzt?«, frage ich verzweifelt. »Sie haben so etwas doch bestimmt schon miterlebt. Was passiert jetzt mit dem Haus?«

»Das kommt darauf an«, antwortet er gedehnt. »Aber in solchen Fällen, in denen das Haus genutzt wird, um Schulden zu begleichen, wird es verkauft. Es wird versteigert.«

Mein Herz verkrampft sich heftig. Versteigert wie mein Körper. Wie alles in meinem Leben zu verkaufen an den

Höchstbietenden. Ich habe bereits meine Jungfräulichkeit verkauft, aber das hat nichts genützt. Ich habe das Haus trotzdem verloren. Und mein Vater könnte sterben.

Schachmatt.

www.skyewarren.com

SKYE WARREN lebt mit ihrer Familie, mehreren süßen Hunden und einer eigensinnigen Katze in Texas.
Skyes Bücher haben schon mehrmals die Bestsellerlisten der *New York Times* erobert. Sie bezeichnet ihre Romane als »dangerous romance«. Die dunkle psychologische Prosa fasziniert ihre Leser, verstört sie aber auch.

Skye Warren bei FESTA:
Fernweh
ENDGAME – Buch 1: Der Bauer
ENDGAME – Buch 2: Der Springer
ENDGAME – Buch 3: Der Turm

FESTA DARK ROMANCE – die geheimen *Erotic Romance*-Bestseller aus den USA. Ungekürzt und unzensiert. Für Leser, die sich ihre Fantasie nicht vorschreiben lassen.*

FESTA DARK ROMANCE – das sind sexy Romane mit Schilderungen, die für Jugendliche nicht empfohlen werden! Unkonventionelle Liebesgeschichten mit der psychologischen Spannung von Thrillern.

Was ist Dark Romance?
Dark Romance oder *Dark Erotic* ist nicht zu verwechseln mit pornografischer Literatur. Die besteht aus sexuellen Handlungen ohne Handlung. Die *Dark Romance* enthält zwar viele und heftige Sexszenen, doch in diesem Genre dienen sie der Entwicklung der Figuren. Man könnte die Geschichten auch ohne diese Szenen erzählen, aber die Charakterisierungen würden sehr leiden.

Wer schreibt Dark Romance?
Fast ausschließlich Frauen. Ihre Heldinnen durchleiden ein Schicksal voller Schmerz und das verwandelt sie in stärkere Personen. Die Härte und Freizügigkeit der Texte gilt als Ausdruck eines neuen Feminismus.

Woher stammt die Dark Romance?
Aus den USA, später folgten weitere englischsprachige Länder. Seit circa 2005 nutzen die Autorinnen den durch das Internet viel zwangloser gewordenen Umgang mit der Sexualität, um die traditionellen Schranken der Liebesromane zu durchbrechen.

* Sexualität ist das am häufigsten zensierte und unter Beobachtung stehende Thema unserer Kultur. Die Medien sind deshalb prüde und ängstlich: In Deutschland werden die meisten *Erotic Romance*-Romane gekürzt und entschärft übersetzt, sogar Bestseller wie *Fifty Shades of Grey* von E. L. James.
Dabei gilt in Deutschland: »Eine Zensur findet nicht statt.« So steht es im Grundgesetz. Aber überall passiert es, freiwillig und ohne Grund.
Natürlich gibt es in der *Erotic Romance* Schilderungen, die unsere moralischen Vorstellungen verletzen, aber Literatur ist reine Fantasie, keinem lebenden Menschen wird ein Leid zugefügt. Krimiautoren behaupten auch nicht, dass man Menschen töten darf.